Herbert Rosendorfer:
Die Frau seines Lebens
und andere Geschichten

Deutscher
Taschenbuch
Verlag

Von Herbert Rosendorfer
sind im Deutschen Taschenbuch Verlag erschienen:
Das Zwergenschloß (10310)
Vorstadt-Miniaturen (10354)
Briefe in die chinesische Vergangenheit (10541)
Stephanie und das vorige Leben (10895)
Königlich bayerisches Sportbrevier (10954)

Ungekürzte, vom Autor durchgesehene Ausgabe
Dezember 1988
Deutscher Taschenbuch Verlag GmbH & Co. KG,
München
© 1985 Nymphenburger Verlagshandlung GmbH,
München · ISBN 3-485-00498-7
Umschlaggestaltung: Celestino Piatti
Gesamtherstellung: C.H. Beck'sche Buchdruckerei,
Nördlingen
Printed in Germany · ISBN 3-423-10987-4

Inhalt

Die Frau seines Lebens 7
Nichts als eine schwarze Fahne 16
Die weiße Nadel 24
Die Glaswürfel 35
Im Regen 69
Die Legende von der Wunderheilung zu
   Frauenreuth 86
Prof. Munk, Sonntagskind 96
Die blinde Katze 106
Der Weihnachtsdackel 113
Der Katzenmarkt 121
Der am Stillen verhinderte Patriarch
   oder Zehntausend Osterpostkarten 126
Die Herberge Zum Irdischen Paradies 134
Der Alte vom Schwarzwassertal 151
Deutsch für Gastarbeiter 160
Die Bengalische Rolle 166
Eine ungewöhnliche Liebesgeschichte 173

*Meinem alten Freund
Dr. Helmut Schinagl
gewidmet*

Die Frau seines Lebens

Vor einigen Jahren hatte ich das Glück, für den Kulturfonds des Europarates ein Gutachten ausarbeiten zu dürfen, welche Arbeit mich für einige Zeit nach Rom führte, genauer gesagt: nach Tivoli, dem großartigen alten Tibur, das mit seinen Ruinen an den Kaiser Hadrian erinnert. Aber nicht diese verfallenen Monumente waren der Gegenstand meiner Arbeit, sondern das andere Bauwerk, das Tivoli weltberühmt gemacht hat: die Villa d'Este und ihr Park mit den Wasserspielen. Franz Liszt hat sie in einem Klavierstück besungen, einer virtuosen Studie mit dem Titel ›Les jeux d'eaux à la Villa d'Este‹, dem vierten Stück des letzten Bandes der ›Années de Pélérinage‹, das zu bekannt ist, zu oft gespielt, als daß man noch merkte, wie kühn und seiner Zeit vorausgreifend Liszt da geschrieben hat. Franz Liszt hat hier einige Jahre gewohnt, woran eine kleine Tafel – von patriotischen Ungarn angebracht – im Vorhof der Villa erinnert; 1869 ist er aus seiner Wohnung am Monte Mario in die größere Stille von Tivoli heraufgezogen. Weniger bekannt sind die beiden anderen Klavierstücke, in denen Liszt seine Impressionen aus Tivoli verarbeitet hat. Beide heißen ›Aux cyprés de la Villa d'Este‹, das zweite davon beginnt wie das ›Tristan‹-Vorspiel Wagners oder fast so, jedenfalls erinnern die Eingangstakte an den berühmten und rätselhaften ›Tristan‹-Akkord, der die bis dahin geltende Harmonielehre umgeworfen hat. Die Stücke sind 1869 und 1877 geschrieben, nach dem ›Tristan‹ Wagners, aber man hat herausgefunden, daß Liszt wiederum mehr als zehn Jahre vor dem ›Tristan‹ jene enigmatische Harmonienfolge in der Klavierbegleitung eines Liedes verwendet hat. Aber das alles hatte nichts mit meinem Gutachten zu tun, meine Arbeit hatte ungleich konkretere Dinge zum Gegenstand.

Franz Liszt war übrigens in Tivoli Gast jenes seltsamen Prinzen Gustav Adolf von Hohenlohe-Schillingsfürst, der trotz seines nahezu fanfarisch protestantischen Vornamens Kardinal der römischen Kirche, später Bischof von Albano und Erzpriester von Santa Maria Maggiore war. Kardinal Gustav Adolf war an Kunst, Politik und Aeronautik interessiert. Er war der jüngste Bruder des späteren Reichskanzlers Chlodwig Fürst Hohenlohe und sollte nach Bismarcks Willen preußischer Gesandter am Vatikan werden, was am Einspruch des Papstes scheiterte. Als junger Monsignore lernte Prinz Hohenlohe – das war 1856 – einen ebenfalls jungen Schweizer Maler kennen, der sich in Rom damit durchfrettete, daß er nach Postkarten romantische Ansichten für amerikanische Touristen malte.

Den Monsignore und den Maler verband eine verrückte Leidenschaft: das Fliegen. Der Maler konstruierte – lang vor Otto Lilienthal – einen Flugapparat, und der Monsignore erwirkte bei Papst Pius IX. die Erlaubnis, daß er in der großen Halle der päpstlichen Reitschule ausprobiert werden durfte. Über das Ergebnis dieser Flugversuche ist nichts bekannt, nur, daß die damals immer noch mächtige Inquisition Wind davon bekam und einen Haftbefehl gegen den hexerischen Maler erwirkte, der aus Rom fliehen mußte. Der Maler hieß Arnold Böcklin. Die Flugleidenschaft verließ Böcklin zeitlebens nicht. Noch 1886, als der nun schon berühmte Böcklin nach Berlin zu einem Vortrag eingeladen wurde, sprach der Meister zur Enttäuschung des herbeigeeilten kunstsinnigen Publikums nicht über seine Bilder oder die Stanzen Raffaels oder über die Malerei überhaupt, sondern über ›Die Lösung des Flugproblems‹. Otto Lilienthal baute seinen ersten Segelgleiter fünf Jahre später. Er finanzierte, was heute niemand mehr weiß, seine Flugversuche aus der Herstellung des von ihm erfundenen Steinbaukastens für Kinder.

So ketten sich die Dinge in der Kulturgeschichte aneinander, aber auch das war nicht meine Aufgabe in dem Gutachten, wenngleich ich mit »Steinen« der Sache schon näher komme. Aber eines muß ich doch noch erwähnen: ein anderer Bruder des Kardinals Hohenlohe, Prinz Constantin von Hohenlohe-Schillingsfürst, heiratete die älteste Tochter jener Prinzessin Carolyne von Sayn-Wittgenstein, geborene Iwanowska, deretwegen Franz Liszt nach Rom gekommen war: um ihre Ehescheidung zu betreiben, was aber nicht gelang. Fünfzehn Jahre bemühten sich die beiden bei den vatikanischen Behörden, alles umsonst. Dann ließ sich Liszt zum Abbé weihen. Hernach starb Carolynes Mann, der Weg zur Ehe wäre frei gewesen, wenn nicht Liszt inzwischen die niederen Weihen erhalten hätte. So webt alles hin und her, wie der ›Tristan‹-Akkord, hat aber immer noch nichts mit meinem Auftrag zu tun, und mein Auftrag hat nichts mit der Geschichte zu tun, die ich hier erzählen will, nur insofern, als ich in Tivoli in dem Zusammenhang zu tun hatte, aber – weil ich das Nützliche mit dem Angenehmen verbinden wollte – nicht in Tivoli, sondern in Rom wohnte. Ich fuhr etwa jeden zweiten oder dritten Tag mit dem Omnibus, der an der Piazza del Cinquecento vor dem Bahnhof Termini abfährt, nach Tivoli hinauf, was ungefähr fünfzig Minuten in Anspruch nimmt.

Der alte Mann fiel mir schon bei der ersten Fahrt auf. Der Omnibus stand stinkend, ratternd, abfahrbereit und umweltverschmutzend im Schatten einiger verstaubter Bäume. Der Fahrer plauderte noch mit ein paar anderen Fahrern seitwärts an einem kleinen Kiosk, warf aber schon seine Zigarette weg und drückte mit einer drehenden Bewegung des Fußes die Glut aus. Ich stieg ein. Der alte Mann in einem dunkelbraunen Anzug saß schon auf einem der hinteren Sitze. Die abgeschabten Sitze des Omnibusses, das einerseits grelle, andererseits durch die schmutzigen, wohl höchstens einmal im Jahr gewaschenen Scheiben in eine Art Staubgrell gefilterte Licht rückten alles, was im Omnibus war, in eine schäbige Dimension. Aber auch dies berücksichtigt, war der Anzug des Alten abgetragen. Wenn einer, dachte ich mir, bei so einer Hitze einen dunkelbraunen Anzug aus sichtlich schwerem Stoff trägt, dann hat er keinen anderen. Aber darin mochte ich mich täuschen. Nur uns Nordlingen erscheint die Hitze als Feind, dem man mit Netzhemden und kurzen Hosen begegnet. In Rom habe ich oft Leute, namentlich alte Herren, gesehen, die der Hitze als willkommenem Gast in korrekter Kleidung entgegentreten. Vielleicht gehörte der Alte dazu, denn er trug zu seinem abgewetzten, aber sauberen und keineswegs speckigen Anzug eine Weste, die er ja fortlassen hätte können, wenn es ihm zu heiß gewesen wäre, und seltsamerweise einen tadellosen braunen Homburg. Das alles fiel mir aber erst in zweiter Linie auf, in erster Linie: die Freundlichkeit des alten Gesichtes.

Der Alte – oder besser gebührt ihm die Anrede: der alte Herr – saß während der ganzen Fahrt freundlich um sich blickend in dem Omnibus, stand, obwohl einige weit Jüngere saßen, auf, als der Bus nach einigen Haltestellen auf der staubigen, hitzeglühenden, von Autowrack-Halden und weiter draußen von den schluchtengleichen Travertinbrücken gesäumten Via Tiburtina ziemlich voll wurde und auch eine Nonne einstieg, die hinkte und an einem Stock ging, stand auf, um der Nonne seinen Platz anzubieten. Der alte Herr stand dann da, er war größer als die meisten Römer sonst, blickte freundlich, aber auch – ich erfuhr später, daß ich mich in dieser Beobachtung nicht getäuscht hatte – spähend über die Köpfe der Passagiere.

In Tivoli an der Endstation stieg er aus. Ich wandte mich hinunter zur Villa d'Este. Die Villa und die Wasserspiele wurden im 16. Jahrhundert errichtet. Jetzt schreiben wir das 20. Jahrhundert. In den vierhundert Jahren hat das Wasser, das zwar nicht Jahr und Tag, aber doch zu den meisten Zeiten läuft, alles verändert, was ihm erreichbar ist. Das zu untersuchen, war, aber ich will mich dabei nicht aufhalten, mein Auftrag. Es drehte sich dabei nicht um die eigentlichen unterirdischen oder im Mauerwerk liegenden Wasserleitungen, die selbstverständlich immer wieder mit langen, biegsamen Drähten gereinigt und ab und zu ersetzt werden müssen, sondern um das, grob gesprochen, Moos, das sich an allen Steinen angesammelt hat, und das zwar malerisch wirkt, aber die plastischen Kunstwerke, aus denen die Wasser hervorquellen, zum Teil bis zur Unkenntlichkeit verdeckt, was sicher so nicht von den Erbauern dieses weltberühmten Gartenkunstwerks gewollt war. Es ist letzten Endes eine Frage des Geschmacks: ob wir die sozusagen reine Gestalt eines Kunstwerkes dokumentarisch erhalten oder wiedererhalten wollen oder ob uns der Sekundäreffekt dessen, was die Zeit dazwischen hinzugefügt hat, besser behagt. Soll das Kolosseum wieder aufgebaut, sollen die

Fresken in der Sistina gereinigt werden? Die Fresken in der Sistina werden inzwischen in der Tat gereinigt, und an Stelle der gewohnten mystischen Dunkelheit treten erschreckend fremdartige Farben hervor. Das Kleid mancher Sibylle erinnert nicht mehr an die Zwischentöne der Unterwelt, sondern eher an das Pistazien- oder Erdbeer-Gelati, das draußen am Kiosk verkauft wird. Man wird sich daran gewöhnen müssen. Manche Kulturhistoriker fürchten sich vor dem Moment, da das ›Jüngste Gericht‹ in der Sistina gereinigt ist. Wahrscheinlich werden ganze Berge kunsthistorischer Deutungen Makulatur. Ist ihnen auch wieder zu gönnen.

Meine seltene wissenschaftliche Fächerverbindung Botanik/Kunstgeschichte und die Tatsache, daß ich auch Bauingenieur bin, hat den Kulturfonds veranlaßt, mich damit zu beauftragen, ein Gutachten zu erstellen und gegebenenfalls vorzuschlagen, wie die wasserspeienden Skulpturen im Garten der Villa d'Este vom Moos der Jahrhunderte befreit werden sollen und können. Man wundert sich, wofür alles noch Geld ausgegeben wird. Ich sage nichts dazu, denn mir hat das einen angenehmen Aufenthalt in Rom und in Tivoli gebracht, und wenn auch nicht die Bekanntschaft mit jenem freundlichen alten Herrn, so doch die Bekanntschaft mit seiner merkwürdigen Geschichte.

Ich muß nun einräumen, daß ich den alten Herrn bei der ersten Fahrt nach Tivoli hinauf vielleicht nicht so genau beobachtet, wie ich es hier geschildert habe, sicher aber bei der zweiten Fahrt, denn ich sah ihn wieder, als ich gegen fünf Uhr abends zurück nach Rom fuhr. Wieder saß er schon im Omnibus, der, im Leerlauf rüttelnd und Gestank und Ruß von sich strömend, an der Endstation stand. Der Fahrer kam eben von einer Cafeteria herüber, als ich einstieg.

Ich sah den alten Herrn fast in jedem Omnibus, wobei ich nicht immer denselben Kurs zu einer bestimmten Uhrzeit nahm. Manchmal fuhr ich erst gegen Mittag hinauf, manchmal sogar erst nachmittags, es kam vor, daß ich mittags schon wieder nach Rom fuhr oder erst den letzten Kurs in der Nacht nahm. Immer sah ich den alten Herrn, immer trug er den dunkelbraunen Anzug mit Weste und den braunen Homburg. Einmal, als das Wetter unsicher war, trug er einen gerollten Mantel unter dem Arm. Nie sprach er mit jemandem, nie las er Zeitung oder ein Buch, immer blickte er freundlich. Nicht immer saß er in dem Omnibus, in dem ich fuhr. Eines Tages – er ging mir schon ab – sah ich ihn zufällig, und zwar im Gegenkurs, der gerade auf der anderen Seite der Straße hielt. Manchmal stieg er an der Endstation – in Rom oder in Tivoli – ein, wenn ich ausstieg, oder umgekehrt.

»Er ist ein Ausländer«, sagte der Omnibusfahrer und machte eine wischende Handbewegung vor der Stirn. »Aber wer weiß, wie unsereins im Alter wird.« Das war etwa in der vierten Woche meines Aufenthaltes in Rom und meiner Fahrten nach Tivoli. Die Polizeigewerkschaft hatte zu einem einstündigen Streik aufgerufen. Alle Ampeln, auch die hier in der ungepflegten roten Vorstadtwüste, waren eine Stunde lang auf Stop gestellt. Das Verkehrschaos war selbst für römische Begriffe ungeheuer. Nach einigen Minuten begannen Taxifahrer und Lastwagen bei Rot über die Kreuzung zu fahren, nach einer Viertelstunde war alles weit und breit mit einem Teppich aus siedendem und flimmerndem Blech auf Rädern bedeckt, kein Fahrzeug kam mehr vorwärts oder rückwärts, es entstand eine Stimmung, gemischt aus danteskem Inferno und fatalistischem Volksfest. Ein Polizist stand anfangs, stoisch auf das Chaos blickend, an einem Zeitungsstand, verdrückte sich allerdings zur Vorsicht bald. Der Omnibusfahrer bewahrte große Ruhe. Er stellte ausnahmsweise den Motor ab, stieg aus und ging in eine Bar, die in einem der großen roten Häuser war, von denen man nicht weiß, ob sie noch Bauruinen oder schon im Verfall begriffen sind. Die Passagiere – es waren auf dieser Fahrt nicht viele – verschwanden nach und nach. Einige, sah ich, nahmen ein Taxi, kamen aber wohl auch nicht viel weiter. Einige machten sich zu Fuß auf den Weg. Der alte Herr war nicht in diesem Omnibus, er war oben in Tivoli ausgestiegen, als ich einstieg. Ich ging auch in die Bar und kam mit dem Omnibusfahrer ins Gespräch.

»Ich selber«, sagte er mir, »habe nie mit dem verrückten Alten gesprochen, aber ein älterer Fahrer, der schon viel länger auf dieser Strecke fährt. Desiderio heißt er.

Nicht der Alte – wie der heißt, weiß man nicht. Der Fahrer heißt Desiderio.«

Ich lud den Omnibusfahrer zu einem weiteren Kaffee ein und auch zu einer Grappa, da erzählte er, daß der Alte – *il pazzo* – schon länger ständig auf der Strecke hin- und herfahre zwischen Rom und Tivoli, als der älteste Fahrer, nämlich Desiderio, den Kurs befahre. Früher, habe Desiderio erfahren, sei hier gar kein Omnibus gegangen, früher habe es eine Straßenbahn zwischen Rom und Tivoli gegeben, das sei viele Jahre her, vielleicht dreißig Jahre. Und auch da sei der Alte immer hin- und hergefahren, damals mit der Straßenbahn. Wovon er lebe? Das habe man natürlich nicht herausgefunden, das heißt: doch, einmal habe ihn ein anderer Fahrer, ein gewisser Lorenzo – der mit dem halben rechten Ohr –, auf der Piazza del Popolo gesehen, wie er Lose für die Lotteria di Monza verkauft habe. Das sei spät abends gewesen, nach dem letzten Kurs nach Tivoli. Aber davon, sagte der Fahrer und schüttelte den Kopf, kann er nicht leben. Von den paar Losen, die er verkauft, wenn er sein Geschäft nur in späten Abendstunden betreibt. Ja – er sei ein Ausländer. Was für ein Ausländer? Das habe Desiderio nicht gefragt. Jedenfalls kann er aber Italienisch – na ja, wenn er schon länger als dreißig Jahre hier zwischen Rom und Tivoli hin- und herfährt ... obwohl, davon allein lernt man nicht Italienisch. Warum er da hin- und herfährt? Um *sie* wiederzutreffen. Der Fahrer lachte und schaute durch das große Fenster hinaus, aber die Auto und Lastwagen standen nach wie vor hoffnungslos verkeilt um den Omnibus herum, und inzwischen war selbst das, was als Bürgersteig in diesem Viertel galt, voll mit Auto. Ein mit Travertinblöcken beladener Lastzug war bis zwischen die Tische vor dem Café gefahren, kam aber dann nicht weiter, weil der Zeitungskiosk im Weg stand. Der Auspuff des Lastzugs stank direkt in die Ventilation des Cafés, bis der Wirt nach längerem Palaver den Lastwagenfahrer dazu bewegen konnte, den Motor abzustellen.

»Ja ... um *sie* wiederzutreffen. Damals, vor mehr als dreißig Jahren, vor vierzig Jahren vielleicht, im Krieg – vielleicht ist der Alte ein ehemaliger deutscher Soldat, oder auch ein amerikanischer – hat er – das hat er jedenfalls dem Desiderio erzählt, allerdings mit Tränen in den Augen – ein junges Mädchen in der Trambahn getroffen, ein junges, dunkelhaariges Mädchen in einer weißen Bluse mit weiten Ärmeln und einem schwarzen Rock. Ja. Und wie das Mädchen ausgestiegen war, kam es ihm plötzlich, daß es – ja, wie soll man sagen, ich weiß nicht, wie sich der Alte ausgedrückt hat, Desiderio wüßte es besser –, daß es die Frau seines Lebens ist. Er wollte ihr nach, aber die Trambahn war schon weitergefahren. Der Alte – der damals natürlich noch nicht alt war – ist bei der nächsten Haltestelle ausgestiegen, oder sogar vorher schon bei einer Gelegenheit, wo die Bahn langsamer fuhr, ist abgesprungen und zurückgelaufen, aber das Mädchen war natürlich nicht mehr da. Dann ist er am nächsten Tag zur selben Zeit die Strecke gefahren – und am übernächsten Tag auch, und dann ist er immer gefahren, wochenlang, Monate, im Sommer und im Winter, die ganzen Jahre. Dann ist die Trambahn eingestellt und durch eine Omnibuslinie ersetzt worden ... dann ist er mit dem Omnibus gefahren, hin und her, und her und hin.«

Der Fahrer schaute wieder hinaus. Es rührte sich nichts. Der Fahrer lachte, weil ein kleiner Lieferwagen versuchte, zwischen dem Travertinlastzug und der Fensterscheibe des Cafés durchzukommen, obwohl man da nicht einmal ein Fahrrad durchschieben konnte. Der Zeitungshändler vom Kiosk schimpfte wild auf einen Tanklasterfahrer ein, der auf der anderen Seite das kleine Häuschen fast eindrückte.

»Her und hin, her und hin«, sagte der Fahrer und fügte sachlich hinzu, als ob es für die Geschichte wichtig sei – aber vielleicht ist das wichtig vom omnibusfahrerischen Gesichtspunkt aus: »Er hat natürlich eine Monatskarte. *So* verrückt ist er auch wieder nicht.«

Nach zwei Stunden machte ich mich auch zu Fuß auf den Weg. Es war dämmrig geworden und etwas kühler. Tosende und gellende Hupsignale zerrissen die Luft, die Via Tiburtina ist kein schöner Spazierweg, aber was blieb mir anderes übrig. Als ich schon nahe am Campo Varano war, löste sich langsam das Chaos. Ich nahm ein Taxi.

Ich blieb noch etwa zwei Wochen und sah den alten Herrn oft. Ich überlegte hin und wieder, ob ich ihn ansprechen solle, aber ich schämte mich, daß ich sein Geheimnis kannte. Einmal grüßte ich ihn, er grüßte freundlich zurück. Wahrscheinlich, überlegte ich, würde er *sie* überhaupt nicht mehr erkennen, selbst wenn es der Zufall mit sich brächte, daß sie im selben Omnibus fahre. Oder: vielleicht ist sie im selben Omnibus gefahren, und er hat sie nicht erkannt? Oder ist die Seele, wenn man das fertigbringt, wie der alte Herr da, ist die Seele dann so stark, daß man *sie* jedenfalls wiedererkennt, selbst wenn *sie* inzwischen eine alte Frau geworden ist? Oder ist dies gar keine Seelenstärke mehr, wäre es die eigentliche Seelenstärke, mit dem Hin- und Herfahren aufzuhören?

In der Reihe der hundert Brunnen, die abwechselnd aus steinernen Lilien, Obelisken und kleinen Barken bestehen, habe ich einen Obelisken vom Moos und von den Flechten befreit. Es war nicht einmal sehr viel Mühe. Jetzt steht dieser kleine Obelisk wie nackt da unter seinen ganzen grün bekleideten Genossen. Mit der Zeit aber wird auch ihn das Moos wieder überziehen, denn ich bin sicher, daß man meinem Gutachten, in dem ich vorschlage, das Grünzeug abzukratzen und aus kunsthistorischen Gründen den ursprünglichen Zustand wiederherzustellen, nicht folgen wird. Die Kosten – ich habe sie errechnet – wären nicht hoch, aber mein Gutachten, hat man mir gesagt, war so teuer, daß der diesbezügliche Etat erschöpft ist. Wer weiß, wofür es gut ist.

Nichts als eine schwarze Fahne

»Im Alter«, sagte der nun auch nicht mehr ganz junge Dichter Albin Kessel, der schon so viel in seinem Leben mitgemacht hat, gelegentlich sogar einen Anflug von literarischem Ruhm, »im Alter läßt naturgemäß und erfahrungsgemäß die Erfindung, die Fähigkeit, daß einem etwas einfällt, kurzerhand: die Inspiration nach. Das kompensiert sich in glücklichen Fällen«, fuhr Kessel fort, »durch die Feinheit der Ausarbeitung, durch Vergeistigung, durch Fortschreiten in größere Höhen, wo die Inspiration, für die man eh nichts kann, keine solche Bedeutung mehr hat. Lachen Sie nicht«, sagte Albin Kessel, »denken Sie an Beethoven: die Themen seiner späten Streichquartette sind, gemessen an den Ohrwürmern seiner Stücke aus der frühen und mittleren Periode –«

»Haben Sie grad ein Buch darüber gelesen, Herr Kessel?« fragte ich.

Kessel verzog seinen Mund. »Ich habe kein Buch darüber gelesen«, sagte er dann, »ich beabsichtige, eins über dieses Problem zu schreiben. Na ja ... Buch vielleicht nicht gerade, aber einen Aufsatz, einen längeren, grundlegenden Aufsatz. Das Problem geht mich doch langsam an, wo ich auf die Sechzig zugehe. Also: denken Sie an Beethoven, die Themen, also die Inspirationen seiner letzten Streichquartette sind – bloß als solche betrachtet, denkbar dünn, fast farblos manchmal ... aber *was* hat Beethoven daraus gemacht? Oder denken Sie an Fontane. Der ›Stechlin‹ – was kommt denn da vor im ›Stechlin‹? Gar nichts. Ein alter Mann stirbt ... Und was für eine Welt rollt sich da vor uns auf, einer der größten Romane der deutschen Literatur.«

Ich pflichtete bei. Wir saßen in einem Café, das eigentlich nicht zu Albin Kessels bevorzugten Plätzen gehörte.

»Ach was«, sagte Kessel, »und da wird man milder, weiser. In der Jugend ... noch mit vierzig, da wacht man mit Eifersucht gegen sich selber quasi, daß man ja seinen Stammkneipen treu bleibt, wenigstens mir ist es so gegangen, aber jetzt ...« Kessel wischte mit einer Handbewegung rasch über eine nicht vorhandene Glasscheibe seitlich von seinem Kopf.

Es hatte die letzten Tage geregnet, und man hatte schon damit gerechnet, daß der Sommer endgültig vorüber sei, aber dann war gestern doch noch einmal die Sonne durchgekommen, und heute konnte man, wenigstens am frühen Nachmittag, im Freien sitzen, obwohl die Blätter rundherum schon gelb zu werden begannen und die städtische Gartenverwaltung blasse violette und orangene Blumen in die Rabatten um die Brunnen gesetzt hatte, die aber immer noch, wenn auch dunkler, plätscherten. Die Türme der Theatinerkirche spiegelten sich im Wasser.

»Es gibt natürlich Fälle«, fuhr Kessel fort, »ich erzähle Ihnen das vertraulich, und Sie müssen mir versprechen, daß Sie keinen Gebrauch davon machen werden: es gibt natürlich Fälle, in denen versiegt die schöpferische Kraft überhaupt. Bedauerliche Fälle. Ich hoffe, ich bleibe von diesem Schicksal verschont. Ich *hoffe* darauf. Ich habe begründete Hoffnung« – Kessel lachte – »denn mir ist Zeit meines Lebens nie so recht viel eingefallen. Ich mußte, literarisch gesehen, immer aus Mücken Elefanten machen ... wenn ich so meine alten Gedichtbände anschaue – eher dürftig, offen gesagt – Sie brauchen mir nicht zu widersprechen ... nein, nein, ich weiß das gut genug. Außerdem: Sie haben ja überhaupt keinen meiner Gedichtbände gelesen.«

Da Kessel offenbar eine Anwandlung von Ehrlichkeit überflog, wollte ich auch nicht lügen.

»Ich gebe zu«, sagte ich, »daß ich mit Lyrik ...«

»Ja, ja«, sagte Kessel, »habe ich also begründete Hoffnung. Wenn einen zeitlebens die Inspiration nicht grad überschüttet hat, dann kann sie auch nicht gut nachlassen. Können schon. Ein Rinnsal kann natürlich auch versiegen. Ist aber seltener. Aber diese tragischen Fälle ... kennen Sie Eleazar Dobrameit? Selbstverständlich kennen Sie Eleazar Dobrameit. Ein Denkmal seiner selbst. Zu seinem achtzigsten Geburtstag letztes Jahr habe ich eine Würdigung geschrieben – nach dem Krieg war er, Dobrameit, der auf der blanken Ebene, die der Gesinnungsterror und der Zusammenbruch und das alles hinterlassen hatte, das erste wieder beachtliche Bauwerk aufgeführt hat. Ein Fanfarenstoß, dieser Roman damals. ›Der Sommer in einem leeren Haus‹. Sie haben ihn gelesen? Ja, natürlich. Jeder hat ihn gelesen – mit Recht.

Aber dann wurde es still um ihn – das heißt: *um* ihn wurde es nicht still. *Er* wurde still. Kennen Sie die Sache mit Dobrameit und dem Kritiker Reich-Ranicki?«

»Nein«, sagte ich, »ich war, wie Sie wissen, viele Jahre im Ausland und kenne überhaupt keine Sachen, die mit der Literatur zu tun haben.«

»Aber Sie wissen, wer Reich-Ranicki war? Nein? Er war jahrelang, fast jahrzehntelang, derjenige deutsche Kritiker, auf dessen Meinung man sich auch in den besten Kreisen berufen konnte, wenn man das betreffende Buch nicht gelesen hatte. Inzwischen ist er gestorben, Gott hab ihn selig. Es heißt, er habe ein eher lustiges Buch eines von ihm nicht geschätzten Autors rezensieren sollen, und um sich nicht bloßzustellen, habe er das Lachen unterdrückt, und daran sei er erstickt – wahrscheinlich ist das nicht wahr ...«

Albin Kessel nahm einen Schluck aus seinem Bierglas.

»... aber vielleicht ist es doch wahr. Na ja ... jedenfalls war damals Reich-Ranicki der große Kritiker-Papst; eigentlich sind es zwei Sachen, die ich von Reich-Ranicki und Dobrameit weiß. Die eine Geschichte ist die, wie Reich-Ranicki bei Dobrameit angerufen hat, um sich wieder einmal zu erkundigen, wie weit Dobrameit mit seinem legendenumwobenen Roman ›Nichts als eine schwarze Fahne‹ inzwischen sei, und bei Dobrameit hat das neue Dienstmädchen abgehoben und hat gefragt: ›Wer ist am Apparat?‹ – ›Reich-Ranicki!‹ hat Reich-Ranicki schon ganz ungeduldig gerufen. ›Können Sie das bitte buchstabieren?‹ hat das Dienstmädchen gefragt. Da sei damals schon Reich-Ranicki fast gestorben, heißt es, weil ihm das noch nie passiert sei ... ›Reich-Ranicki – Können Sie das bitte buchstabieren?‹ Aber das kommt wahrscheinlich davon, daß Reich-Ranicki so selten oder wahrscheinlich nie mit Dienstmädchen telefoniert hat, sonst hätte er öfters seinen Namen buchstabieren müssen.

Ja, noch die andere Sache: man mußte ja damals dem Reich-Ranicki zugute halten, daß er bei aller Verblendung einen gewissen Hang zur Objektivität zeigte. Er war immer bereit, seine Fehlurteile zu revidieren. Durch neue Fehlurteile, meistens. Man kann ja immer nur in *einer* Weise recht, aber man kann in unendlich vielen Spielarten unrecht haben. Reich-Ranicki wechselte die Art, wie er unrecht hatte, sehr freizügig und gab das auch freimütig zu. Wenn Sie allein *mich* anschauen«, sagte Albin Kessel, »da bin ich doch nun ein ganz kleiner Fisch, literarisch gesehen, und doch hat selbst mich Reich-Ranicki in siebenerlei verschiedener Weise mißverstanden. Aber man mußte ihm zugestehen: er las nie ein Buch unter dem Vorurteil, das er selber vorher aufgebaut hatte. Er fing bei der Beurteilung jedes Autors bei jedem Buch immer wieder von vorn an. Das meine ich mit dem gewissen Hang zur Objektivität. Aber – Friede seiner Asche. – Nur *einen* hat er unverbrüchlich für wirklich bedeutend gehalten: Eleazar Dobrameit. Das war schon fast kniefällige Bewunderung, was Reich-Ranicki dem Dobrameit zollte ...«

»Und ausgerechnet«, sagte ich, »dessen Dienstmädchen läßt sich von Reich-Ranicki den Namen buchstabieren.«

»Eines Tages«, fuhr Albin Kessel fort, »besuchte Reich-Ranicki wieder einmal Dobrameit, kam extra mit dem Flugzeug angeflogen, um sich danach zu erkundigen, wieviel Seiten Dobrameit an seinem schon von Legenden umwucherten Roman ›Nichts als eine schwarze Fahne‹ inzwischen geschrieben hatte, für den der Verleger damals schon im wer weiß wievielten Jahr Vorschüsse zahlte. Wie das im einzelnen war, weiß natürlich niemand, denn es war ja keiner dabei. Aber es wird eine Menge gemunkelt darüber. Es heißt, Reich-Ranicki hat den Dobrameit gedrängt und gebettelt, ihm das Manuskript zu zeigen, aber Dobrameit habe sich nicht erweichen lassen. Nur, nachdem Reich-Ranicki zwei Stunden gebettelt und geredet habe, habe Dobrameit dem Reich-Ranicki die verschlossene Schreibtischschublade gezeigt, in der das Manuskript gelegen habe. Heißt es.

Ja, und so mußte Reich-Ranicki wieder einmal unverrichteter Dinge abziehen. Vorher aber drückte er noch ärger herum und sagte« – Albin Kessel machte die etwas gepreßte und nasale Sprechweise (an Fritz Kortner gemahnend) nach – »›ich pflege das nie zu tun‹, sagte Reich-Ranicki, ›nie, und ich bekomme schon ungefragt viel zu viele gewidmete Bücher zugeschickt, und ich habe noch nie meinerseits, verehrter Meister –‹«

»Na!« sagte ich – »›Verehrter Meister‹ –? Sagt das noch irgend jemand im Ernst?«

»Ich habe das nur so ausgeschmückt«, sagte Kessel. »Ich denke mir das eben so, war ja nicht dabei, ›habe noch nie meinerseits, verehrter Meister, ... aber bei Ihnen mache ich eine Ausnahme. Ich habe mein Exemplar von ‚Der Sommer in einem leeren Haus' mitgebracht – sehen Sie: ganz zerlesen. Ich könnte mir natürlich ein neues geben lassen, aber erstens ist das die Erstausgabe, und zweitens ist mir dieses Exemplar heilig in Erinnerung an die Ergriffenheit von damals ... Schreiben Sie mir eine Widmung hinein?‹ – Dobrameit war überrascht. Er wand sich hin und her – selbstverständlich, sagte er, es sei ihm eine hohe Ehre, nur – es sei immer so eine Sache, und grad in dem Fall: *was* solle er da hineinschreiben? Eine Widmung, ja, aber Reich-Ranicki sei ja nicht irgendwer. ›Nein, nein, verehrter Meister‹, sagte Reich-Ranicki, ›ich verstehe es vollkommen. Denken Sie in Ruhe darüber nach. Ich lasse Ihnen das Buch da, und morgen um zehn Uhr schicke ich ein Taxi – ist zehn Uhr zu früh? Nein, gut. Um halb zwölf geht mein Flugzeug – geben Sie dem Taxifahrer das Buch mit – nur, wenn Sie es vielleicht in ein Papier einschlagen.‹ Gut. Reich-Ranicki verabschiedete sich, Dobrameit behielt das Buch da. Am nächsten Tag kam um zehn Uhr das Taxi, Dobrameit gab ihm das eingewickelte Buch mit, der Taxifahrer brachte es ins Hotel, Reich-Ranicki fuhr rasch zum Flughafen, erst dort hatte er Zeit, das Buch anzuschauen. Die Widmung, über der Dobrameit zwölf Stunden gebrütet hatte, lautete: ›Für Marcel Reich-Ranicki – Eleazar Dobrameit‹.«

Albin Kessel schaute über seine Brille weg in die Ferne. Mit dem Mundstück seiner Pfeife kratzte er in seinem spärlichen, schütteren Haar – eine lästige Angewohnheit, die ihm, wie er selber sagte, insgesamt drei Ehefrauen und etwa vier oder fünf nichteheliche zeitweilige Lebensgefährtinnen nicht aberziehen konnten.

»Aber der Roman, von dem jeder den Titel ›Nichts als

eine schwarze Fahne‹, sonst aber keiner irgend etwas kannte, wurde langsam zum Skandal, vor allem für den Verlag. Die Summen, die der Verlag an Vorschüssen zahlte, waren horrend, was Sie schon allein aus der Tatsache ablesen können, daß sich Dobrameit ein Dienstmädchen leisten konnte. Welcher Schriftsteller sonst kann das schon? Zunächst ging der Verlag in das Eigentum der zweiten Verlegergeneration – aber der Sohn zahlte weiter. Dann wurde der Verlag in eine GmbH oder AG oder weiß ich was umgewandelt, ich verstehe nichts davon, aber es wurde weitergezahlt. Dann fusionierte der Verlag mit einem anderen, dann die fusionierten zwei Verlage mit einer Verlagsgruppe, dann wurde die zu groß gewordene Verlagsgruppe wieder getrennt, der Sitz des Verlages wurde mehrfach verlegt – Dobrameit und sein inzwischen ins Mystische hinüberquellender Roman wanderten quasi mit – anders ausgedrückt: die deutsche Verlagslandschaft fluktuierte um Dobrameits nie gesehenes Romanmanuskript herum, das inmitten ruhte wie ein prähistorisches Hünengrab.«

»Und dann plötzlich«, sagte ich, »trat Dobrameit vor seine Haustür mit dem fertigen Manuskript in der Hand –?«

»Keine Spur«, sagte Albin Kessel, »*ganz* anders. Als wieder einmal eine Verlagsumschichtung stattgefunden hatte, ließ sich der neue Konzernchef die Leitz-Ordner ›Dobrameit: Nichts als eine schwarze Fahne / Vorschüsse‹ bringen. Es sollen insgesamt fünf Ordner gewesen sein, die ersten zwei oder drei bereits spinnwebverhangen. Der Konzernchef nahm seinen Taschenrechner und rechnete die Vorschüsse zusammen. Als er die Endsumme sah, war es ihm, als senke sich eine schwarze Fahne vor seine Augen. Er ließ Dobrameit kommen. Selbstverständlich war bei dieser Unterredung niemand dabei, aber es sickert ja bekanntlich immer was durch. Dobrameit ahnte schon selbst etwas und kam gebückt und schuldbewußt daher. Der Konzernchef zeigte ihm stumm die Endsumme. Dobrameit blickte scheu auf, senkte dann den Blick wieder und sagte: daß die Summe so hoch sei, damit habe er nicht gerechnet. ›Wann ist der Roman fertig?‹ fragte der Konzernchef. Dobrameit hob die Schultern. ›Herr Dobrameit: jetzt im Ernst: wieviel haben Sie davon schon geschrieben?‹ – ›Nichts‹, hauchte Dobrameit. Der Konzernchef lehnte sich in seinem Sessel zurück und nickte mehrfach. ›Und jetzt?‹ sagte er dann. Dobrameit hob wieder die Schultern. Es wurde dann der Finanz-Prokurist des Verlages geholt und sogar der Leiter der Rechtsabteilung (den kenne ich, ein gewisser Dr. Wietrich, von da an war natürlich klar, daß etwas durchsickern mußte) – aber es stand letzten Endes fest: wenn man von Dobrameit die bezahlten Vorschüsse zurückverlangen würde, müßte Dobrameit ewig und drei Tage zahlen, und außerdem: wovon?, da er ja ausschließlich von den Vorschüssen lebte? Auch konnte es sich der Verlag nicht leisten, ein solches Denkmal wie Dobrameit so schrecklich zu behandeln. Anderseits: was für eine Blamage für den Verlag –?! Da kam dem Konzernchef die erlösende Idee, und so wurde es dann auch zur großen Erleichterung für Dobrameit gemacht: man kam überein, daß der Roman vor vier Jahren erschienen und inzwischen vergriffen sei. Eine alte Ausgabe der ›FAZ‹ wurde nachgedruckt mit einer zweieinhalbseitigen, gigantischen Rezension aus der Feder von Reich-Ranicki, der damit Gelegenheit hatte, unbeleckt von einem vorliegenden Buch seine abschließende Kunsttheorie unter die Leute zu bringen. Auf Anfrage verschickte der Verlag diese Rezension. Inzwischen gibt es schon mehrere Dissertationen und andere wissenschaftliche Arbeiten über das Buch. Die Vorschüsse brachte der Verlag steuergünstig als Verlust unter, und Dobrameit bekam ein lebenslängliches Schweigegeld zugesichert. Das war nicht so hoch wie die Vorschüsse vorher, logisch, aber immerhin kann Dobrameit davon leben. Das Dienstmädchen allerdings mußte Dobrameit entlassen. Aber, sagte er, das sei ihm ohnehin lästig geworden, denn noch jedes der Dienstmädchen habe es nach einer gewissen Zeit darauf abgesehen gehabt, ihn, den Junggesellen, zu heiraten.«

Albin Kessel zog an seiner Pfeife, aber sie war ausgegangen. Er kratzte sich mit dem Mundstück am Kopf und trank dann sein Bier aus. Der Garten lag inzwischen im Schatten. Ein erdiger und fast ein wenig fauliger Geruch wehte von den Rabatten her. Neben den fahlen Astern saßen ein paar Tauben im Gras. Ein Spatz hüpfte auf unseren Tisch. Kessel wollte ihm einen Brösel von seiner Breze geben, aber der Spatz wollte ihn nicht und flog davon. Bald wurde es uns zu kühl, und wir gingen.

Die weiße Nadel

I

Wie groß ist die Welt? Im Konferenz-Zimmer des Goethe-Institutes hängt eine große Weltkarte. Groß ist die Welt, und überall auf der Welt befinden sich Goethe-Institute. Auf der Karte – die auf eine Unterlage aus Kork aufgezogen ist, es quietscht leicht und unangenehm, wenn man eine Nadel hineinsteckt – tausend bunte Nadeln; nein; nicht tausend Nadeln, aber hundert schon, nochmals nein: es sind mehr als hundert. Auch einer mit Zähltick kann sie nicht so schnell zählen.

Der Schriftsteller Dollmann hat den Zähltick; er unterläuft ihn durch einen Witz: Zwei Passagiere, erzählt er dem Gast aus China, schauen aus dem fahrenden Zug. Der Zug fährt an einer großen Wiese vorbei, auf der viele Kühe stehen. Als die Wiese vorbei ist, sagte der erste Passagier: »Viele Kühe.« – »Ja«, sagt der zweite Passagier, »447.« – »Wie haben Sie das so schnell gezählt?« – »Da gibt es einen Trick«, sagte der zweite Passagier: »Sie zählen die Beine und dividieren durch vier.« Der Gast aus China lächelte und verbeugte sich. Da er – und die anderen Gäste aus China auch, sieben sind es insgesamt – immer lächelt und sich immer verbeugt, wenn man etwas zu ihm sagt, kann Dollmann nicht ausmachen, ob der Chinese den Witz verstanden hat oder nicht.

»Bei Nadeln«, sagte Dollmann, versuchte seinerseits zu lächeln und zeigte auf die Wandtafel, »bei Nadeln kann man keine Beine zählen und durch vier dividieren.«

Der Chinese verbeugte sich und lächelte. Rote Nadel bedeutete: Hauptstelle, blaue Nadel: Außenstelle, gelbe Nadel: angeschlossenes Institut, weiße Nadel: Institut im Aufbau. Der Chef hatte es dem Schriftsteller Sergio Kreisler erklärt. Kreisler hatte danach gefragt. Er galt als der neugierigste Schriftsteller in der Stadt. Sonst galt er nicht viel.

»Schwarze Nadeln«, hatte Sergio Kreisler fragend hinzugefügt: »Institute in Liquidation?«

Der Chef hatte säuerlich gelächelt.

Die Chinesen lächelten auch dann und verbeugten sich, wenn man ihnen ein Glas Sekt gab oder eins von den Käseschnittchen. »Es ist erschütternd«, hatte Dollmann dem Dichter Berengar – (»Der westpreußische James Joyce«) – zugeflüstert, »wie oft Angehörige fremder Völker den entsetzlichen Vorurteilen entsprechen, die wir von ihnen haben. Sehen Sie: sie lächeln dauernd. Und unentwegt verbeugen sie sich.«

»Und gelb sind sie auch«, sagte Berengar.

»Und meiner heißt Li«, sagte Dollmann. »Ich glaube, er hat den Witz nicht verstanden, den ich ihm erzählt habe.«

»Was für einen Witz?«

Dollmann erzählte den Witz nochmals. Berengar verstand ihn auch nicht.

Der Chef verteilte Kugelschreiber. Die sieben Chinesen nahmen entgegen, lächelten und verbeugten sich. Als Herr Li seinen Kugelschreiber einsteckte, bemerkte Sergio Kreisler, daß er in seiner Innentasche schon neun andere Kugelschreiber stecken hatte. Die Delegation stammte aus Rot-China; aber Mao-Anzüge trugen sie nicht, sondern ganz normale Anzüge. Insoweit entsprachen sie nicht dem Vorurteil.

Das alles war um eine Zeit, als der Krieg – oder wie man das nennen soll – um die Falkland-Inseln gerade beendet war. Die Engländer hatten die Argentinier vertrieben.

Sergio Kreisler stellte fest, daß auf den Falkland-Inseln keine Nadel steckte, weder rot noch blau noch gelb noch weiß. Ganz unten am Rand der Karte, noch unterhalb der Antarktis, steckten eine Reihe noch nicht verwendeter Nadeln, ein Vorrat. Sergio Kreisler nahm eine weiße Nadel, grinste, schaute den Chef an und steckte die Nadel in die Hauptinsel der Falkland-Inseln hinein. Der Chef grinste. »Sergio Kreisler, der Schelm«, konnte dieses Grinsen bedeuten; aber er vergaß, die Nadel wieder herauszuziehen, als man in den anderen Saal hinüberging, wo Berengar ein paar Seiten aus dem Band ›Tagebuch einer Trilogie‹ vorlas. Sergio Kreisler sagte zu Dollmann: »Wieso ausgerechnet Berengar? Warum nicht Sie oder ich?«

»Wenn Berengar da ist«, sagte Dollmann, »dann liest immer Berengar. Das wissen Sie doch. Außerdem hier in dem Haus. Das ist ja förmlich Berengars Heimat.«

Walther Berengar hatte eine Trilogie geschrieben. Sergio Kreisler hatte gesagt: »Ich bewundere Berengar. Wie er es nur fertigbringt, ein und dasselbe Buch dreimal zu schreiben.« Danach hatte Berengar das Tagebuch, seine Kämpfe und Depressionen und alles Drum und Dran, als vierten Band veröffentlicht. Danach veröffentlichte Berengar die seinerzeit gestrichenen Seiten, was immerhin auch noch einen recht ansehnlichen Band abgab. Als Sergio Kreisler nach seinem Urteil über diesen quasi fünften Band gefragt wurde, sagte er: »Da ist es mir fast noch lieber, die Bäume, aus denen das Papier gemacht ist, gehen durch den sauren Regen ein.«

Selbstverständlich kam Berengar diese Äußerung zu Ohren. Er verbuchte sie auf das Konto des Neides.

Berengar hatte fertiggelesen. Die Chinesen lächelten und verbeugten sich.

2

Sergio Kreisler galt in der Literaturszene als amüsant, aber oberflächlich, Walther Berengar als Verfasser sogenannter »schwieriger Texte« und war daher bei Rezensenten beliebt. Berengar hatte außerdem eine besonders empfindliche Kopfhaut und trug stets eine kleine wollene Mütze mit gewelltem Rand, war Träger des Bundesverdienstkreuzes, des Bayerischen Verdienstordens, des Büchner-Preises, aller anderen deutschen Literaturpreise und einer Herrenhandtasche aus grob genähtem Leder, was ihn – nach Sergio Kreisler – als sensiblen Menschen auswies. Sergio Kreisler war bekannt für solche bündigen Kategorisierungen, die er sich auch nicht scheute, den Leuten ins Gesicht zu sagen. Er galt daher, wie erwähnt, als amüsant, aber oberflächlich. Zu solchen Veranstaltungen wie die im Goethe-Institut anläßlich des Empfanges einer aus sieben Mitgliedern zählenden rot-chinesischen Schriftstellerdelegation wurde Kreisler nur eingeladen, wenn zu viele andere Dichter abgesagt hatten. Berengar wurde immer eingeladen.

Man ging nach der Lesung wieder ins Konferenzzimmer.

»Ich zerbreche mir den Kopf über eines«, sagte Sergio Kreisler, »welcher von den Sieben ist der Geheimpolizist, der auf die anderen aufpaßt? Bei Tschechen, Ungarn, Rumänen, selbst bei Bulgaren und Russen kriegt man das bald heraus: der Borntierteste. Aber bei den Chinesen hat man physiognomische Schwierigkeiten.«

»*Sie* haben Sorgen«, sagte Berengar.

Kreisler warf einen verstohlenen Blick auf die Landkarte. Die Falkland-Nadel steckte noch.

Dollmann verwickelte zwei der Chinesen in ein politisches Gespräch: »Auf welcher Seite stehen Sie im Konflikt um die Falkland-Inseln, ich meine: emotionell?«

Die beiden Chinesen lächelten und verbeugten sich.

»Ich nehme an«, sagte Dollmann, »auf seiten Argentiniens, das sich gegen den Kolonialismus wendet?«

»Sehr wohl«, sagte der eine Chinese.

»Oder auf der Seite der Engländer, die ein faschistisches System bekämpfen?«

»Sehr wohl«, sagte der zweite Chinese.

Der Chef des Institutes merkte das und trat gleich dazwischen. Er schenkte den beiden Chinesen rasch einen weiteren Kugelschreiber. Die Chinesen lächelten und verbeugten sich. Das politische Gespräch war zu Ende.

Entgegen dem in der Literaturszene bekannten Grundsatz, daß man mit Sergio Kreisler keine ernsthaften Gespräche anfangen durfte, hatte Berengar gesagt (er stand in einer Ecke mit Kreisler und kratzte seinen Kopf unter der Wollmütze): »Ich habe so eine schlechte Nacht gehabt.«

»So?« sagte Kreisler. Berengar ahnte da noch nicht, daß seine Bemerkung quasi eine Zeitbombe war.

3

Die sieben Chinesen waren auf einer europäischen Rundreise begriffen. Sie hatten Rom, Paris, London, Amsterdam und Berlin besucht. Von Berlin waren sie nach München gereist. Wien sollte dann die letzte Station sein.

Was redet man mit Chinesen? Sie konnten übrigens alle gut deutsch. Wahrscheinlich waren sie danach ausgesucht worden. Kreisler wandte sich wieder an Herrn Li:

»So waren Sie also in Berlin?«

»Ganz wohl sehr«, sagte Herr Li.

Gegen diese Formulierung ist nichts einzuwenden, dachte Kreisler. Ich wollte, ich könnte so gut chinesisch, daß ich auf chinesisch »ganz wohl sehr« sagen könnte. Ich wollte, ich könnte es wenigstens auf türkisch sagen. Hm. Wenigstens auf tschechisch.

»Waren Sie auch im Theater?«

»Ganz wohl sehr«, sagte Herr Li.

»In Berlin?«

»Eben dort.«

»Und was haben Sie für ein Stück gesehen?«

Herrn Lis Augen begannen zu flackern. Er wandte sich an einen der anderen Chinesen und zwitscherte ganz rasch ein wenig, dann verbeugte er sich, und auch der zweite Chinese verbeugte sich, und jetzt lächelten sie – selbst durch die chinesische Physiognomie deutlich erkennbar – verlegen.

»Wir wissen nicht«, sagte Herr Li.

So wie für uns die Peking-Oper, so ist für die unser Theater – wahrscheinlich –, dachte Sergio Kreisler: langweilig und immer das gleiche.

»Von Karajan«, sagte dann Herr Li.

»Ach«, sagte Kreisler, »Sie waren auch in der Philharmonie? Haben ein Konzert gehört?«

»Sehr stark wohl«, sagte Herr Li.

Kreisler wollte die Gäste mit einer Frage nach dem Programm des Konzerts nicht weiter in Verlegenheit bringen.

»Zwei Deutsche«, sagte Herr Li, »sind bei uns sehr stark berühmt: von Karajan und von Goethe.«

Kreisler erfuhr, daß um 1920 Goethes ›Werther‹ von

einem chinesischen Germanisten ins Chinesische übersetzt worden war. Die Übersetzung war seitdem unzählige Male neu aufgelegt worden. Wie viele Exemplare davon verbreitet seien, lasse sich, sagte Herr Li, gar nicht schätzen. Es gehe in die Millionen.

So besteht, dachte Kreisler, für die Chinesen die deutsche Literatur aus dem ›Werther‹. Ein einseitiges Bild. Aber es wäre Schlimmeres denkbar.

4

Sergio Kreisler und Walther Berengar fuhren ein paar Stationen gemeinsam mit der S-Bahn. Es ergab sich so. Um Sieben, als eine Uhr schlug, war einer der Chinesen – also war wohl der der Geheimpolizist – nervös geworden. Aber er gab noch fünf Minuten zu, dann erteilte er mit wenigen Blicken Befehle. Die sechs anderen Chinesen lächelten, verbeugten sich, stellten sich in eine Reihe auf und schnurrten hinaus.

In der S-Bahn war kein Sitzplatz frei. Berengar und Kreisler standen. Berengar hatte auch einen empfindlichen Hals, weswegen er nun auch einen zur Mütze passenden Schal trug.

»Und warum«, fragte Kreisler, »hatten Sie eine so schlechte Nacht?«

»Ach«, sagte Berengar, »seit Tagen quäle ich mich mit meinem neuen Roman.«

An und für sich, das wußte auch Berengar, durfte man Sergio Kreisler gegenüber so etwas nicht sagen, so etwas, was eine Angriffsfläche bot. Aber wie bei allen Literaten war auch bei Berengar eine Frage nach dem literarischen Befinden zu verlockend, als daß er schweigen hätte können.

»Ich komme und komme nicht weiter. Kennen Sie das nicht?« Die Frage war nur rhetorisch. »Ich spanne abends gegen acht Uhr einen Bogen in die Maschine – und ich sitze davor, und das weiße Papier quält mich, und es wird neun Uhr, es wird zehn Uhr ... es gibt so Zeiten, es ist furchtbar. Sicher zehnmal habe ich angefangen, aber schon bald den Bogen aus der Maschine gerissen und in den Papierkorb geworfen. Um zwei Uhr habe ich eine kalte Dusche genommen – es hat auch nicht geholfen. Um fünf Uhr bin ich ins Bett gegangen ohne eine Zeile geschrieben zu haben.«

»Vielleicht hätte ein Wadenwickel geholfen«, murmelte Kreisler, »oder ein Kampfer-Klistier.«

»Wie bitte?« fragte Berengar.

»Nichts. Ich meine nur: wieso lassen Sie es nicht?«

»Was meinen Sie damit?«

»Na ja ... wenn es Sie quält –?«

Berengar schaute verständnislos zu Kreisler auf.

»Ich meine«, fuhr Kreisler fort, »ich muß da weiter ausholen. Wir schreiben 1983. Nehmen wir jetzt 1883. Wie viele Bücher, die Sie noch kennen, sind 1883 geschrieben oder veröffentlicht worden?« Auch das war eine rhetorische Frage. Kreisler beantwortete sie sofort selber. Er ließ ungern eine Gelegenheit aus, seine Bildung darzulegen. »Stevensons ›Schatzinsel‹, Zolas ›Zum Paradies der Damen‹, vielleicht eine Novellensammlung von Keller und ein Gedichtband von Liliencron.«

»Und Fontane«, sagte Berengar.

»Möglich«, sagte Kreisler. »1783 –? Schillers ›Räuber‹ im Jahr vorher, natürlich hat auch Goethe in dem Jahr irgendwas geschrieben. Sophie von La Roche: ›Die glückliche Reise‹. Und 1683? Da tun wir uns schon ganz schwer. Irgendwelche schlesischen Schäferpoesien. Und vielleicht Leibniz. Und 1583? Da ist es schon aus mit unserer kulturellen Erinnerung. Und das sind erst vierhundert Jahre. Glauben Sie, daß es in vierhundert Jahren irgendeine Bedeutung hat, ob ein Walther Berengar 1983 einen Roman geschrieben hat oder nicht? Und Sie quälen sich eine Nacht lang? Lassen Sie's doch, wenn es Ihnen so schwerfällt.«

Die Station, an der Kreisler umsteigen mußte, war gekommen. Er gab Berengar die Hand. Berengar lächelte und sagte mit belegter Stimme: »Auf Wiedersehen.« Amüsant aber oberflächlich, dachte er.

Etwa um die gleiche Zeit, als die sieben Chinesen in ihre Heimat zurückkehrten und dort erzählten, daß in Deutschland alles eigentlich so sei, wie man es nach der Lektüre von ›Werthers Leiden‹ erwartet hatte, fand eine jugoslawische Putzfrau namens Zora Slobodić unterhalb der großen, auf Kork aufgezogenen Landkarte im Konferenzraum des Goethe-Institutes eine Nadel mit weißem Kopf.

Offensichtlich war die Nadel nicht richtig hineingesteckt gewesen und heruntergefallen.

Frau Zora Slobodić hob die Nadel auf und stand unschlüssig da. Sie befürchtete, beim Staubsaugen in der Nähe der Karte durch eine ungünstige Bewegung die Nadel (etwa mit dem Rücken oder dem Ellbogen) herabgewischt zu haben. Sie erwog zunächst, die Nadel irgendwo in die Karte wieder hineinzustecken, fürchtete aber dann – weil ihr die Bedeutung der Nadel unbekannt, ja sogar ungeheuer war – entsetzliche Folgen und zog daher den Hausmeister zu Rat.

Der Hausmeister brummte, nahm der Putzfrau die Nadel aus der Hand und suchte als Anhaltspunkt dafür, wo die Nadel hingehörte, ein Loch in der Karte. Aber die Karte war sehr groß.

»Wenn Sie wenigstens die Nadel liegengelassen hätten, wo sie war«, brummte der Hausmeister, »dann wüßte man wenigstens *ungefähr*, wo man suchen soll.« Der Hausmeister nahm die Nadel an sich und wandte sich am nächsten Tag an den Buchhalter des Institutes.

»Hm, hm«, sagte der Buchhalter, »eine weiße Nadel. Also ein Institut im Aufbau.«

Er nahm eine Lupe und begann systematisch – wie nur ein Buchhalter sein kann – Planquadrat für Planquadrat die Karte nach dem Loch abzusuchen. Er suchte mit einer Lupe. Unseligerweise begann er rechts oben in Kamtschatka.

»Das Loch muß zu finden sein«, sagte der Buchhalter und schnauzte den Hausmeister an, ohne sich umzuwenden und ohne seine Augen von der Lupe zu nehmen: »Sorgen Sie dafür, daß die Putzfrauen in Zukunft besser aufpassen. Die Karte ist quasi ein Hobby des Chefs. Wenn da was fehlt, gibt's ein Donnerwetter.«

Nach einem und einem halben Tag hatte der Buchhalter – über Asien, Australien, Europa hinüber nach Amerika schweifend, wiederum unseligerweise dort im obersten Norden, in Alaska beginnend – auf den Falkland-Inseln das Loch ohne Nadel entdeckt.

»Aha«, sagte er, »Port Stanley.«

Er steckte die Nadel in das Loch, steckte sie noch fester, es quietschte.

Dann begab er sich zurück in sein Dienstzimmer. »Zum Glück hat der Chef noch nichts gemerkt«, sagte er leise und laut: »Fräulein Angerer, bitte die Akte ›Institut im Aufbau Port Stanley‹. Kann mich nicht erinnern, die je in der Hand gehabt zu haben.«

Fräulein Angerer suchte, fand aber die Akte nicht. »Muß es gleich sein?« fragte Fräulein Angerer. »Nein«, sagte der Buchhalter, »legen Sie sie mir morgen auf den Tisch. Es muß eine Akte da sein: ›Institut im Aufbau‹.«

Fräulein Angerer suchte bis Dienstschluß. Sie suchte nach Dienstschluß (der Buchhalter war schon gegangen), sie weinte. Die Akte war nicht da. Fräulein Angerer fürchtete, wieder einmal, wie leider schon mehrmals, eine Akte verlegt und womöglich einer anderen, völlig fremden Akte, unterbunden zu haben. Nur durch Zufall, ja nur durch ein Wunder, sind solche irrtümlich unterbundenen Akten wiederzufinden. Es war schon fast Nacht, da legte Fräulein Angerer eine neue Akte »Institut im Aufbau: Port Stanley« an. Sie kopierte geeignete Schriftstücke aus einer anderen, ähnlichen Akte. Dann legte sie sie dem Buchhalter auf den Schreibtisch und ging etwas, wenngleich wenig erleichtert nach Haus.

»Da ist ja überhaupt noch nie etwas angewiesen worden«, sagte der Buchhalter vorwurfsvoll, als er die Akte studiert hatte. Fräulein Angerer zuckte mit den Schultern.

»Fragen Sie in der Bank nach, was die für Geld haben, und schreiben Sie eine Mittelanforderung heraus.«

Als der Abteilungsleiter die Mittelanforderung unterschrieb – man zahlt mit Pfund auf den Falkland-Inseln –, machte er sich eine Vormerkung für die Konferenz am Nachmittag.

Auf dem Weg zur Konferenz begegnete der Abteilungsleiter dem wieder einmal antichambrierenden Walther Berengar.

»Auf den Falkland-Inseln haben Sie noch nicht gelesen?« fragte der Abteilungsleiter.

Berengar wurde hellhörig. In der Tat hatte er nahezu in allen Teilen der Welt, überall dort, wo ein Goethe-Institut ist, aus seinen Werken gelesen; auf den Falkland-Inseln noch nicht. »Würden Sie gern dort lesen?«

»Ja«, sagte Berengar.

6

Wenn in Europa Winter ist, ist auf den Falkland-Inseln Sommer, das heißt, soweit man dort überhaupt von Sommer sprechen kann. Das Klima ist dort ungefähr wie in Nordnorwegen oder in Spitzbergen. Der Schriftsteller Walther Berengar stieg aus dem Flugzeug, stellte seine zwei Koffer auf den Boden und blickte um sich. Das Goethe-Institut fand er nicht. Im Hotel – für falkländische Begriffe: erste Kategorie, in Europa wäre keine Kategorienliste lang genug, um das Hotel unten anfügen zu können –, im Hotel wußte man von nichts. Berengar jammerte. Er erkundigte sich nach dem falkländischen Kulturverein. Man verwies ihn an den Pfarrer. Rev. Mac Cavity stellte den Gemeindesaal zur Verfügung. Es kamen aber nur drei Leute. Walther Berengar, der westpreußische James Joyce, war in jenem Teil der Welt kein Begriff.

Bei einem Empfang für eine Delegation von acht montenegrinischen Lyrikern in der Südost-Europa-Gesellschaft traf Berengar Sergio Kreisler wieder. Berengar sprach grad mit Dollmann. Er erzählte von dem überwältigenden Erfolg der Lesung auf den Falkland-Inseln.

»Einen Moment«, sagte Kreisler, der erst später dazukam, »Sie waren auf den Falkland-Inseln?«

»Ja? Warum?« fragte Berengar, »gönnen Sie es mir wieder einmal nicht?«

»Doch – aber gibt es denn auf den Falkland-Inseln ein Goethe-Institut?«

»Ja, warum denn nicht?«

Eine matte Erinnerung dämmerte in Kreisler auf. Eine weiße Nadel. Kreisler erinnerte sich an ein unangenehmes Quietschen: Metall und Kork. Kreisler schüttelte den Kopf. »Verzeihung«, sagte Walther Berengar. Er wurde grad gebeten, den montenegrinischen Gästen aus einem im Entstehen begriffenen Roman vorzulesen.

Die Glaswürfel

1

Lolo war die gescheiteste von den drei Töchtern. Ihre älteste Schwester sagte immer: »Wie gut, daß Lolo die jüngste ist. Nicht auszudenken, wenn sie älter wäre als Nadina und ich. Sie mit ihren guten Noten, und so brav, schon fast pathologisch. Wir hätten kein Leben gehabt, Nadina und ich, wenn Lolo älter wäre als wir: sie wäre uns bis zum Ekel als gutes Beispiel hingestellt worden. Aber zum Glück ist sie erst in die Schule gekommen, wie wir längst schon draußen waren.« Lolo, die bravste und jüngste war zwölf Jahre jünger als Fedora, die älteste Tochter, und zehn Jahre jünger als Nadina, die mittlere.

Als Schaumberg – der vor einigen Jahren erschrak, weil irgend jemand hinter seinem Rücken gesagt hatte, aber er hatte es doch gehört: der *alte* Schaumberg – seine Frau verließ, blieb Lolo bei der Mutter. Fedora und Nadina brauchten nicht mehr zu wählen, bei welchem Elternteil sie wohnen wollten, denn Nadina war damals schon ein paar Jahre mit einem holländischen Kaufmann (»– wahrscheinlich Käse oder Tulpen«, sagte Lolo, »was verkauft sonst ein Holländer schon?«) mit dem eigenartigen Vornamen Fobbe in Amsterdam, kann auch sein in Rotterdam oder vielleicht in Den Haag, verheiratet, und Fedora (von der Lolo immer sagte: »– eine erfolgreiche Hetäre und spielt etwas Klavier –«) lebte als angebliche Meisterschülerin wechselnder Meister – meist Russen – in Wien. Der *alte* Schaumberg zahlte. Zum Glück verdiente er genug Geld.

Lolo (die eigentlich auf »Maria Dolores« getauft war) lebte mit der Mutter zunächst in der großen Wohnung in der Lamont-Straße, im ersten Stock einer Gründerzeit-Villa, die der Witwe eines weltberühmten Philosophie-Professors gehörte. Unter mindestens einer Gründerzeit-Villa hatte es Schaumberg noch nie in seinem Leben getan. »Ich frage mich«, sagte Lolo, »was Schaumberg (sie redete, seit er aus der Wohnung ausgezogen war, nur noch als ›Schaumberg‹ von ihrem Vater) täte, wenn er nicht so viel Geld hätte. Nicht auszudenken. Er wäre wie eine leere Wursthaut. Wahrscheinlich nur komisch.« Eine Scheidung war nicht erfolgt. Auch die Trennung war nicht mit einem Schritt gekommen. Es ging sukzessive und fast unmerklich, wenn auch schmerzlich für die Mutter und Lolo. Seine vielen Freundinnen hatte Schaumberg seiner Familie gegenüber kaum kaschiert. Er betonte zwar im familiären und gesellschaftlichen Verkehr immer, daß er »die jungen Leute« (die aber immer weiblichen Geschlechts waren) protegiere. Er fühle sich, sagte er, der jungen Generation gegenüber verpflichtet. *Er,* sagte er immer, habe die gesellschaftlichen Beziehungen, und da sei es doch nur recht und billig, daß er hoffnungsvollen Talenten, die diese Beziehungen eben noch nicht hätten, den Weg ebne. So ebnete er nach und nach und schon seit Jahren jungen Ballettänzerinnen, jungen Gebrauchsgraphikerinnen, jungen Übersetzerinnen, jungen Buchhalterinnen und jungen Blumenhändlerinnen die Wege.

Öfters mußte Dr. Schaumberg mit einem seiner jungen Talente eine Reise unternehmen. Sehr häufig – in den späteren Jahren – kam Schaumberg von diesen Reisen erst nach Wochen zurück. Eines Tages stellte sich heraus (Lolo hatte das herausgefunden, und zwar durch gezieltes Herumkramen in ihres Vaters Steuerunterlagen), daß Schaumberg in einem entfernteren Stadtteil eine Garçonnière gemietet hatte. »Wahrscheinlich, um ruhiger arbeiten zu können«, sagte Lolo ernst. Der Vater schaute erstaunt auf. »Ja«, sagte er dann. »Wenn man nur wüßte, *was*«, sagte Lolo.

Immer häufiger blieb Schaumberg in seiner Garçonnière, und es fiel Lolo auf (ihrer Mutter nicht), daß nach und nach die Bücher, jedenfalls die wertvollsten, aus der Wohnung in der Lamont-Straße verschwanden.

»Es war nicht so«, sagte Lolo später, »daß man sagen könnte: eines Tages ist Schaumberg aus der Wohnung verschwunden. Man muß sagen: eines Tages stellten meine Mutter und ich fest, daß Schaumberg verschwunden *war*. Ich könnte kein exaktes Datum nennen; höchstens den Tag, als er die gläsernen Würfel mitnahm.«

An dem Tag war Lolo etwa vierzehn Jahre alt.

2

Auch Doris hieß eigentlich nicht Doris. Doris hieß eigentlich Dagmar und war von Beruf Goldschmiedin. Das heißt: auch das kann man nicht so einfach sagen. Doris, die damals noch Dagmar hieß, war die jüngste Tochter eines zeit seines Lebens vom Geiz gebeutelten Mannes mit der eigenartigen Berufsbezeichnung »Oberingenieur«.

Der Oberingenieur hätte gern gesehen, daß seine Kinder eine gediegene und solide Ausbildung erführen, nur sollte es nichts kosten. Dagmar aber zeigte Anlagen zur Verschwendung. Der alte Oberingenieur wälzte sich in schlaflosen Nächten im Bett. Die Erlösung kam, als Dagmar mit sechzehn Jahren zu heiraten wünschte. Der Oberingenieur beeilte sich, die notwendige Genehmigung beim Vormundschaftsgericht auszusprechen. Die fünf Mark Gebühren, die das kostete, erachtete der Oberingenieur als gut angelegt. Der Schwiegersohn war ganz nach dem Herzen des Oberingenieurs: er war zehn Jahre älter als Dagmar, leicht bigott und angehender Studienrat, bereits in jungen Jahren an Bausparverträgen, Altersversorgung und Vermögensbildung interessiert. Daß die Ehe nicht hielt – die übrigens kinderlos blieb –, war, muß man sagen, allein Dagmars Schuld. Sie trieb es zu bunt. Während der Studienrat – zeitweilig gemeinsam mit seinem Schwiegervater, dem Oberingenieur – Goldkurse oder steuerbegünstigte Anlagen studierte, vergnügte sich Dagmar mit den Freunden des Studienrats, mit seinen Brüdern und Vettern, mit seinen Kollegen. Lang drückte der Studienrat gewaltsam die Augen zu vor dem Treiben seiner Frau, denn er scheute die Kosten der Scheidung. Erst als selbst in seiner Schule über ihn gelacht wurde, weil vor seiner Frau auch jüngere Schüler nicht mehr sicher waren, ließ er sich scheiden. Dagmar – die sich von da ab Doris nannte – erhielt als Abfindung eine Ausbildung als Goldschmiedin. Das heißt: der Studienrat verpflichtete sich ächzend, bis zum Ende der Lehre und des Studiums an der Kunstgewerbeschule einen gewissen Betrag beizusteuern. Der alte Oberingenieur rieb sich die Hände: so hatte er es fertiggebracht, daß wenigstens eines seiner Kinder auf fremde Kosten eine Berufsausbildung erhielt.

Doris schloß allerdings die Ausbildung nie ab. Sie war nicht ungeschickt als Goldschmiedin – Schaumberg trug ein Brustkettchen, das sie ihm gemacht hatte; mit grünen und rosa Steinen –, aber die Prüfung machte sie nie. »Es gibt zwei Arten von weiblichen Wesen«, sagte Doris, »solche, die den Männern davonlaufen, und solche, denen die Männer davonlaufen. Ich gehöre leider zur zweiten Sorte.« Sie litt darunter, daß sie zwar oft und mitunter sogar heftig geliebt, aber immer wieder sitzengelassen wurde. Sie versprach sich eine Änderung von einem Ortswechsel. Sie zog nach Bonn. Doris war da vierundzwanzig Jahre alt, seit vier Jahren geschieden. In Bonn lernte sie einen österreichischen Nichtsnutz kennen – »aber er ist sehr begabt«, sagte Doris –, der noch keine zwanzig Jahre alt war und lyrische Gedichte schrieb. Stephan Faßl hieß er; hauptberuflich war er Liftboy im Hotel »Steigenberger«. Doris nahm Stephan Faßl in ihrer Wohnung auf und sprach von ihm als von ihrem »Adoptivsohn«.

3

Nandor Schaumberg, Dr. phil., wäre schon viel früher aus der ehelichen Wohnung in der Lamont-Straße ausgezogen, wenn er nicht in einem Dilemma gewesen wäre: der einzige Fehler seines Lebens wäre gewesen, sagte er, wenn er von sich erzählte (und er erzählte gern von sich), daß er seine eheliche Wohnung in der Lamont-Straße angesiedelt habe, seinerzeit. Das ist die beste Gegend in der Stadt, unbestreitbar. Selbstverständlich gehören auch einige umliegende Straßenzüge zur besten Gegend: Böhmerwaldplatz oder Delpstraße oder Shakespeareplatz – aber er könne doch nicht nur ein paar Häuser weiterziehen, das sei keine richtige Trennung. Es sei der einzige Fehler seines Lebens gewesen, daß er seine eheliche Wohnung nicht in der bloß zweitbesten Gegend der Stadt, also etwa im Herzogpark oder in Neuhausen genommen habe, so daß er sich trennend von seiner Familie wohnlich verbessern hätte können. So – mit der Ehewohnung in der Villa in der Lamont-Straße – könne er sich nur verbessern, indem er ins Schloß Nymphenburg ziehe oder wenigstens in eins der Cavaliershäuser am Schloßrondell, aber da sei keins frei.

Schließlich aber habe er sich, erzählte Dr. Schaumberg, davon überzeugt, daß die Garçonnière, die er in einem Haus in der Nördlichen Auffahrtsallee mietete, zumindest nicht viel schlechter sei, als Adresse vielleicht sogar gleich gut. So habe er sich entschlossen, einen endgültigen Strich unter seine Ehe zu ziehen und dorthin zu übersiedeln. Die finanzielle Absicherung seiner Frau und seiner Kinder sei großzügig gewesen – er könne, pflegte er zu sagen, nicht anders handeln als großzügig, selbst wenn es zu seinem Schaden sei. Er habe alles seiner Frau zurückgelassen: die Möbel, die Antiquitäten, die Bilder, die Teppiche, alles. Nur ein paar Bücher habe er mitgenommen, seine gläsernen Würfel und seine bestickten Morgenröcke (er sammle bestickte Morgenröcke) – und ein paar Anzüge natürlich auch.

Dr. Schaumberg hörte es nicht ungern, wenn man sagte, sein Vorname gäbe Rätsel auf. »Nandor«, sagte er dann, »oder Nander ist die albanische verballhornte Form von Ferdinand oder Fernando.« Ein Nandor Mirdita – genauer gesagt: Fürst Nandor Mirdita – war albanischer Minister gewesen, dessen Tochter Fedora – Prinzessin Fedora – Schaumbergs Vater geheiratet hatte. Schaumbergs Vater hatte alle Briefkästen der kgl. preußischen Post und später der Reichspost hergestellt. Die Briefkästen waren damals noch aus Gußeisen. Auch Hydranten für die Feuerwehr waren aus dem Betrieb Schaumberg & Co. hervorgegangen, praktisch ein Monopolbetrieb. Im Ersten Weltkrieg hatten sie aber auch Kanonen gegossen und später Panzerplatten für die Tanks.

Nandor Schaumberg hatte bald nach dem Krieg eine Novelle geschrieben, eine längere Novelle, ungefähr achtzig Seiten. Die Novelle hieß: ›Das Huhn‹, war aber sonst nicht komisch. Die Novelle erschien im Desch-Verlag, der damals – wie alle Verlage – unter Papierknappheit litt und deshalb kurze Manuskripte bevorzugte. Von den zwei Kritiken, die ›Das Huhn‹ erfuhr, sagte die eine: »– der junge Autor berechtigt zu Hoffnungen. Er könnte ein deutscher Faulkner werden.« Man muß sich die Zeit nach dem Krieg vergegenwärtigen: ein Rezensent, der »Faulkner« richtig schreiben konnte, sammelte schon allein dadurch Punkte. Man war ja zwölf Jahre lang von der Weltliteratur abgeschnitten gewesen. Gerechterweise muß man sagen: der betreffende Rezensent konnte sogar auch Hemingway schon richtig schreiben; er schwankte lang, ob er Nandor Schaumberg einen »deutschen Faulkner« oder einen »deutschen Hemingway« nennen sollte, und entschied sich erst ganz zum Schluß für das erste, weil ihn Schaumbergs, etwas dunkler und verwickelter Stil eher an Faulkner erinnerte, den er auch nicht recht verstand.

Mit etwas Anstrengung gelang es Schaumberg, einige Jahre später auf diese Novelle und die Kritik hin in den PEN-Club aufgenommen zu werden. Er ließ diese Tatsache auf seine Visitenkarten drucken.

Vier Jahre nachdem Schaumberg die eheliche Wohnung verlassen hatte und in die Garçonnière in der Nördlichen Auffahrtsallee gezogen war (Nandor war zweiundfünfzig Jahre alt), wurde er, der Verfasser der Novelle ›Das Huhn‹ und Mitglied des PEN-Club, Leiter des Goethe-Instituts in Fortaleza in Brasilien. Dort blieb er fast fünf Jahre. Schaumberg litt darunter, daß es in Fortaleza überhaupt keine Erste Adresse gab. Geld und Beziehungen brachten es aber dann mit sich, daß Schaumberg nach Brüssel in eine der zahllosen überflüssigen, aber gut dotierten Kulturorganisationen versetzt wurde. In Brüssel bezog Schaumberg eine Wohnung in einem Patrizierhaus ganz in der Nähe der Grande Place, in dem – dokumentarisch belegt – Graf Egmont und später Victor Hugo für einige Zeit gewohnt hatten. Schaumbergs Amt brachte es mit sich, daß er ab und zu nach Bonn fahren mußte, wo er der Goldschmiedin Doris begegnete.

4

Stephan Faßl hieß Stephan Faßl, aber, erzählte er (auch er erzählte gern von sich), das sei nur der Ungunst historischer Umstände zuzuschreiben. Man müsse da weit ausholen: vor mehr als hundert Jahren habe ein vornehmer Herr gelebt, Kaspar Kasimir Graf Hendl zu Goldrain und Castellbell, Freiherr von Jufall und Maretsch, Obersterblandfalkenmeister und Herr und Landmann in Tyrol. Dieser Graf Hendl zu Goldrain habe im Alter von neunundsiebzig Jahren eine schöne, wenngleich bürgerliche Dame namens Karoline Daxer aus Bregenz geheiratet und im Alter von achtzig Jahren einen Sohn namens Bernhard Karl Graf Hendl zu Goldrain etc. etc. bekommen. Im Alter von einundachtzig Jahren sei der alte Graf gestorben. Kaspar Kasimir sei der letzte Sproß der älteren Linie der Hendl zu Goldrain gewesen. Die neidischen Mitglieder einer bereits im 17. Jahrhundert abgespaltenen Nebenlinie hätten nach dem Tod des alten Kaspar Kasimir nicht geruht und nicht gerastet. Die Tatsache, daß Kaspar Kasimir neunundsiebzig Jahre alt gewesen sei, als jener Stammhalter Bernhard Karl gezeugt wurde, hätte zu bösen Verdächtigungen Anlaß geboten. Die weitere Tatsache, daß die verwitwete Gräfin schon ein Jahr nach dem Tod des Grafen den k. k. Telegraphenleitungsrevisor Faßl aus Schlanders im Vinschgau geheiratet habe, der zudem mit Vornamen Bernhard hieß, gab den Ausschlag für ein peinliches Verfahren vor dem Heroldsamt, und um seiner Mutter unangenehme Fragen zu ersparen und überhaupt einen Skandal zu vermeiden, richtete der junge Graf Bernhard an das k. k. Ministerium des Inneren ein Gesuch, auf das hin ihm mit Reskript vom 24. März 1898 (das traurige Dokument hatte Faßl heute noch in Händen) »die Ablegung des gräfl. Namens und Titels unter hinfortiger Führung des bürgerlichen Namens Faßl« gestattet wurde.

Dieser nunmehr mit dem leicht ordinären Namen Faßl behaftete Bernhard Karl war der Urgroßvater, kann auch sein, Ur-Urgroßvater des Liftboys, lyrischen Dichters und »Adoptivsohns« der Goldschmiedin Doris, Stephan Faßl. »Wenn uns wenigstens ein kleines *von* belassen worden wäre«, jammerte der Liftboy.

Lolos Formulierung ihrer Sicht des äußeren Erscheinungsbildes ihres Vaters verdient erwähnt zu werden: »Er sieht aus wie ein Provinzschauspieler, dem es nur unvollkommen gelingt, Peter Ustinov zu imitieren.« Die Definition machte sehr rasch die Runde (Lolo sorgte dafür) und kam natürlich eines Tages dem alten Schaumberg zu Ohren. Schaumberg lachte, als man es ihm erzählte, aber er konnte drei Tage danach nicht mehr recht mit Appetit essen. Um Filmplakate mit dem Bild Peter Ustinovs machte Schaumberg von da an einen Bogen, kam im Fernsehen ein Film mit ihm, schaltete Schaumberg ab.

Im Sommer des Jahres, in dem Schaumberg endgültig seine Glaswürfel aus der Wohnung in der Lamont-Straße entfernt und in die Garçonnière in der Nördlichen Auffahrtsallee gebracht hatte, löste Frau Schaumberg die Wohnung auf und zog mit Lolo nach Nizza, woher sie stammte. Ihre damals schon sehr alte Mutter lebte noch. Die monatlichen Überweisungen von Nandor Schaumberg kamen – jährlich um ein paar Prozent angehoben, das war in einem Vertrag vereinbart, den zwei Anwälte nach der Trennung ausgehandelt hatten – per Dauerauftrag von einem Konto bei einer deutschen Bank auf ein Konto bei einer Bank in Nizza. Weitere Verbindungen gab es nicht. Daß Nandor Schaumberg die Stelle als Direktor des Goethe-Instituts in Fortaleza in Brasilien angetreten hatte, erfuhr (mit zwei Jahren Verspätung) die da gerade zwanzigjährige Lolo, als sie im deutschen Kulturinstitut in Nizza ein Buch über Eichendorffs Briefwechsel mit Lebrecht Dreves – das über Fernleihe besorgt wurde – ausleihen wollte, zehn Minuten warten mußte, in einer alten internen Informationsschrift des Goethe-Instituts blätterte und darin die Nachricht abgedruckt fand. Es war nicht nur eine Nachricht, es war, weil so etwas für die personellen Bewegungen innerhalb des Goethe-Instituts von Bedeutung ist, eigentlich schon ein richtiger Artikel, ein Bericht mit Lebenslauf und Bild.

Lolo hielt die Schrift in der Hand, blickte um sich, ob

niemand herschaue; es schaute niemand her. Lolo ritzte mit ihrem scharf manikürten, stark rot lackierten, spitzen Daumennagel am Blatt entlang und löste es lautlos aus dem Heft. Sie faltete das Blatt zusammen und steckte es in ihre Handtasche. Wenn sie die Dame, die hinten suchte, ob der Briefwechsel Eichendorff–Dreves schon angekommen sei, darum gefragt hätte, hätte diese ihr das ganze Heft geschenkt.

Daheim zeigte sie das Blatt ihrer Mutter. Frau Schaumberg las den Bericht nicht, schaute nur das Bild an. Lolo sagte: »Er hat es immer noch nicht geschafft. Ustinov ist doch besser.«

Am 1. Dezember 1977 – Lolo war einundzwanzig Jahre alt – fuhr die Mutter, Madame Camille Schaumberg, née Latour, mit ihrem Auto, einem Citroën älteren Baujahres (die Überweisungen Schaumbergs waren nicht so üppig, daß ein breiterer Lebensstil möglich gewesen wäre) auf der D 2204 landeinwärts in Richtung Sospel. Frau Schaumberg fuhr allein. In Sospel wohnte ein Jugendfreund von Frau Schaumberg, ein ehemaliger (mehrfacher) Minister der Zeit vor de Gaulle und emeritierter Universitätsprofessor, der sich schon vor Jahren dort oben zur Ruhe gesetzt hatte. Frau Schaumberg hatte den Jugendfreund in den ganzen Jahren ihrer Ehe nicht mehr gesehen und den Kontakt erst wieder aufgenommen, als sie nach der Trennung von ihrem Mann nach Nizza gezogen war. Welcher Art die Beziehungen Frau Schaumbergs zu dem Jugendfreund, Minister a. D. und Professor waren, wußte auch Lolo nicht. »Er war eben ein Freund«, sagte Lolo vor der Polizei. Für weiteres interessierte sich die Polizei auch nicht, da es sich sichtlich um einen Unfall gehandelt hatte, nicht um ein Verbrechen.

Frau Schaumberg war nachmittags gegen halb zwei Uhr abgefahren. Lolo war seit dem frühen Morgen unterwegs und kam erst abends gegen zehn Uhr nach Hause. Sie nahm an, daß ihre Mutter – es regnete, vielleicht waren die Straßen in den Bergen sogar stellenweise vereist – im Haus des Ministers über Nacht geblieben war. Am 1. Dezember wird es um fünf Uhr schon dunkel.

»Nein«, sagte sie bei der Polizei, »Sorgen gemacht habe ich mir nicht. Ich habe auch nicht mehr angerufen – es

war ja schon nach zehn Uhr, und ich wußte, daß der Minister um zehn Uhr schlafen geht.«
»Auch wenn Besuch da ist?« fragte der Kommissar.
»Ist das ein Verhör, oder was?« fragte Lolo.
Der Kommissar machte wedelnde, entschuldigende Handbewegungen: »Aber nein, Mademoiselle, ich meine nur: Sie wußten ja nicht ...«
»Ich habe schon gesagt«, sagte Lolo, »daß ich mir keine Sorgen um Maman machte. Und der Minister geht um zehn Uhr schlafen, ob Besuch da ist oder nicht.«
Erst als Frau Schaumberg auch am folgenden Tag abends um zehn Uhr noch nicht da und auch kein Anruf von ihr gekommen war, begann sich Lolo Gedanken zu machen. Um elf Uhr rief sie beim Minister an, der zunächst sehr ungehalten war. Das Telefon, sagte er, habe ihn so erschreckt, daß er nur einen Hausschuh gefunden habe, und das Haus habe bekanntlich einen Steinfußboden, und es sei Dezember, und er sei ein alter Mann und halte es nicht für ausgeschlossen, daß die Tatsache, daß er halbbarfüßig zum Telefon eilen mußte, seine Todesursache sein werde ... Lolo unterbrach den gereizten Wortschwall und fragte nach der Mutter. Gerechterweise muß man sagen, daß der Minister a. D. sogleich seinen fehlenden Hausschuh vergaß und die Sache in die Hand nahm: Frau Schaumberg hatte mitnichten in seinem Haus übernachtet, sondern war vielmehr noch am gleichen Tag, also gestern, am 1. Dezember, zurück nach Nizza gefahren. Da sie dort nicht angekommen war, verständigte er die Polizei. Das heißt: er verständigte nicht einfach die Polizei, er rief in Paris den Innenminister in dessen Privatwohnung an und veranlaßte, daß der die Polizei in Nizza rebellisch machte. Wenig später schwärmten Polizeisuchhunde aus, als ob der Reeder Onassis entführt worden wäre.

Dennoch fand man Frau Schaumberg erst etwa eine Woche später: sie und ihr Auto, den Citroën, in einer mit Wasser gefüllten aufgelassenen Kiesgrube etwa auf der Hälfte des Weges zwischen Sospel und Nizza.

6

Doris verkehrte viel in Künstlerkreisen, wobei dem Wort »verkehrte« mehrfache Bedeutung zuzumessen nicht falsch ist. Mit dem Künstler Brachenbach verband sie allerdings bis zu jenem Abend nichts. Doris' Adoptivsohn interessierte sich nicht für bildende Kunst, es kann auch sein, daß er nicht zuschauen wollte, wie Doris mit den bildenden Künstlern feierte (und mehr). Doris ging allein zur Vernissage Brachenbachs in der Galerie B. D. in Bad Godesberg. Die Galerie B. D. war eine progressive Galerie. Sie war im Nebengebäude einer stillgelegten Eisengießerei untergebracht. Man mußte über einen schlammigen Hof gehen, den eingefallene Ziegelmauern umgaben. Dennoch galt die Galerie B. D. – eine Zeitlang zumindest – als chic, und wer auf sich hielt, mußte zu den Vernissagen hingehen. (Ein Kunstkritiker der ›Zeit‹ war am Umsatz der Galerie beteiligt.)

Unter den Leuten, die sich in dem relativ kleinen Raum drängten und dabei – vom aufgeregten Galeristen ständig gewarnt – Abstand von den Bildern hielten, entdeckte Doris die hochragende Gestalt eines silbermähnigen Mannes, der eine entfernte Ähnlichkeit mit Peter Ustinov hatte. Der silbermähnige Mann hatte einen Ginfizz in der Hand, belehrte einige Umstehende und heftete zufällig seine wasserblauen Augen auf Doris, die im gleichen Augenblick zu ihm hinschaute.

Der Silbermähnige unterbrach seine Belehrungen mitten im Satz, sagte: »Einen Moment ...« und ruderte durch die Menge zu Doris hin.

»Kennen wir uns nicht?« sagte er, »– damit Sie nicht *nein* sagen müssen: ich bin Nandor Schaumberg.«

»Ich bin Doris«, sagte Doris.

Es ist das Augenmerk auf den winzigen Umstand zu lenken, daß Schaumberg nicht sagte: »– ich *heiße* Nandor Schaumberg –«, sondern: »– ich *bin* Nandor Schaumberg –«, so als glimme tief in ihm die Hoffnung, es gäbe noch irgend jemanden unter den Lebenden, der ›Das Huhn‹ gelesen hätte.

Die Tatsache, daß Doris etwas spitz antwortete: »Ich *bin* Doris –«, entging Schaumberg.

45

Man kann von Schaumberg halten, was man will, und man kann von seinen Begabungen und Talenten so oder so denken, eine Begabung ist Schaumberg nicht abzustreiten: er erkennt bei solchen Gelegenheiten wie dieser Vernissage messerscharf, ob ein Mädchen allein ist oder nicht.

»Was halten Sie von den Bildern?« fragte Schaumberg.

»Nichts«, sagte Doris.

»Sehr gut«, sagte Schaumberg, »was halten Sie davon, daß wir irgendwo ein paar kleine, unanständige Happen Kaviar zu uns nehmen?«

»Mehr als von den Bildern«, sagte Doris.

Die Bilder Brachenbachs waren – zumindest thematisch – tatsächlich von einer gewissen Monotonie. Die Bilder waren sehr großflächig und mit kräftig ausholendem Pinsel in primären Farben gemalt. Alle Bilder – etwa zwei Dutzend – stellten einen Photoapparat auf einem Tisch liegend dar, überlebensgroß, sozusagen. Alle Bilder waren noch feucht; deswegen war der Galerist so besorgt. Brachenbach hatte nämlich verschwitzt – wie Künstler eben oft so sind –, daß er diesen Ausstellungstermin hatte. Als zwei Tage vor der Vernissage noch keine Bilder da waren, rief der Galerist bei Brachenbach an. Brachenbach fiel aus allen Wolken. Er hatte eben eine künstlerische Wende hinter sich und alle seine bisherigen Bilder mit Grundierfarbe überstrichen. Der Galerist schrie ins Telefon, daß er dem Wahnsinn nahe sei. Brachenbach versprach, sofort neue Bilder zu malen. Er malte Tag und Nacht, aber es fiel ihm eben nichts anderes ein als sein Photoapparat, der auf dem Tisch des Ateliers lag. Der stille Teilhaber und ›Zeit‹-Rezensent schrieb: es handle sich hier um eine originelle Variante des Photorealismus.

Doris wurde von Schaumberg mit Kaviar gefüttert; dann verbrachte sie eine vergnügliche Nacht mit Schaumberg in einer kleinen Wohnung eines mit Schaumberg befreundeten Bundestagsabgeordneten, der gerade auf einer Informationsreise in Indonesien war. In der Früh zeigte sich ihr Schaumberg in einem rot-weiß-seidenen, mit goldenen Löwen bestickten Morgenmantel, führte ihr einen Teil (den Teil, den er auf Reisen mit sich führte), seiner Glaswürfel vor und photographierte die nackte Doris in mehreren Stellungen.

7

Nandor Schaumberg flog 1974 mit vielleicht zwanzig Glaswürfeln im Gepäck nach Brasilien und kehrte vier Jahre später mit wenigstens vierzig Glaswürfeln nach Europa zurück. Schuld daran waren die Brasilianerinnen. Man weiß, daß das Mischblut die schönsten jungen Menschen hervorbringt. Schaumberg machte viel Gebrauch von dem Mischblut. Im übrigen war sein Dienst als Direktor des Goethe-Instituts in Fortaleza untadelig, das heißt: unauffällig. Die Arbeit lief während Schaumbergs Direktorat so weiter wie vorher, und es hinterließ nachher keine Spuren. Neuerungen einzuführen oder große Pläne zu verwirklichen gehörte nicht zu Schaumbergs Naturell.

Im Herbst 1977 begann eine Art Bummelstreik des brasilianischen Flug- und Bodenpersonals. Es wurde sehr schwierig, von Fortaleza nach Rio – wo Schaumbergs vorgesetzte Dienststelle saß – zu kommen. Schaumberg mußte alle ein, zwei Monate hin. Man kam auf einen Trick (der sogar vom Rechnungshof nachträglich abgesegnet wurde): nicht bestreikt wurden die internationalen Fluglinien. So flog Schaumberg von Fortaleza nach Caracas und dann von Caracas nach Rio; genauso zurück. Es versteht sich, daß Schaumberg in Caracas jeweils ein paar Tage Station machte. Auch die Venezolanerinnen sind nicht zu verachten.

Gegen Ende des Jahres dehnte Schaumberg einen solchen Zwischenaufenthalt in Caracas auf nahezu drei Wochen aus. Der Anlaß war eine selbst für Schaumbergs Begriffe überraschend exhibitionistisch veranlagte Angestellte der amerikanischen Botschaft, eine Halb-Inderin aus Guyana mit hüftlangen schwarzen Haaren. Die Photographien, die Schaumberg von der Halb-Inderin machte, hatten – wie Schaumbergs Freund Albin Kessel später bemerkte, als er die Bilder einmal sehen durfte – bereits einen leichten Hieb ins Gynäkologische. Da die Telefonverbindungen von Fortaleza zur Hauptstelle in Rio sehr schlecht waren, fiel keinem Menschen höheren Orts die urlaubslose Abwesenheit Schaumbergs auf. Die Angehörigen des Instituts in Fortaleza waren ohnedies der Meinung, daß der Betrieb ohne Direktor – ob der nun Dr. Schaumberg hieß oder wie auch immer – besser laufe als mit Direktor.

Vom Tod seiner Frau erfuhr Schaumberg erst, als er ein Jahr danach nach Europa zurückkehrte. Er machte seiner Tochter Lolo per Telefon heftige Vorwürfe, weil sie ein Jahr lang nach dem Tod ihrer Mutter immer noch die Unterhaltszahlungen kassiert habe. Wie sie sich denn vorstelle, fragte Schaumberg, wann sie die aufgelaufene, nicht unbeträchtliche Summe zurückzahlen werde?

»Überhaupt nicht«, lachte Lolo.

Bei der Gelegenheit erkundigte sich Schaumberg auch nach dem Grab seiner Frau. Er schickte gelegentlich durch »Fleurop« Blumen.

8

Stephan Faßl betrachtete seinen Dienst als Liftboy selbstverständlich nur als Zwischenstation. Seine Mutter, die verwitwete Kommerzialrätin Faßl aus Innsbruck, hatte Faßl bewegen wollen, Jura zu studieren, aber Faßl erklärte, daß er in sich die Berufung zum Schriftsteller verspüre. Mehr noch: er verspüre nicht nur die Berufung zum Schriftsteller, er fühle in sich, daß er *erfolgreicher* Schriftsteller werden würde. Frau Kommerzialrätin Faßl war mehr besorgt als beeindruckt davon. Sie schlug dem Sohn vor (er war damals achtzehn), die Zeit bis zum Eintreten des Ruhmes als Jurastudent zu verbringen. Nach eingetretenem Ruhm könne Stephan ja immer noch den juristischen Beruf fallenlassen. Stephan lehnte ab.

»Die Voraussetzung«, sagte er, »nicht für eine Karriere als erfolgreicher Schriftsteller – die kann man vielleicht auch irgendwie nebenher machen –, sondern dafür, daß ich wirklich Großes: das heißt Neues schaffe, ist, daß ich *lebe*. Lebe und denke! Die Literatur muß von innen heraus kommen, ohne sich durch ein Gestrüpp von bürgerlichem Beruf winden zu müssen; wenn du verstehst, was ich meine.«

»Nein«, sagte die Kommerzialrätin.

Die beiden älteren Brüder Faßls, die schon die elterliche Kunstmühle weiterführten, waren der Meinung, daß Stephan nicht »lebe und denke«, sondern vielmehr auf der faulen Haut liege. Die lyrischen Gedichte Stephans, die er vorwies, beeindruckten die Brüder nicht.

Stephan Faßl zog aus dem Elternhaus aus, nahm erst eine Stelle als Spüler im Hotel »Europa« in Innsbruck an, später ergab sich für ihn die Möglichkeit, in einem großen Hotel in Bonn als Liftboy zu arbeiten. Das sei aber mitnichten ein bürgerlicher Beruf, betonte er immer, das sei eine unerhebliche Zwischenstation. In seinem Paß stand daher als Berufsbezeichnung auch: *Autor*. Faßl hatte lang geschwankt, als der Paß ausgestellt wurde: sollte er »Schriftsteller« einsetzen lassen oder »Dichter«? Zuletzt entschied er sich für die feine, etwas schwebende und irisierende, jedenfalls ungewöhnliche Berufsbezeichnung »Autor«. Der Beamte des Paßamtes trug das ohne mit einer Wimper zu zucken ein.

Anders war es leider beim Steueramt in Bonn: auf der Lohnsteuerkarte stand herzlos »gastron. Hilfsarbeiter«.

»Ich bin Schriftsteller«, sagte er.

»So«, sagte der Steuerbeamte, »ja – das steht Ihnen natürlich frei.«

»So steht es auch in meinem Paß!«

»Kann schon sein«, sagte der Beamte, »aber Ihr Geld verdienen Sie als Liftboy.«

»Das ist nur eine unerhebliche Zwischenbeschäftigung. Demnächst werde ich mein Geld als Autor verdienen.«

»Dann kommen Sie wieder und wir ändern die Lohnsteuerkarte.«

Doris lernte Stephan Faßl an seinem Arbeitsplatz, also im Lift des Hotels kennen. Doris fuhr mit einem älteren Angehörigen einer nigerianischen Parlamentsdelegation nach oben auf dessen Zimmer. Sei es, daß sie der nigerianische Parlamentarier enttäuschte, sei es, daß Stephans ansprechendes Äußeres und sein hellblonder Pagenkopf Doris faszinierte, es kam so, daß, als Doris allein nach knapp zwei Stunden wieder herunterfuhr, eine Verabredung für den Abend nach Dienstschluß getroffen wurde. Faßl zog zu Doris in deren Zweizimmerwohnung. Doris bezeichnete ihn von da ab als ihren »Adoptivsohn«.

Faßl entging selbstverständlich das rege erotische Leben Doris' nicht, das von da ab aber – mit Ausnahme der Beschäftigung mit Faßl natürlich – außerhalb der Zweizimmerwohnung stattfand. Es war ein ungeschriebener und sogar unausgesprochener Vertrag zwischen Faßl und Doris.

Faßl hatte es in jeder Hinsicht gut bei Doris, brauchte nichts für die Miete zu zahlen, konnte dichten, durfte aber nicht fragen, wo Doris hinging. Durch kostenlose Fürsorge und zeitweilig heftige Hinwendung zu ihm kaufte sie ihm das Recht auf Eifersucht ab. Stephan Faßl tröstete sich mit der Literatur und der Tatsache, daß *in der Wohnung* er allein Doris' Herz regierte. Den einzigen Schlüssel zur Wohnung (außer Doris) hatte er. Das ging zwei Jahre so, als Doris Schaumberg kennenlernte. Es ging sogar sehr gut. Manchmal tat Faßl so, als habe er seinerseits auch andere Abenteuer außer Haus. Doris gab vor, es zu glauben. In Wirklichkeit dichtete Stephan Faßl, wenn Doris zu einer Vernissage oder sonst irgendwohin ging. Außer in einer Zeitschrift in Innsbruck, die einmal einige Gedichte von Faßl abdruckte, hatte er bis dahin nichts veröffentlicht. Doris hätte einen literarischen Erfolg Faßls nicht ungern gesehen. Sie sprachen darüber, warum er immer noch ausblieb.

»Es liegt daran«, sagte Doris, »daß du nur Lyrik schreibst. Du mußt eine Erzählung schreiben; wenn es geht: eine spannende.«

9

Mit dem Minister, der aus Sospel heruntergekommen war, stand Lolo im Polizeiamt von Nizza in einem gekachelten Raum vor einem Zinksarg, der ausschaute wie eine umgedrehte Wiege. Der Gerichtsarzt sagte: »Ich empfehle Ihnen, Mademoiselle, den Sarg nicht öffnen zu lassen. Ihre Mutter ist fast eine Woche im Wasser gelegen. Behalten Sie sie so in Erinnerung, wie Sie sie zuletzt gesehen haben. Im übrigen:« – er gab Lolo und, nach kurzem Zögern, auch dem Minister die Hand – »mein Beileid. Die Staatsanwaltschaft hat keine Einwendung gegen die Beerdigung.«

Die Ermittlungen der Polizei und die Obduktion der Leiche hatten ergeben, daß Madame Schaumberg mit ihrem Auto aus ungeklärten Gründen von der Straße abgekommen und einen Abhang hinuntergerollt war, wobei sich das Auto überschlagen hatte. Dann war das Auto in eine Kiesgrube gestürzt, die ziemlich tief und voll Wasser war. Frau Schaumberg hatte versucht, die Tür zu öffnen, die war aber durch das Überschlagen verbeult. Dann hatte Frau Schaumberg das Fenster heruntergeklappt (vielleicht schon in Atemnot – der Minister erzählte Lolo die gräßlichsten Details, die er den Ermittlungsakten entnahm, gar nicht alle weiter), wohl in der Hoffnung, durch das Fenster aus dem Auto hinauszukönnen. Das mißlang. Es drang Wasser ein, das Auto lief voll ...

Der unklare Punkt war, wie gesagt, warum Madame Schaumberg von der Straße abgekommen war. Trotz mehrfacher öffentlicher Aufforderung der Polizei meldeten sich keine Zeugen. Die Gegend um die Kiesgrube war auch unbewohnt. Es mochte leicht sein, daß den Vorgang niemand beobachtet hatte. (Denn wenn jemand gesehen hätte, daß ein Auto in die Kiesgrube stürzt, hätte er das wohl sofort gemeldet.) Eine unbedachte und schnelle Fahrerin war Frau Schaumberg nie gewesen.

»Sie ist immer eher zaghaft gefahren, für meine Begriffe«, sagte Lolo bei der Polizei. Ob an dem betreffenden Straßenstück Glatteis geherrscht hatte, ließ sich nach einer Woche nicht mehr feststellen. Es hatte inzwischen getaut.

»Wahrscheinlich war Glatteis«, sagte der Kommissar, »aber das hilft jetzt auch nicht mehr viel.«

Die Staatsanwaltschaft gab die Leiche zur Bestattung frei. Auch das demolierte Auto stehe, teilte ein amtliches Schreiben Lolo mit, zur Abholung bereit.

Lolo und der Minister kamen überein, daß man wohl Dr. Schaumberg und Lolos Schwestern vom Tod Frau Schaumbergs unterrichten müsse. Der Minister rechnete die Zeitdifferenz aus und rief dann früh am Morgen, weil er meinte, dann sei in Fortaleza später Vormittag, im dortigen Goethe-Institut an. Er mußte fast eine Stunde auf die Verbindung warten, und dann meldete sich dort niemand. Der Minister schüttelte den Kopf: »– wo doch die Deutschen sonst so fleißig sind; aber vielleicht steckt die brasilianische Mentalität an.« Er schickte (den Wortlaut bestimmte Lolo) ein Telegramm. Erst viel später erfuhr der Minister, daß er genau verkehrt herum gerechnet hatte: als er in Fortaleza anrief, war dort Mitternacht und natürlich das Sekretariat des Goethe-Instituts nicht besetzt. Daß Herr Dr. Nandor Schaumberg auch untertags zu jener Zeit nicht zu erreichen gewesen wäre, auch nicht in seiner Privatwohnung, weil er sich auf einem illegalen Urlaub in Caracas befand, konnte der Minister a.D. natürlich nicht wissen.

Auch die in Amsterdam verheiratete Schwester Nadina war trotz vieler Bemühungen nicht zu erreichen. (Der Minister hatte Leute in Amsterdam angerufen, die er kannte, hatte sie gebeten, herauszufinden, wo Nadinas Mann arbeitete. Die Nachforschungen krankten von vornherein daran, daß Lolo nur den Vornamen (»Fobbe«) ihres Schwagers wußte; über den genauen Familiennamen war sie sich im Unklaren: »... irgendwie mit van – van Grachten oder van Brechten ...« Als auch Fedora in Wien nicht gleich auf Anhieb verständigt werden konnte, wurde es Lolo zu dumm.

»Sie haben sich eh nie um Maman gekümmert.« Sie schrieb zwei kühle Briefe an die Schwestern und ging mit dem Minister allein zur Beerdigung.

Ein weiteres Problem war der demolierte Citroën.

»Einerseits«, sagte der Minister, der nach der Beerdigung bei Lolo in der Wohnung saß und Tee trank, »... fehlt dem Auto nicht viel. Es könnte ohne weiteres wieder hergerichtet werden, habe ich mir von den Polizisten sagen lassen. Und es gehört natürlich Ihnen – als Erbin ... zumindest zum Teil – auch *die* Frage muß noch geklärt werden –«

»Ich kann doch wirklich nicht mit dem Auto herumfahren, in dem meine Mutter ... umgekommen ist«, sagte Lolo.

»Freilich nicht«, sagte der Minister, »aber man kann doch auch nicht das Auto, das eben doch fast eine Reliquie ist – ich meine das ganz ernst –, nicht einfach verschrotten lassen ... Mag sein, das ist sentimental, aber es käme mir vor, als würde Ihre Mutter ein zweites Mal getötet.«

»Ich habe gedacht«, sagte Lolo, »die Polizei behält das Auto ... irgendwie ...«

»Warum sollte sie«, sagte der Minister. »Ich mache Ihnen einen Vorschlag: ich kaufe Ihnen das Auto ab.«

Lolo stutzte – dann ging ein Feilschen mit umgekehrtem Vorzeichen los. Lolo wollte dem Minister das Auto schenken – der Minister wieder wollte partout einen Preis zahlen, als wäre der Citroën ganz neu. Sie einigten sich dann darauf, daß der Minister ein ähnliches Auto kaufen und Lolo überlassen werde. Das geschah auch dann bald. Vorher noch wurde das demolierte Auto nach Sospel hinaufgeschleppt. Der Minister ließ es – so, daß es nicht auf den ersten Blick zu sehen war – in seinen Garten stellen und behandelte es ungefähr wie ein Grabdenkmal. Er ließ eine Bank und Tischchen davor aufstellen. Als die ersten warmen Tage kamen im nächsten Frühjahr, setzte sich der Minister auf diese Bank, ließ sich ein Gläschen Himbeerschnaps bringen, schaute ins Land hinaus und hing ganz alten Gedanken nach.

10

Doris lag – sie hatte sich auf Schaumbergs Geheiß ein sehr dünnes, fast durchsichtiges Tuch umgebunden, unter der einen Achsel geknüpft; es klaffte und bot Blick auf ihren Körper – auf dem Sofa und streckte die Füße auf den Schreibtisch hinüber. Ihre auffallend blonden Schamhaare glänzten in der Morgensonne. Schaumberg hantierte an seiner teuren Kamera.

»Photographierst du alle deine Puppen?« fragte Doris.
»Mhm«, sagte Schaumberg.
»Warum? Zum Andenken?«
»So ungefähr«, sagte Schaumberg. Er zog den Film auf und stellte die Kamera aufs Stativ. Schaumberg trug einen eisvogelfarbenen Morgenrock mit silbernen Tressen.
»Leg dich bitte auf den Bauch.«
Doris legte sich auf den Bauch. Schaumberg schaute durch den Sucher seines Apparates, drückte aber nicht ab, sondern trat zu Doris und drapierte das fast durchsichtige Tuch.
»Gibst du einmal einen Photoband heraus?« fragte Doris. »Da möchte ich aber vorher darum gefragt werden.«
Schaumberg photographierte.
»Wenn du möglichst den Po ein wenig in die Höhe strecken könntest«, sagte Schaumberg.
»Sehr unbequem«, sagte Doris.
»Nur einen Moment.« Schaumberg drückte ab, der Verschluß klickte ein paarmal.
»Jetzt von vorn«, sagte Schaumberg, »im Stehen. Die linke Hand nach oben – ja, so, als ob du erwarten würdest, ein Vogel setzte sich leicht auf deinen Handrücken ...« Schaumberg pflegte solche Redewendungen in diesen Situationen.
»Und«, fragte Doris, »hast du bei keiner Schwierigkeiten gehabt? Ich meine: haben sich alle anstandslos photographieren lassen?«
Der Verschluß klickte ein paarmal. Schaumberg knüpfte Doris das Tuch ab, trat zurück, kniff ein Auge zu, trat dann wieder zu Doris und drehte sie ein wenig.
»Schwierigkeiten? Nein, bis jetzt nicht.«
Der Verschluß klickte. Schaumberg machte die Kamera auf, legte einen neuen Film ein.
»Warum«, fragte er, »hast du diesen Faßl in deine Wohnung aufgenommen?« Schaumberg sprach den Namen *Faßl* so aus, als berühre er diese Silbe mit spitzen Fingern wie etwas Unappetitliches.
»Er heißt eben Faßl«, sagte Doris, »da kann er nichts dafür. Nicht jeder kann Nandor Schaumberg heißen.«
Schaumberg stellte die Kamera wieder auf das Stativ.

»Die Beine etwas auseinander«, sagte er. Der Verschluß klickte.

»Und jetzt dreh dich – die Hand immer oben lassen – langsam um deine Achse ... ja, sehr gut –« Der Verschluß klickte oft.

»Scheußlich – wenn alle Nandor Schaumberg hießen ...«

Doris drehte sich. »Warum ich den Faßl in meine Wohnung aufgenommen habe? Er ist doch mein Adoptivsohn.«

»Das ist kein Grund«, sagte Schaumberg.

»Und er ist so jung.«

»Das ist eher ein Grund«, sagte Schaumberg, »aber trotzdem: gleich in die Wohnung –«

»Wenn ich allein in der Wohnung wäre ... schließlich kenne ich mich ... ich würde Tag und Nacht nur ...«

»Was *nur* –?«

»Du weißt genau, was ich meine.«

»Jetzt setz dich rittlings auf diesen Stuhl ...«, sagte Schaumberg, »und wickle das Tuch um den Hals – aber so, daß es sonst nichts bedeckt.« Der Verschluß klickte.

»Nicht den Busen an die Lehne pressen.« Der Verschluß klickte. »Und mit dem Faßl ... geht es nicht Tag und Nacht?«

»Doch«, sagte Doris, »aber das ist ja schon fast wie eine Ehe.«

»Ach so«, sagte Schaumberg, »dann kann man es auf diese Formel bringen: du willst es dir nicht zu leicht machen.«

»Ich habe nie darüber nachgedacht«, sagte Doris, »aber vielleicht ist es so.«

Schaumberg ließ die Kamera stehen und setzte sich auf einen Sessel.

»Fertig?« fragte Doris.

»Und er schreibt Gedichte?« fragte Schaumberg.

Doris reckte sich, schüttelte ihre Glieder. »Ja«, sagte sie, »er schreibt Gedichte.«

»Gedichte sind in der Regel langweilig«, sagte Schaumberg. »Prosa schreibt er nicht?«

»Doch«, sagte Doris, »er hat unlängst eine Kurzgeschichte geschrieben.«

»Hat er sie schon veröffentlicht?«

»Nie im Leben«, sagte Doris, »er hat überhaupt so gut wie nichts veröffentlicht.«

Doris setzte sich auf Nandors Schoß. »Oho –«, sagte sie, »schon wieder?« Sie spürte durch den schweren Morgenmantel, daß das Photographieren Nandor aufgeregt hatte.

»Bring mir die Kurzgeschichte«, sagte Nandor.

»Wirklich?« fragte Doris erfreut. »Könntest du etwas tun für ihn?«

»Vielleicht«, sagte Nandor und legte Doris aufs Sofa.

11

Das ohnedies absichtlich kurze Telegramm Lolos – es lautete: MEINE MUTTER TÖDLICH VERUNGLÜCKT STOP LOLO SCHAUMBERG – hatte Schaumberg nie erreicht. Das Telegramm enthielt, wie man vielleicht ohne Hinweis erkennt, zwei spitzige Feinheiten. Erstens: unterschrieb Lolo mit dem vollen Namen, also mit dem Vornamen und dem Familiennamen, so, als ob dieser dem Adressaten nicht ohne weiteres klar wäre, so als richte sich das Telegramm an einen völlig fremden Menschen und nicht an den Vater; zweitens: schrieb Lolo »meine Mutter«, so, als ob die Verstorbene nur ihre Mutter und nicht auch – immerhin und immer noch – die Frau des Adressaten gewesen wäre.

Die beiden feinen Spitzen erreichten ihr Ziel nicht, denn erstens entstellte die brasilianische Post den Text bis zur Unkenntlichkeit, und zweitens schickte die Sekretärin des Instituts, die einzige, die immer ungefähr wußte, wo Schaumberg war, das Telegramm ungeöffnet aber per Expreß (was in Südamerika überhaupt nichts besagt) nach Caracas in das Hotel, in dem Schaumberg gewohnt hatte, allerdings nur – was die Sekretärin nicht wußte – eine Nacht, denn am zweiten Tag lernte er jene eruptive Angestellte der amerikanischen Botschaft kennen, von der schon die Rede war, und zog in deren Wohnung. Der Portier des Hotels ließ den Expreßbrief liegen. Der Nachfolger des Portiers, der etwa ein Jahr danach die hinterlassene Unordnung in den Schubladen seines Vorgängers aufräumte, um Platz für neue Unordnung zu schaffen, fand den Brief, öffnete ihn und schickte das Telegramm (per einfacher Post) an den Absender zurück mit dem Vermerk: »El viajero yo no reside aqui.« Das Hotel, das ein Luxushotel war, verfügte nämlich über einen Stempel mit diesem Text. Der Stempel war sehr wichtig, denn der Portier brachte ihn immer an, wenn ihm die Zimmernummer des Gastes nicht sofort einfiel. Der neue Portier richtete das Telegramm nicht an den zweiten Absender – also das Goethe-Institut in Fortaleza, was auch nichts mehr geholfen hätte, denn Schaumberg war zu der Zeit nicht mehr Direktor –, sondern an den Absender des Telegramms, also an Lolo. Zwischen Caracas und Nizza ging die Nachricht endgültig verloren.

Im Jahr, in dem Schaumberg nach Europa zurückkehrte, erschien ein neues Mitgliederverzeichnis des deutschen PEN-Clubs, das ein altes, überholtes ersetzen sollte. Wie alle Mitglieder bekam auch Schaumberg ein Formular zugesandt mit der Bitte, die Angaben zu verbessern und zu ergänzen, vor allem die seither erschienenen Bücher einzutragen.

Das Formular erreichte Schaumberg in einer stillen, dämmrigen Stunde Ende November. Ein schmutziggelber belgischer Winterhimmel warf bescheidenes Licht durch die – zum Teil farbigen – Scheiben des ehemals auch von Graf Egmont bewohnten Hauses. (Ein anderer Schriftsteller, ein jüngerer, eher frecherer – Schaumberg hatte sich aus Zorn geweigert, sich dessen Namen zu merken –, hatte allerdings geäußert, als Schaumberg mit großer Stimme von seiner Wohnung erzählte, daß es kein Haus in Brüssels Altstadt gäbe, in dem nicht ehemals Graf Egmont gewohnt habe. Die Gesellschaft lachte – für einen Moment war damit nicht mehr Schaumberg, sondern jener jüngere, frechere Schriftsteller der Mittelpunkt im Raum. Alles konnte Schaumberg vertragen, nur nicht das. Zur Strafe vergaß er dann den Namen des Schriftstellers.) Das Kaminfeuer flackerte. Schaumberg nahm das Formular und die alte, überholte Ausgabe des Mitgliederverzeichnisses zur Hand und setzte sich ans Feuer. Er trug einen jadegrünen Morgenmantel mit aufgestickten goldenen Sternen.

Die »Favoritin« seiner letzten Monate hatte ihn verlassen. Normalerweise war es so, daß Schaumberg seine »Favoritinnen« verließ, nicht umgekehrt. Bis zu seinem – Schaumberg rechnete nach – ja: zweiundfünfzigsten Geburtstag war es sogar ausnahmslos so gewesen. Schaumbergs elitäre Selbsteinschätzung verbot, daß er diesen Wandel auf sich selber, gar etwa auf sein Alter zurückführte. Zur Vorsicht suchte er möglichst nach keinen Erklärungen, sondern so schnell wie möglich nach einer Nachfolgerin.

Dieses Mal, in diesen Herbsttagen, war es etwas anders. Die »Favoritin«, die ihn verlassen hatte, hatte ihm unschöne Dinge gesagt. »Eine Megäre«, dachte er.

So traf es aber diesmal Schaumberg schwer. Soweit er dazu überhaupt in der Lage war, litt er sogar. Die Bilder der »Favoritin« schauten aus den Glaswürfeln herab, das war alles, was ihm von ihr geblieben war. Wenn es schon nicht echtes Leid war, was Schaumberg empfand, so war es wenigstens Selbstmitleid. Er genoß es, wenn ihm fast die Tränen kamen. Er drehte mit seinen – sein großer Kummer: etwas zu kurzen und dicken – Fingern die Würfel. Auf jeder Würfelfläche ein anderes Bild der letzten »Favoritin«: auch sie hatte sich von ihm nackt photographieren lassen ...

Schaumberg beschloß in seinem Selbstmitleid, sich alt zu fühlen und sich wieder der Literatur zuzuwenden. Der Fragebogen des PEN-Clubs brachte ihn darauf. Das Feuer knisterte. Er blätterte in dem alten Mitgliederverzeichnis. Als erstes las er den Artikel ›Schaumberg‹ – mit wohligem Gefühl. Dann las er wahllos andere: er kannte viele der Dichter und Schriftsteller, und er mußte zugeben, daß er von den wenigsten jemals irgend etwas gelesen hatte. »Puh!« – dachte er. »Wie viele von denen haben ›Das Huhn‹ gelesen? Fünf, hochgerechnet.« Er erschrak, wie viele der PEN-Club-Mitglieder jünger waren als er. Statistisch gesehen lag er wohl schon über dem Altersdurchschnitt. Der Gedanke war weniger wohlig. – Und wieviel die Leute geschrieben haben ... und Schaumberg?

Schaumberg rückte in seinem Sessel hin und her, schloß die Schöße seines Morgenrocks über den Knien. Acht Zeilen. Schaumberg zählte nach: ja, acht Zeilen ›Publikationen‹. Der Artikel ›Schaumberg‹ war überhaupt auf eine einigermaßen passable Länge nur zu bringen gewesen, weil – im Gegensatz zu vielen anderen Autoren – der Lebenslauf recht ausführlich gehalten war. Schaumberg las: »Gymnasium. Abitur. Kriegsteilnehmer (Obergefreiter) ...« Schaumberg stutzte ... hatte er das damals wirklich in den Fragebogen hineingeschrieben? »Obergefreiter«? Ohne Zweifel hatte er es eher ironisch gemeint. Obergefreiter – wie Hitler ... war der nicht auch Obergefreiter gewesen? Oder nur Gefreiter? »Böhmischer Gefreiter« hatte Hindenburg Hitler genannt – der einzig wirklich bemerkenswerte Ausspruch dieses präsidentialen Kommißkopfes. – Unmöglich, das muß ich streichen lassen, dachte Schaumberg, das habe ich damals zwar ohne Zweifel ironisch gemeint, aber gedruckt ist es unironisch. Das muß raus. Acht Zeilen ›Publikationen‹ – sehr kümmerlich. Es sind eigentlich nicht einmal acht Zeilen, wenn man die fünf Zeilen mit den Wischi-Waschi »Zahlreiche Veröffentlichungen in Zeitschriften und Zeitungen, Mitarbeit an folgenden Rundfunkanstalten: ...« usw. abrechnete.

Was heißt »zahlreiche Veröffentlichungen«? Ein paar Buchrezensionen in den fünfziger Jahren ... und die Mitarbeit an den Rundfunkanstalten? – hie und da ein Feuilleton im Nachtprogramm über ›Der Europarat und die Kultur‹ oder so etwas, was keinen Menschen interessiert ...

Was bleibt? Schaumberg sprang auf: drei Zeilen: ›Das Huhn. Roman. 1947.‹ Roman ... Roman ... Schaumberg ging auf und ab. Achtzig Seiten. Hatte da nicht einmal Tucholsky etwas Böses gesagt über solche »Romane«? Auf dem Bücherbord über der Sammlung älterer Glaswürfel (der Glaswürfel mit der jüngstentschwundenen »Favoritin« stand – noch – auf dem Kaminsims) schimmerten in mattem Rot die Bände der Dostojewski-Ausgabe. ›Die Brüder Karamasow‹ – wer angesichts der ›Brüder Karamasow‹ ein belletristisches Elaborat von achtzig Seiten als Roman bezeichnet, ist ein Schwindler.

Schaumberg setzte sich an den Schreibtisch, stellte die feine, elfenbeinfarbene Schreibmaschine (elektrisch, batteriebetrieben) auf die gepreßte marokkanische Lederschreibunterlage, spannte einen Bogen mit Büttenrand ein und stellte fest, daß er zwar PEN-Club-Mitglied, Träger des Literaturpreises der Stadt Solingen von 1949 und des Kulturförderungspreises von Nordrhein-Westfalen von 1950, Publizist »zahlreicher Veröffentlichungen in Zeitschriften und Zeitungen, Mitarbeiter an folgenden Rundfunkanstalten ...«, daß er aber kein Schriftsteller mehr war.

12

Stephan Faßl – zu der Zeit bereits vom Liftboy zum Hilfsportier aufgestiegen und in dieser Eigenschaft im Hotel »Bremen« in Berlin tätig – stimmte letzten Endes und schweren Herzens dem Vergleich zu, den auch das Gericht befürwortet hatte. Auch Faßls Anwalt war dafür, daß man den Vergleich mache.

»Recht viel mehr ist nicht herauszuholen«, raunte der Anwalt Faßl zu: »solche Sachen sind ungeheuer schwer zu beweisen.«

Doris, die Faßls Kronzeugin gewesen wäre, war nicht mehr aufzufinden. Schaumberg bestritt in ziemlich arrogantem Tonfall.

Dann schlug Schaumbergs Anwalt vor, daß sein Mandant bereit wäre, um die Sache aus der Welt zu schaffen, Faßl einen Betrag von 400 DM zu bezahlen. Dafür müsse sich Faßl aber verpflichten, nie mehr, nicht öffentlich und nicht privat, nicht in Wort und nicht in Schrift, zu behaupten, Nandor Schaumbergs Kurzgeschichte ›Der perfekte Mord‹ sei ein Plagiat.

»Fünfhundert«, sagte Faßls Anwalt.

»Gut, fünfhundert«, sagte Schaumbergs Anwalt.

»Eigentlich müßte Ihr Mandant die vollen Kosten tragen«, sagte Schaumbergs Anwalt, »weil ...«

Da mischte sich der Vorsitzende ein: er halte den Vergleich für angemessen, für sehr gut – man wisse ja nie, wie die nächste Instanz entscheide ... und besonders in so heikler Sache, wo man eigentlich immer ziemlich ratlos sei ... man könne die Sache so sehen oder auch so ... Kostenaufhebung erscheine dem Gericht schon für richtig –

So wurde der Vergleich abgeschlossen. »Kostenaufhebung« bedeutet, daß die Gerichtskosten geteilt werden, und dazu bezahlt jeder Kontrahent seinen Anwalt selber. Faßl bekam fünfhundert Mark, von denen nach Abzug der Anwaltskosten aber nicht einmal die Hälfte übrigblieb.

»Die Sache sähe natürlich anders aus«, sagte Faßls Anwalt danach, »wenn Ihre Doris aufzufinden wäre. *Recht hat,* das ist eine alte Juristenwahrheit, *wer es beweisen kann.* Wir waren beweispflichtig. Und Ihre Doris war nicht aufzufinden.«

»Aber da kann *ich* doch nichts dafür!« sagte Faßl.

»Es gibt ungünstige Situationen«, sagte der Anwalt, »und man kann doch nichts dafür.«

Faßl hatte seine spannende Geschichte Doris gegeben, damals in Bonn. Doris hatte gesagt, daß sie jemanden kennengelernt habe, der bereit wäre, »etwas für die Geschichte zu tun«.

Doris hatte keinen Namen genannt. Doris hatte nie Namen genannt.

Die Geschichte hatte etwa fünf Schreibmaschinenseiten umfaßt. Als Doris mit dem Manuskript fortgegangen war, war Faßl voll froher Hoffnung gewesen. Er war so jung, daß er noch daran glaubte, irgend jemand würde irgend etwas für eine Geschichte tun, die ein Autor geschrieben hat, der Stephan Faßl hieß. Faßl hatte dann den Posten in Berlin angeboten bekommen. Doris hatte zunächst so getan, als würde sie mit Faßl nach Berlin ziehen. Eines Tages aber war sie verschwunden. Das Manuskript hatte Faßl nie mehr zurückbekommen. Zum Glück – aber das half ja auch nichts – hatte Faßl einen Durchschlag. Als Faßl schon zwei Monate in Berlin war, bekam er eine Karte von Doris aus Kopenhagen. Die Nachricht, die auf der Karte stand, besagte nicht viel. »Bussi aufs Bauchi« hatte Doris unter anderm geschrieben. Außer Doris hatten noch – wenn das richtig zu lesen war – vier andere Leute unterzeichnet: eine Elke, ein

Konrad und zwei offenbar verschiedene Sven. Etwa ein halbes Jahr später las der erstaunte Faßl seine Geschichte in etwas veränderter Form, zum größten Teil aber wörtlich, in der Zeitschrift ›Merkur‹. Als Verfasser zeichnete ein Faßl bis dahin unbekannter Schriftsteller namens Nandor Schaumberg.

Faßl ging mit dem Heft und dem Durchschlag seines Manuskripts zum Anwalt.

13

»Die Gerechtigkeit«, sagte der alte Minister a. D. zu Lolo, »geht oft eigenartige, verschlungene Wege. Das kommt vielleicht daher, daß sie göttlich ist.« Der Minister klappte das Heft zu – in dem er nicht lesen konnte, weil er deutsch nicht verstand – und gab es Lolo zurück. Lolo nahm das Heft.

Der Minister lehnte sich in seinen Sessel zurück, preßte die Fingerspitzen der Hände aneinander und blickte zum Plafond. Er wiederholte leise: »Die Gerechtigkeit geht oft eigenartige, verschlungene Wege. Das kommt vielleicht daher, daß sie göttlich ist.« Er dachte nach. Dann sagte er: »Würde es Ihnen etwas ausmachen, diesen Satz aufzuschreiben?«

Wenn ein französischer Minister, dachte Lolo, so von der Gerechtigkeit redet, dann bedeutet das, Freude an der Formulierung zu haben und nicht unbedingt Gottesfurcht.

Dennoch schrieb Lolo den Satz hinten in das Heft der Zeitschrift ›Merkur‹ (das zu dem Zeitpunkt schon zwei Jahre alt war), setzte den Namen des Ministers darunter und das Datum und steckte das Heft in ihre Handtasche.

Weder Lolo noch eine ihrer Schwestern lasen deutsche literarische Zeitschriften. Die Erzählung ›Der perfekte Mord‹ wäre ihnen entgangen, wenn nicht Fedora, die älteste (Lolo: »– erfolgreiche Hetäre und spielt etwas Klavier ...«) den Auftrag bekommen hätte, eine Schallplatte einzuspielen.

Fedora Schaumberg war keine schlechte Pianistin, aber

den wirklichen »Durchbruch«, wie man so sagt, hatte sie nie geschafft. Pianisten wie sie haben nur dann eine Chance für Schallplatteneinspielungen, wenn sie sich bereitfinden, Musik abseits des gängigen Repertoires zu studieren. Die Beethovensonaten, das Tschaikowsky-Konzert, die Goldberg-Variationen, die Klaviermusik von Schumann und Chopin sind den berühmten Pianisten vorbehalten. Sie spielen sie unverdrossen Jahr für Jahr neu ein, und Joachim Kaiser in München vergleicht in esoterischen Artikeln, ob die Triole in Takt 104 des zweiten Satzes eine Idee inspirierter als voriges Jahr gespielt ist oder nicht. Wenn eine Schallplattenfirma etwas aufnehmen will, was sich nicht im Gleis der durch penetrante Interpretationen ausgefahrenen anerkannten Klaviermusik bewegt, muß sie sich entweder an ganz junge Pianisten wenden oder an solche, die »den wirklichen Durchbruch« nicht geschafft haben, wie – zum Beispiel – an Fedora Schaumberg.

Es sollten die ›Sogetti diversi per il Cembalo‹ eines vergessenen und jüngst wieder ausgegrabenen Tiroler Klosterkomponisten des 18. Jahrhunderts namens Stefan Paluselli eingespielt werden. Fedora nahm den Auftrag an, ließ sich die Noten schicken und begann die Stücke zu studieren. Sie wollte gewissenhaft sein und nicht nur die Musik herunterspielen. Sie ging in die Nationalbibliothek und schaute in einem Speziallexikon nach: »Paluselli Stefan (Taufname: Johann Anton), * 9. Januar 1748 in Kurtatsch (Südtirol), † 27. Februar 1805 in Stams (Oberinntal) ...« Der Artikel war nicht sehr ausführlich, aber im kleingedruckten Anhang ›Literatur‹ fand sich der Hinweis auf einen Aufsatz über Paluselli aus der Feder eines Musikforschers namens Othmar Costa in der Zeitschrift ›Merkur‹.

Fedora Schaumberg ließ sich die betreffende Nummer dieser Zeitschrift im Zeitschriftensaal heraussuchen. Die Wege der Gerechtigkeit sind verschlungen. Sei es, daß der Verfasser des oben genannten Lexikonartikels schlampig gearbeitet hat, sei es, daß ein Druckfehler vorlag: es war auf ein falsches Heft der Zeitschrift ›Merkur‹ verwiesen.

Fedora fand nach einigem Suchen später dann das richtige Heft mit dem Aufsatz über Stefan Paluselli, in dem falschen Heft aber fand sie eine Kurzgeschichte ihres Vaters mit dem Titel ›Der perfekte Mord‹.

Sie las sie mit zunehmender Aufmerksamkeit, ja Aufregung, bestellte gleich danach auf dem Weg nach Hause in einer Buchhandlung drei Exemplare dieser Nummer und schickte je eines an ihre Schwestern. (Im Gegensatz zu Lolo wußte sie Name und Adresse Nadinas in Amsterdam.)

Nadina las nur die ersten Absätze der Erzählung. Weiterzulesen hätte sie überfordert. Nadinas Mann Fobbe van Japsenen las mit Mühe die ersten Zeilen. Dann wurde das Heft in Amsterdam weggelegt.

Lolo las die ganze Erzählung.

War es wirklich Gerechtigkeit, die hier verschlungene Wege ging, und nicht vielmehr ein Irrtum, der sich für Gerechtigkeit hielt? Oder war gerade dieser Irrtum die wahre, nur verschleierte Gerechtigkeit? So daß die tiefere Gerechtigkeit sozusagen in sich noch einmal einen noch schwerer einsehbaren verschlungenen Weg gewählt hatte, um das geheime Weltgefüge im Gleichgewicht zu halten?

Lolo las die Erzählung: sie war in der Tat spannend, aber selbst wenn sie das nicht gewesen wäre, hätte sie Lolo ohne Zweifel in einem Zug gelesen.

Die Erzählung handelte von einem älteren Schriftsteller, dem die Frau mit einem anderen Mann davongelaufen war. Der ältere Schriftsteller grämte sich darüber, vor allem aber ärgerte es ihn, daß er aufgrund der frauenfreundlichen bundesdeutschen Scheidungsgesetze an seine Frau Unterhalt zahlen mußte, obwohl *sie* davongelaufen war und mit einem anderen Mann zusammenlebte. Der ältere Schriftsteller ermordete seine davongelaufene Frau, und zwar auf so raffinierte (und gleichzeitig im Grunde genommen einfache) Weise, daß der Mord nie aufkam.

Der ältere Schriftsteller paßte – wohlvorbereitet – eine Gelegenheit ab, bei der seine Frau allein mit ihrem Auto fahren wollte, überfiel sie von hinten, betäubte sie mit einem äthergetränkten Tuch, fuhr mit dem Auto – die vorsichtshalber gefesselte Frau am Beifahrersitz – an eine Kiesgrube. Selbstverständlich fuhr der ältere Schriftsteller mit Handschuhen, um keine Fingerabdrücke zu hinterlassen, und alles spielte sich in einer einsamen Gegend und in der Nacht ab. An der Kiesgrube entfernte der ältere Schriftsteller die Fesseln, zerrte seine Frau auf den Fahrersitz, startete das Auto wieder, kurbelte das Fenster herunter und schob das Auto über den Rand der Kiesgrube in das Wasser, wo es sogleich versank.

Die Erzählung spielte in den österreichischen Bergen. Der ältere Schriftsteller in der Erzählung hieß Gebhardt. Das Auto der Frau war ein kleiner Wagen der Marke Renault.

Lolo las weiter, denn die Geschichte war noch nicht zu Ende.

Herr Gebhardt ging nach dem Mord durch die sternklare, kalte Nacht (es herrschte auf der Straße zum Teil Glatteis, was Gebhardt auch einkalkuliert hatte) zu Fuß zum nächsten Ort, von wo aus er mit dem letzten Omnibus in die etwa fünfundzwanzig Kilometer entfernte größere Stadt fuhr. Hier übernachtete er in einem Hotel, in dem er einen falschen Namen angab.

Am nächsten Morgen fuhr er mit dem Zug nach München. Hier, so weit weg vom Tatort, hatte er sein eigenes Auto abgestellt.

Die ermordete Frau wurde erst nach Wochen gefunden. Niemand nahm etwas anderes als einen Unfall an.

Aber Gebhardt wurde von Gewissensbissen geplagt. Er träumte gräßliche Träume, durch die Erinnyen jagten. Lolo fand diese Passagen etwas pathetisch und die deutlich antiken Anklänge für den fiesen Charakter Gebhardts zu heroisch.

Nach Jahren, so hieß es in der Erzählung weiter, schrieb sich Gebhardt seine Schuld von der Seele: er verfaßte ein Drehbuch für die Kriminalserie ›Tatort‹, in dem er seinen eigenen Mord exakt schilderte, und ein findiger Polizist, der diesen ›Tatort‹ sah und sich an den Vorfall mit Frau Gebhardt erinnerte, rollte den Fall auf.

Gebhardt wurde verhaftet, angeklagt – aber freigesprochen, weil – wie es in der Erzählung hieß – deutsche Richter in ihrer kleinbürgerlichen Unkultur nicht in der Lage sind, Literatur ernst zu nehmen. – Der perfekte Mord.

Nach dem Freispruch waren, stellte Gebhardt fest, auch die erinnyschen Träume weg.

Lolo pfiff durch die Zähne.

Sie nahm das Heft und fuhr zum Minister a.D. Weil der deutsch nicht lesen konnte, übersetzte ihm Lolo die Geschichte in groben Zügen. Auch der Minister a.D. pfiff durch seine (längst falschen) Zähne, griff zum Telefon und rief den Polizeipräfekten an.

Nun sind Literatur und Justizwirklichkeit natürlich schon zwei Paar Stiefel. So hatte Schaumberg in seiner (seiner?) Erzählung den sachlichen Fehler begangen, daß sein »Gebhardt« in Deutschland vor Gericht gestellt wurde, während die Tat ja in Tirol geschehen war.

Man müsse, entschied der Minister a.D., Schaumberg auf französisches Gebiet locken.

Das war nicht schwer. Der Minister veranlaßte über das Kultusministerium eine Einladung Schaumbergs nach Paris zu einer Lesung. Der ahnungslose Nandor fuhr hin.

Inzwischen hatte die Kriminalpolizei in Nizza ihre Arbeit aufgenommen. Die Leiche Frau Schaumbergs wurde exhumiert, das immer noch vorhandene, wenngleich völlig verrostete Wrack des Autos wurde nochmals untersucht. Schaumberg wurde verhaftet, als er in Paris/Charles de Gaulle aus dem Flugzeug stieg.

Er bekam lebenslänglich.

Das Gericht stützte seinen Spruch auf das, wie es ausführte, indirekte Geständnis Schaumbergs. Die neuerliche Obduktion der Leiche hatte ergeben, daß die Anwendung von Äther zwar nicht nachweisbar, aber auch nicht ausgeschlossen war. Am Lenkrad des Citroën waren keine Fingerabdrücke Schaumbergs zu finden, was exakt mit dem indirekten Geständnis Schaumbergs übereinstimmte: daß er nämlich Handschuhe getragen hatte. Der Fahrer des Postomnibusses, der den letzten Kurs an jenem 1. Dezember gefahren hatte, erinnerte sich zunächst an gar nichts, auf ganz eindringliches Befragen und nach Vorlage einer Übersetzung der Erzählung, besann sich der Mann aber dann doch daran, daß in Saint-Fiacre ein Herr mit silbergrauen Locken in den Omnibus gestiegen und nach Nizza gefahren sei. Saint-Fiacre ist ein Dorf, das zwei Kilometer von der fraglichen Kiesgrube entfernt liegt. Bei Gegenüberstellung mit Schaumberg sagte der Omnibusfahrer: er könne nicht mit Sicherheit sagen, daß dieser Mann mit jenem Passagier von Saint-Fiacre identisch sei. Als die Gegenüberstellung vor Gericht wiederholt wurde (inzwischen waren die Zeitungen voll von dem Fall), war sich der Omnibusfahrer bereits sicher über diese Identität. Dazu kam, daß nicht weniger als sieben Nachtportiers von Hotels in Nizza sich mit an Sicherheit grenzender Wahrscheinlichkeit daran erinnerten, daß Schaumberg an jenem 1. Dezember spätabends im jeweiligen Hotel ein Zimmer gemietet hatte.

»Sicher irren sich sechs der Zeugen«, führte das Gericht aus, »was aber den Gesetzen der Logik entsprechend bedeutet, daß einer der sieben sich *nicht* irrt. Welcher sich nicht irrt, ist für die eigentliche Wahrheit nicht von Bedeutung. Aber das Entscheidende in dem Fall ist das indirekte Geständnis des Angeklagten. Er behauptet zwar, die Erzählung stamme gar nicht von ihm, er habe sie frech plagiiert. Der eigentliche Autor sei ein Mann namens Stephan Faussel; ...« (vor dem für französische Begriffe unaussprechlich konsonantischen Namen Faßl sperrte sich die Schreibmaschine des Gerichtsschreibers) »... das Gericht hat Einsicht in die Akten des entsprechenden Plagiatsprozesses genommen. Dort hat der Angeklagte das Plagiat aufs entschiedenste geleugnet. Das Gericht vermag auch die Frage nicht zu beantworten: welches Interesse soll jener Herr Faussel gehabt haben, Madame Schaumberg zu ermorden? Wohl aber hatte der Angeklagte ein Interesse: die Geldgier, ein besonders niedriges und verwerfliches Motiv. Und nicht zuletzt«, hieß es im Urteil, »ist auf den vergeblichen Versuch des Angeklagten einzugehen, ein Alibi zu konstruieren. Er lebte damals in Fortaleza in Brasilien. Aber gerade um die fragliche Zeit war er drei Wochen in Urlaub mit unbekanntem Aufenthalt. Lang genug, um nach Europa zu fliegen, den Mord zu begehen und wieder zurückzukehren.«

Dazu kam allerdings auch – und auch das wurde sehr ausführlich dargelegt –, daß der Vorsitzende des Gerichts wie nahezu alle Franzosen, die mehr als die Elementarschule besucht haben, nebenbei Schriftsteller war, mehrere Abhandlungen juristischen und philosophischen Inhalts, aber auch lyrische Gedichte, einen erotischen Roman in Briefen und mehrere Kurzgeschichten sowie ein Kriminalhörspiel geschrieben und, wie es wörtlich hieß, »eine weitaus höhere Meinung von der Literatur« hatte, »als der Angeklagte in seinem indirekten Geständnis den deutschen Gerichten attestiert«.

Nicht zuletzt diese höhere Meinung öffentlicher Instanzen vom geschriebenen Wort mache den Rang der französischen Literatur aus. Das Gericht sei glücklich, dies hier sagen und bekunden zu können.

Schaumberg führte sich gut im Gefängnis. Er genoß Vergünstigungen. Seine Glaswürfel durfte er zwar nicht mit in die Zelle nehmen, wohl aber zwei seiner Morgenmäntel (einen auberginefarbigen mit eingewebten rosa Muscheln und einen seegrasgrünen mit weißen Tressen). Nach einem Jahr durfte er sich die silbernen Locken wieder wachsen lassen. Ab und zu besuchte ihn Lolo. Nach zwei weiteren Jahren wurde dem Häftling Schaumberg die Verwaltung der Gefängnisbibliothek übertragen. Dort las Schaumberg das neueste belletristische Werk des Gerichtsvorsitzenden, eine etwa hundertzwanzig Seiten lange Novelle mit dem Titel: ›Le crime parfait ou presque‹.

Als Lolo heiratete und von Nizza fortzog, besuchte den Häftling Schaumberg niemand mehr.

Im Regen

Selbstverständlich hätte ich, als Rechtsanwalt den scharfen standesrechtlichen Vorschriften unterworfen, das Mandat nie annehmen dürfen. Inzwischen sind zehn Jahre vergangen. Es ist nichts aufgekommen, wenn man so sagen kann, es ist gutgegangen. Es hätte genausogut anders kommen können. Obwohl: eigentlich habe ich mir nichts vorzuwerfen. Ich habe ein rätselhaftes Verbrechen aufgeklärt, wenngleich die irdische Gerechtigkeit nicht mehr in der Lage ist, es zu sühnen. Dennoch: ich hätte die junge Dame – Doris Morton hieß sie, sprach mit amerikanischem Akzent – (mit Bedauern) wieder wegschicken müssen, nachdem ich sie angehört. Ich habe sie nicht weggeschickt. Ich betrachte auch heute noch den Auftrag, den sie mir gab, nicht als Mandat, sondern als private Betätigung, als Befriedigung meiner Neugier. Auch ohne das ziemlich ansehnliche Honorar und die großzügige Vorauszahlung, die Mrs. Morton sofort leistete, hätte ich es nicht über mich gebracht, den Auftrag abzulehnen. Es trat sofort ein solches Bündel an rätselhaften Umständen zutage, daß es übermenschlicher Delikatesse bedurft hätte, die Neugierde zu unterdrücken. Ich muß zugeben: das Honorar kam mir schon auch gelegen. Ich war ein junger Anwalt, und meine wirklich guten Mandate konnte ich an den Fingern meiner zwei Hände abzählen, und nicht selten verschlangen die Kosten meiner winzigen Kanzlei (die Miete, der Gehalt für die Sekretärin, die ohnedies nur den halben Tag arbeitete, mehr war nicht zu tun) den ganzen Umsatz. Wie ich lebte? Ich lebte ... wie Rodolfo in der ›Bohème‹ sagt.

Es regnete seit Tagen. Das Haus, in dem ich meine Kanzlei hatte – damals, heute geht es mir besser –, hatte keine erstklassige Adresse, was mich *auch* störte; was mich vor allem aber störte war, daß es, wenn es regnete und Westwind herrschte, durch den Plafond tropfte. Die Halbtagssekretärin hatte deshalb damals, wie immer in solchen Fällen, im Flur einen Kübel genau unter die Stelle gestellt, wo es tropfte. Das Geräusch der Tropfen ging mir auf die Nerven, weshalb die Halbtagssekretärin einen großen Schwamm in den Kübel legte, der das Geräusch dämpfte. Soviel zu meiner Kanzlei. Der Kübel im Flur machte auf Mandanten keinen guten Eindruck, noch machte es auf Mrs. Doris Morton einen guten Eindruck, daß ich auf ihr Klingeln selber aufmachte. (Ich mußte selber aufmachen: es war nachmittags, die Halbtagssekretärin war schon weg.) Aber Mrs. Morton sagte gewinnend: es mache ihr nichts, sie wisse, daß meine Kanzlei nicht die erste am Platz sei, einer solchen könne sie ihr Mandat auch gar nicht übertragen.

»Zu freundlich«, sagte ich.
»Wie bitte?« sagte sie.
»Nichts«, sagte ich.

Sie stellte ihren tropfnassen Schirm in den Schirmständer (über einen solchen verfügte meine Kanzlei immerhin), nahm ihr Kopftuch ab und schüttelte ihre langen, roten Haare. Ich bat Mrs. Morton in mein Zimmer. Sie war übrigens ohne jede Anmeldung gekommen.

Die Geschichte – also ihr Anliegen, mit dem sie mich beauftragen wolle – beginne, so sagte Mrs. Morton, ungefähr zu der Zeit, in der sie geboren wurde, nämlich 1935. Wir schrieben damals, als Mrs. Morton zu mir kam, 1970. Ihr Mädchenname, fuhr Mrs. Morton fort, sei Kruger, denn ihr Vater sei Deutscher gewesen, habe eigentlich Krüger geheißen, habe den Namen nach seiner Auswanderung durch das Weglassen der beiden ü-Pünktchen amerikanisiert, was aber nicht wichtig sei für die Geschichte, wichtig sei vielmehr, daß die Mutter ihres Vaters, also ihre Großmutter väterlicherseits – die sie, Mrs. Morton, nicht gekannt habe, denn die sei in Europa geblieben, auch schon längst gestorben – eine geborene Kellermann gewesen sei.

»Hm«, sagte ich und begann, einen Stammbaum zu skizzieren. Ich nahm an, daß die Sache auf eine erbrechtliche Frage hinauslaufen würde, was dann auch der Fall war, allerdings auf eine erbrechtliche Frage äußerst delikater Natur.

Die Großmutter Krüger, geborene Kellermann, habe, wie jeder Mensch, natürlich einen Vater gehabt, der auch Kellermann geheißen habe, logisch, und der habe eine

Schwester gehabt – »Ihre Urgroßtante«, sagte ich und zeichnete die wohl längst Verblichene in meinen Stammbaum ein.

»Richtig, Urgroßtante«, und die habe einen Herrn Nibrawetz geheiratet, wobei man fast schon beim springenden Punkt sei.

»So«, sagte ich.

Ja, ob mir denn der Name Nibrawetz nichts sage?

»Ehrlich gesagt: nein.«

Der alte Nibrawetz, den die Urgroßtante geheiratet habe, sei ein Kriegsgewinnler aus irgendeinem der europäischen Kriege gewesen, Napoleon oder Bismarck oder so was, sie kenne sich da nicht aus (meine späteren Nachforschungen erbrachten: es muß der Krieg von 1870/71 gewesen sein), sei vielfacher Millionär gewesen, und der einzige Sohn, überhaupt das einzige Kind aus dieser Nibrawetz-Ehe, Herr Robert Nibrawetz sei noch viel schlauer als sein Vater geworden und habe noch mehr Geld verdient, beziehungsweise: verdiene noch, denn er lebe noch, das heißt, das sei eben das Problem – lebt er tatsächlich noch? Gesehen habe sie ihn nicht, nur das Orgelspielen habe sie gehört.

»Einen Moment«, sagte ich, »der Reihe nach ...«

»Ja«, sagte sie, »Orgelspielen. Das einzige, was mein Vater vom jungen Nibrawetz, dem Vetter seiner Mutter, wußte, der natürlich inzwischen längst ein ganz alter Nibrawetz sein muß, war, daß er Orgel spielt. Außer selbstverständlich: daß er unermeßlich reich ist und keine Kinder hat.«

»Aha«, sagte ich und machte einen Strich unter meinen Stammbaum. »Da keine anderen Verwandten da sind, nehmen Sie an, daß Sie die Erbin sind?«

»Falls er schon tot ist«, sagte sie, »aber ich habe ihn ja Orgel spielen gehört.«

»Gesehen haben Sie ihn nicht?«

»Nein«, sagte sie. »Außerdem hätte das nichts geholfen, denn ich weiß nicht, wie er ausschaut.«

»Ihre Familie hatte nie Kontakt mit der, wenn man so sagen kann, Nibrawetz-Linie?«

»Nie.«

Mrs. Morton hatte den Verdacht, daß irgend etwas

nicht stimme. Sie sei in den kleinen Ort am Schliersee hinausgefahren, wo die Nibrawetz-Villa stehe, die eher schon ein Schloß sei, sei aber, obwohl sie einem Diener oder Butler, oder was das gewesen sei, er habe jedenfalls gehinkt, ihren Paß und diverse Geburts- und Heiratsurkunden vorgezeigt habe, nicht zu ihrem Großonkel vorgelassen worden. Danach sei sie allerdings ums Haus geschlichen, und da habe sie das Orgelspielen gehört.

»Und was soll *ich* tun?« fragte ich.

»Herausfinden, ob etwas nicht stimmt.«

»Das ist sehr schwer.«

Da legte sie einen Scheck als Honorarvorauszahlung hin. Als der Scheck einige Tage später meinem Konto gutgeschrieben wurde – man wird vorsichtig als Anwalt –, begann ich meine Nachforschungen.

Sie waren zunächst nicht sehr schwer, und ich konnte sie vom Schreibtisch aus erledigen.

Es gab, so erfuhr ich vom Einwohnermeldeamt, in jenem kleinen Ort am Schliersee tatsächlich einen Robert Nibrawetz, »Fabrikant«, geboren 1892, verheiratet gewesen mit einer Frau Amalie Nibrawetz, die vor ein paar Jahren gestorben war. Was mich stutzig machte: das Ehepaar Nibrawetz war 1943 aus der Schweiz, genauer gesagt aus Ascona, nach Deutschland übersiedelt.

Entweder, dachte ich mir, ist das ein Fehler in den Urkunden, und es muß 1934 heißen, oder aber die Nibrawetz' hatten einen unheilbaren Sparren: 1943 aus der Schweiz nach Deutschland überzusiedeln!

Ich fuhr in das Nest am Schliersee, Gläsen hieß es, photographierte – mehr aus Verlegenheit – das Haus, fand auf dem Friedhof das Grab der Frau Amalie Nibrawetz (ohne damals natürlich zu wissen, wer da wirklich in dem Grab lag), photographierte auch das Grab, versuchte, ohne Ergebnis, mich bei den Leuten im Dorf umzuhören (sie wußten alle nur, daß da oben in der »Villa« eben der alte Nibrawetz lebte und gelegentlich Orgel spielte), und kehrte dann nach München zurück. Ich bestellte Mrs. Morton, die mir die Adresse ihres Hotels hinterlassen hatte, in die Kanzlei, gab ihr die Photos und berichtete.

»Nein, nein«, sagte sie, »1943 muß schon stimmen, nicht 1934. Ich sagte ja, daß die Sache etwa in dem Jahr beginnt, in dem ich geboren wurde. Soviel ich weiß, sind Nibrawetz' konträr 1935 *in* die Schweiz gegangen, wegen Hitler und so, Sie verstehen.«

»1935 in die Schweiz übersiedelt und 1943 zurück?«

»Exakt«, sagte sie.

»Dann gebe ich Ihnen recht«, sagte ich, »daß da etwas nicht in Ordnung ist.«

»Was soll ich mit den Photos?« fragte Mrs. Morton.

»Ich weiß auch nicht – als Andenken ...«

»Ach so«, sagte sie spitz, »Sie haben wenigstens die Photos gemacht, damit ich weiß, daß Sie draußen waren in dem Nest. Und weil Sie sonst nichts herausgebracht haben.«

»Es ist sehr schwierig ...«, sagte ich.

»Wenn es einfach wäre«, sagte sie, »würde ich es selber machen und keinen Anwalt beauftragen.«

Ich begleitete sie hinaus. Der Tadel traf mich, muß ich zugeben. Ich versagte mir trotzdem, Mrs. Morton den Unterschied zwischen einem Advokaten und einem Privatdetektiv auseinanderzusetzen. Vielleicht würde sie das gar nicht verstehen, in Amerika liegen die Dinge da wohl anders. –

In der folgenden Woche hatte ich keine Termine bei Gericht. Ich gab der Sekretärin Urlaub – das heißt: ich entließ sie und sagte, ich würde sie am darauffolgenden Montag wieder einstellen. So bekam sie für die Woche Arbeitslosengeld und ich brauchte ihr nichts zu bezahlen. Wir machten das damals immer so. Ganz sauber, gebe ich zu, war das nicht; aber Not kennt bekanntlich kein Gebot. An die Kanzleitür heftete ich einen Karton mit der Aufschrift: »Wegen Urlaubs geschlossen bis: ...« Unter die tropfende Stelle stellte ich anstatt des Kübels eine große Zinkwanne, die für das Tropfwasser – erfahrungsgemäß – auch dann ausreichen würde, wenn es die ganze Woche regnen sollte. Es regnete die ganze Woche. Es regnete so stark, es schüttete, daß ich trotz der Zinkwanne am Mittwochnachmittag kurz in meine Kanzlei fuhr um nachzuschauen. Aber die brave Zinkwanne war erst halbvoll.

Die Kurgäste der Hotels und Pensionen und in den ganzen Privatquartieren um den Schliersee spazierten mißmutig in Kleppermänteln durch die tropfenden Alleen. Die Hotelbesitzer klopften an ihre Barometer und drehten unverdrossen hoffnungsvoll die Wetterberichte an – es half nichts. Ein düsteres skandinavisches Tief hing über der Tundra nördlich des Alpenhauptkammes, und nur die Pilze gediehen. Die ersten Feriengäste reisten ab.

In Gläsen gibt es kein Hotel, nur einige Privatpensionen und einen Gasthof »zum Tyroler« (mit Y). Der »Tyroler« vermietete ein paar Zimmer. Ich mietete eins. Es war billig. In der Fremdenverkehrsstatistik, die jeweils mittwochs im Anschlagkasten des Bürgermeisteramtes ausgehängt wurde, schien ich positiv auf: »Ankunft: 1; Abreise: 53.« Ich erzählte das dem Wirt und meinte scherzhaft, ob ich dafür nicht die silberne Fremdennadel bekäme. Der Wirt konnte darüber nicht lachen.

Zum Glück kann ich Schafkopfen, das bayrische National-Kartenspiel. Meine Partner in der Wirtsstube vom »Tyroler« – die der Wirt vom Dienstag an heizen mußte (im Juli!) – wechselten. Abends verfolgte ich den Wetterbericht, danach las ich. Ich las in der Woche den ganzen ›Mann ohne Eigenschaften‹ – 1500 Seiten. Wenn ich nicht las oder Karten spielte, ging ich spazieren. Zum Glück war mein Schirm im Gegensatz zum Plafond in meiner Kanzlei dicht. Ich umschlich die »Villa«. Ich hörte das Orgelspiel. Sonst konnte ich nichts beobachten.

Am Donnerstagvormittag lichtete sich der Himmel im Westen etwas. Der Regen wurde dünner. Ein paar der verbliebenen Feriengäste (ich kannte schon mehrere) behaupteten, die Stelle ausgemacht zu haben, wo hinter den Wolken die Sonne zu vermuten war. Als ich kurz vor dem Mittagessen wieder einmal an der »Villa« vorbeikam, machte ich eine erregende Entdeckung: ein Mann stand da und reparierte den Zaun. Er riß alte Pfosten heraus und trieb neue ein. Ich blieb stehen.

»Ein Sauwetter«, sagte ich.

Der Mann – er war ziemlich alt und hatte ein graues, verkniffenes Gesicht – blickte auf, blinzelte, brummte mürrisch und wandte sich wieder seiner Arbeit zu.

»Aber«, ließ ich nicht locker, »die Arbeit muß getan werden, wenn die Pfosten einmal morsch sind, ob es regnet oder nicht.«

»Ja«, sagte der Alte.

Er tat sich schwer, den Pfosten zu halten und ihn so einzurammen. Ein paar Mal schlug er sich fast auf die Hand.

»Es wäre besser«, sagte ich, »wenn einer den Hammer in beide Hände nehmen könnte.«

Der Alte schaute auf. Ich klappte meinen Schirm zusammen, lehnte ihn gegen einen Baum, nahm dem Alten den Hammer aus der Hand. Der Alte hielt den Pfosten mit beiden Händen, ich trieb den Pfosten in die Erde. Nach einer Stunde hatten wir die acht auszuwechselnden Pfosten gesetzt und den Stacheldraht neu gezogen. Ich war durchnäßt und hungrig.

»Sind Sie Feriengast?« fragte der Alte, während er das Werkzeug und die morschen Pfosten auf eine Schubkarre legte.

»Nicht direkt«, sagte ich.

Er hob den Karren an und schob los. Ich ging neben ihm her auf das Tor in der Mauer zu, die den »inneren Ring« um die »Villa« bildete. (Der »äußere Ring« war jener Zaun.)

»Jetzt sind Sie platschnaß geworden«, sagte er.

»Macht nichts«, log ich.

Er setzte seinen Schubkarren ab und dachte lange nach. Dann sagte er: »Haben Sie schon zu Mittag gegessen?«

»Nein«, sagte ich.

»Sind Sie –«, sagte er langsam, »ein Arbeitsloser?«

Es blitzte in mir auf, daß es richtig sein könnte, »ja« zu sagen.

»Ja.«

Er machte mit seinem Kopf eine ruckartige Bewegung auf die »Villa« hin und nahm seinen Schubkarren wieder auf. Ich verstand die ruckartige Bewegung als Einladung zum Mittagessen, nahm dem Alten die Griffe des Schubkarrens aus der Hand und gab ihm den Schirm.

Das Mittagessen bestand aus Kartoffeln mit Nudeln. Das Gericht erinnerte mich an die Nachkriegszeit, an die schmale Küche meiner Eltern damals, damit an meine Jugend, und berührte mich somit nicht unangenehm: geröstete Kartoffeln, in einer Pfanne vermischt mit gerösteten Bandnudeln. Der Alte kochte selber. Wir saßen in der Wohnküche.

»Wenn Sie Maggi drüber tun, schmeckt das sehr gut«, sagte der Alte. Die Wohnküche war der einzige große Raum einer Art von Gärtnerhaus, das – in vielleicht fünfzig Metern Entfernung von der »Villa« – innen an der Parkmauer angelehnt stand, kein Haus eigentlich, eher ein etwas besserer Geräteschuppen.

»Der da Orgel spielt«, fragte ich, »ist das der Hausherr?«

»Mhm«, sagte der Alte.

»Wie heißt der denn?« Ich wollte so harmlos wie möglich, also unwissend tun.

»Herr Nibrawetz«, sagte er.

»Ist er alt oder jung?«

»So alt wie ich; ungefähr«, sagte er. Er putzte seinen Teller mit einem Stück Brot leer, stand dann auf, kramte in einer Kommode, drückte mir fünf Mark in die Hand und sagte, wenn ich mir nachmittags etwas verdienen wolle, so solle ich um drei kommen, es müsse ein gefällter Baum hinten im Park kleingeschnitten werden. –

Mrs. Morton war begeistert. Sie gab mir gleich einen weiteren Scheck. Offenbar hielt sie es für völlig in der Ordnung, daß ein Anwalt Zaunpfosten setzt und Bäume auseinandersägt. Ich mußte im Lauf der Woche übrigens noch verschiedene andere Dinge machen: den Weg mit Kies aufschütten, Rasen mähen und das große Parktor mit Rostschutz grundieren. Alles in allem bekam ich zweiunddreißig Mark und sechsmal Kartoffeln mit Nudeln, vom dritten Mal an ein Bier. »Junge Leute haben Durst«, sagte der Alte. Ich hatte das Gefühl, er hatte Vertrauen, vielleicht sogar eine gewisse Zuneigung zu mir gefaßt. Übrigens sah ich außer dem Alten nie irgendeinen Menschen auf dem Gelände der »Villa«. Nur das Orgelspiel hörte ich, oft stundenlang am Tag. Der alte Nibrawetz, konnte ich feststellen, spielte vorzüglich. Am liebsten spielte er jene gewaltige, alle Maße sprengende Toccata in C-Dur, die in Schmieders Bach-Werke-Verzeichnis die Nummer 564 trägt und die ich von einer Schallplatte kannte, die der greise Albert Schweitzer noch eingespielt hat.

Auch meine Auftraggeberin war in der Woche, in der ich in Gläsen war, nicht untätig gewesen. Sie hatte einen Kollegen von mir in Ascona beauftragt, die alten Spuren Nibrawetz' dort zu verfolgen. Ich sagte Mrs. Morton, daß es völlig unnötig gewesen sei, diesen Schweizer Kollegen zu bemühen: das hätte ich schon auch noch selber gemacht, dort in Ascona, nachdem ich in Gläsen fertig geworden wäre, und billiger als der Asconeser Advokat, wahrscheinlich, und ich wäre auch ganz gern nach Ascona gefahren, nicht nur in das windige Gläsen, und in Ascona regne es vielleicht nicht.

»Doch«, sagte Mrs. Morton, »ich habe eben mit dem Anwalt in Ascona telefoniert. Es regnet dort auch. Im übrigen sind kaum mehr Spuren von Nibrawetz vorhanden. Seine Villa dort hat er bald nach dem Krieg verkauft. Mag sein, es gibt noch Konten von Nibrawetz auf Schweizer Banken. Sicher sogar – aber das interessiert mich nicht. Interessant scheint mir, daß Nibrawetz' nie mehr nach ihrem Wegzug 1943 in Ascona aufgetaucht sind, nie mehr.«

»Vielleicht hat es ihnen dort nicht gefallen«, sagte ich.

»Nur das Butler-Ehepaar ist in der Schweiz geblieben. Hans und Else Wagner, ein älteres Ehepaar, das schon vor der Übersiedlung in Nibrawetz' Diensten stand. 1935 haben Nibrawetz' das Diener-Paar mit in die Schweiz genommen.«

»Und 1943 nicht mit zurück?«

»Nach den alten Meldeunterlagen, die mein Advokat in Ascona dank seiner glänzenden Verbindungen ausgegraben und eingesehen, sogar kopiert hat, sind zwar die alten Nibrawetz' 1943 zurück nach Deutschland, nicht aber Hans und Else Wagner.«

»Die wohnen jetzt noch dort? – Aber das Haus ist doch verkauft?«

»Es gibt zwar die Anmeldebestätigung für Hans und Else Wagner, aber keine Abmeldung. Karteileichen. Irgendwie hat man in dem Kantonalbüro oder wie das heißt, und wo das gemacht wird, dem Butler-Ehepaar keine Bedeutung beigemessen. Vielleicht hat man das schlicht vergessen – und in dem ehemals Nibrawetzschen Haus wohnen sie jedenfalls nicht mehr. Das hat inzwischen den vierten oder fünften Eigentümer. Ich habe die Grundbuchauszüge.«

»Wie alt waren diese Hans und Else Wagner?«
»Uralt.«

Ich fuhr wieder nach Gläsen hinaus. Der Scheck von Mrs. Morton war so generös gewesen, daß ich mir leisten konnte, einen jungen Kollegen, von dem ich wußte, daß es ihm noch schlechter ging als mir, mit meiner Vertretung zu beauftragen. Jener Kollege, Streubein hieß er, betrieb seine Kanzlei in der Wohnküche seiner Mutter. Er war glücklich, für vierzehn Tage in einer einigermaßen zunftmäßigen Kanzlei, also in meiner, arbeiten zu können, auch wenn er täglich den Kübel mit Regenwasser ausschütten mußte. Die »Arbeitslosigkeit« meiner Halbtagssekretärin verlängerte ich allerdings um die zwei Wochen. Streubein sollte, meinte ich, für das Geld, das er von mir bekam, die Schriftsätze selber tippen.

Auf dem Weg zum Auto kam ich an einem Schallplattenladen vorbei. Im Schaufenster lagen Sonderangebote: auslaufende Serien, darunter ausgewählte Orgelwerke Bachs, gespielt von Albert Schweitzer. Die Toccata in C-Dur war dabei. Ich kaufte sie.

»Bist du endlich wieder da?« sagte der Alte. Er duzte mich schon seit Samstag.

»Mhm«, sagte ich.
»Immer noch arbeitslos?«
»Mhm.« Ich hatte mir – ich könnte nicht sagen, ob aus Tarnung oder Berechnung oder aus Gewöhnung an den Alten – den maulfaulen Ton angewöhnt.

»Fenster putzen«, sagte er.
So kam ich das erste Mal *in* die »Villa«.
Der Alte ging voraus.
Kein Mensch war zu sehen, keine Spuren von Leben, aber alles war sauber und gepflegt.
Es war still, kein Orgelspiel zu hören.

»Keine Orgel?« fragte ich.
»Fenster werden selbstverständlich nur geputzt, wenn der Herr Nibrawetz aus dem Haus ist.«
»Mhm«, sagte ich.
»Einen Moment«, sagte er, »ich muß dich beim Herrn Verwalter melden.« Er ging im Parterre der »Villa« in einen Seitengang hinein. Ich wollte mit. Der Alte hielt mich zurück.
»Nicht notwendig. Ich sag dem Verwalter, daß du in Ordnung bist.«
Er verschwand. Ich schlich nach. Ich sah ihn durch eine Tür mit der Aufschrift »Bureau« gehen. Ich lauschte an der Tür, hörte aber nichts. Ich lauschte nicht lange, wollte mich nicht erwischen lassen und ging leise zurück in die Eingangshalle.
»Genehmigt«, sagte der Alte, als er zurückkam. Wir putzten die Fenster, allerdings nur innen; außen hatte es keinen Sinn. Es regnete noch stärker als die Woche zuvor. Wir putzten nicht gemeinsam: der Alte befahl mir, die Fenster im Parterre und im Stiegenhaus zu putzen. »Die Fenster in den Privaträumen von Herrn Nibrawetz, hat der Verwalter gesagt, soll *ich* putzen, selbstverständlich.«
Die Räume waren groß und hoch: ein Saal mit einem zugedeckten Steinway-Flügel – ich machte ihn auf und schlug ein paar Töne an: er war völlig verstimmt; eine Bibliothek mit gut und gern zwanzigtausend Bänden – alles, was gut und kostbar war, alles in Schweinsleder gebunden und mit Goldschnitt, sauber nach dem Alphabet geordnet. Der alte Nibrawetz hatte sogar die Gesamtausgabe der Werke Ludwig Tiecks, achtundzwanzig Bände aus den Jahren 1825/30, die sie – wie ich wußte – nicht einmal in der Staatsbibliothek haben. Ich wollte immer schon einmal den vollständigen ›Phantasus‹ lesen, dieses so wichtige Werk der deutschen Romantik, das in ungekürzter Form seit jener Gesamtausgabe merkwürdigerweise nie mehr veröffentlicht worden war. Ob ich den Verwalter bitten dürfte? – Ein »Arbeitsloser«, der Tieck liest? Später, dachte ich mir. – Es gab dann noch einige andere Zimmer, einen Salon mit Kamin, auch eine große Küche, verschiedene Nebenräume, insgesamt vierund-

zwanzig Fenster. Ich putzte sehr lange. Der Alte, als er die Arbeit begutachtete, war zufrieden.

»Du kannst im Gartenhaus schlafen, hat der Verwalter gesagt«, sagte der Alte.

»Soll ich mich nicht dem Verwalter vorstellen?«

»Nicht notwendig.«

So logierte ich nun im Gartenhaus, auf einem Feldbett in jener Wohnküche und schien diesmal nicht positiv auf in der immer kläglicher werdenden Fremdenverkehrsstatistik des verregneten Ferienorts Gläsen. Ich bekam zweimal am Tag Kartoffeln mit Nudeln. Abends hatte ich frei und ging zum »Tyroler«, um unter Leute zu kommen. Sonst wäre ich trübsinnig geworden. Auch mußte ich ja ab und zu mit Mrs. Morton telefonieren.

Am Mittwoch sagte der Alte: »Der Verwalter und ich fahren nach Rosenheim. Mach die Garage auf, lüfte den Wagen aus – kannst du Auto fahren? Ja? Dann stell das Auto vor den Haupteingang, und dann« – er dachte nach – »und dann ist ganz hinten, dort, wo die vier Rotbuchen stehen, ein Haufen Äste. Die werden verbrannt. Aber beim Feuer bleiben!«

Ich fuhr das Auto – ein offensichtlich selten gebrauchter, tadellos gepflegter amerikanischer Chrom-Schlitten der fünfziger Jahre – vor den Haupteingang, dann ging ich nach hinten zu den Rotbuchen, machte ein Feuer, daß es nur so rauchte im Regen, und rannte dann die Mauer entlang, durch das Gebüsch gedeckt, wieder nach vorn. Der amerikanische Wagen fuhr zum Tor hinaus. Am Steuer saß ein alter Mann mit einer Baskenmütze. Sein Gesicht konnte ich hinter den nassen Scheiben nicht sehen. Hinten im Fond saß noch jemand, wahrscheinlich der Alte.

Ich überließ das Feuer sich selbst. Bei dem Regen würde schon kein Brand entstehen. Die Rotbuchen und das Gras triefen ja vor Nässe. Ich lief zum Haus. Wie nicht anders zu erwarten, war der Haupteingang zugesperrt. Auch der Eingang zur Küche hinten war abgeschlossen und auch der Keller, der eine eiserne Tür nach außen hatte. Aber ich hatte ja Fenster geputzt. Ein Fenster in der Küche hatte ich am Montag offengelassen. Ich drückte es von außen auf und stieg hinein. Toccata in C-Dur, BWV 564. Solang der Nibrawetz Orgel spielt, dachte ich mir, kann ich mich ja ein wenig umsehen. Ich schnüffelte im »Bureau« des Verwalters: nichts Aufregendes: Leitz-Ordner mit Rechnungen, Bankauszügen, alles sauber geordnet. Ich hätte gern gewußt, wie der Alte, mein »direkter Vorgesetzter«, hieß, und suchte die Lohnsteuerkarte. Die fand ich nicht. Vielleicht war die in dem großen alten, mit Halbsäulen aus Gußeisen verzierten, grün gestrichenen Safe, der natürlich verschlossen war. Ich riskierte es, in den oberen Stock zu gehen. Die Toccata tönte gefährlich nahe, aber der alte Nibrawetz war in voller Fahrt, er spielte prächtig, war noch nicht einmal bei der Fuge. Ich schaute in die Zimmer: alles nobel eingerichtet – ein Wohnraum, ein kleines Arbeitszimmer, eine kleine Bibliothek, ein Schlafzimmer: das Bett war nicht gemacht. Ich hatte meine Stiefel ausgezogen und schlich auf Strümpfen herum, achtete sorgfältig auf die Toccata. Als die Fuge, der abschließende Satz mit dem fast jagdhornfanfarenartigen Thema anfing, verdrückte ich mich wieder nach unten, zog meine Stiefel an und ging in den Keller. Der Schlüssel zur Eisentür in den Garten steckte innen. Ich sperrte auf, ging hinaus, sperrte wieder zu und nahm den Schlüssel an mich.

Das Feuer bei den vier Rotbuchen war niedergebrannt. Ich lud die verkohlten Äste auf den Schubkarren. Als ich das Auto kommen hörte, schob ich – ich hatte hinterm Haus gewartet – betont harmlos den Schubkarren nach vorn. Der Alte – eine Baskenmütze auf dem Kopf – stieg aus und war verwirrt, als er mich sah.

»Was machst du denn da?« schrie er böse.

»Wo soll ich die verbrannten Äste hintun?«

»Auf den Komposthaufen selbstverständlich.« Er warf mir die Wagenschlüssel zu und lief ins Haus.

Außer dem Alten stieg niemand aus dem Wagen. Ich stellte meinen Schubkarren hin und fuhr erst einmal das Auto langsam in die Garage. Der erste Verdacht in die Richtung, die sich später als richtig erwies, keimte in mir auf, als ich vor dem Auto stand, nachdem ich es abgestellt hatte. Die Gewißheit – vorerst noch unbeweisbar – dämmerte mir, als ich abends bei meiner Freundin Louise saß, die blauäugige Katze streichelte, die sich bei mir auf den Schoß gesetzt hatte, und die Schallplatte hörte.

Die Katze hieß Vivalda – nach dem Lieblingskomponisten Louises – und hatte ein eigenartiges Verhältnis zu mir. Die Katze war, wenn man so sagen kann, schon lange vor mir da. Um auf mich, in den – blauen – Augen Vivaldas ein Eindringling, nicht eifersüchtig sein zu müssen, ergriff sie, der Herrin zuvorkommend, von mir Besitz, und zwang so ihre Herrin in die Rolle der Eifersüchtigen, der Eifersüchtigen auf sie, Vivalda, die freilich unglaublich schön war.

Es sei dem, wie ihm wolle; jedenfalls saß ich da mit der schnurrenden Katze am Schoß und hörte zu, wie Albert Schweitzer die Toccata in C-Dur BWV 564 spielte. Ich hatte »frei« genommen für den Abend und war in die Stadt zurückgefahren. Ich hatte das Bedürfnis, Louise wiederzusehen, ich wollte aber auch – ich hatte meinen Grund – diese Schallplatte hören, hatte mir sogar die Noten der Toccata gekauft.

Es war kein Irrtum gewesen: im ersten Satz gibt es eine merkwürdig lange Pedalsequenz. Die Hände ruhen, nur die Füße des Organisten treten wie wild. (Ich gestehe: ich habe selber einmal auf einer Orgel herumgestümpert in der Kirche eines befreundeten Pfarrers, allerdings nur, wenn niemand sonst in der Kirche war. Ich hatte auch – vergeblich – versucht, die Toccata zu spielen.) Die Füße des Organisten treten wie wild – die Stelle ist förmlich die Grenze zwischen Orgelspiel und Veitstanz. Zum Schluß der Pedalsequenz findet sich eine rasende Triolenbewegung abwärts, die in einer zweimaligen punktierten Figur endet. Offenbar im Schwung der Bewegung – ohne es zu merken? – spielte Albert Schweitzer, der ja ohnedies seine eigene farbige Ansicht von Bachs Orgelwerken hatte, diese Figur nicht zwei-, sondern dreimal. Im eher rezitativischen Tongeschehen dieser Stelle vor dem erneuten Einsetzen des vollen Werkes merkt man kaum, daß Schweitzer da Bach statt eines Vierviertel-Taktes einen quasi Fünf-Vierteltakt unterschob. Und der alte Nibrawetz spielte die Stelle genauso; ich hatte es in den vergangenen Wochen ja oft genug gehört. War Nibrawetz ein Schüler Albert Schweitzers?

Ich verständigte Mrs. Morton von meinem Verdacht und regte an, in Ascona den Garten umgraben zu lassen. Mit Hilfe des Schlüssels für den Keller drangen in der folgenden Nacht Mrs. Morton und ich in die »Villa« in Gläsen ein. Wir fanden im oberen Stock die Orgel und die mechanische Vorrichtung, mit deren Hilfe der große Albert Schweitzer postum mittels Magnetband auf der Orgel Nibrawetz spielte. Wir fanden auch das Tonband. Im Schlafzimmer saß – es war lang nach Mitternacht – der überraschte Alte und prüfte Bankauszüge. Er griff zur Pistole, ließ die Hand aber sinken, als ich sagte: »Herr Hans Wagner, wenn ich recht vermute?«

Einige Tage später kam die Nachricht aus Ascona, daß man im Garten die zwei Skelette gefunden hatte. »Nur keine Polizei«, sagte Mrs. Morton, »weder hier noch in der Schweiz.«

Ich ließ Mrs. Morton mit Wagner-Nibrawetz allein. Ich kann mir denken, was zwischen den beiden geredet wurde. Das eine oder andere erzählte mir Mrs. Morton später.

Hans und Else Wagner hatten im Herbst 1943 das Ehepaar Nibrawetz umgebracht, um sich ihres Vermögens zu bemächtigen. Sie verscharrten die Toten im Garten und kehrten, mit den Pässen auf den Namen »Wagner« die Grenze passierend, in das »Großdeutsche Reich« zurück. Danach benützten sie nur noch die Pässe »Nibrawetz«, alle Papiere, alles, das *Leben* Nibrawetz eigneten sie sich an. Daß sie etwa gleich alt und von annähernd gleicher Statur wie die Ermordeten waren, kam ihnen zustatten, außerdem, daß seit 1935, wo die Leute in Gläsen Nibrawetz' das letzte Mal gesehen hatten, acht Jahre vergangen waren. Die nunmehrigen Nibrawetz' lebten zurückgezogen. Niemandem fiel – in den damaligen wirren Zeiten, wo man andere Sorgen hatte, schon gar nicht – etwas auf. Nur Orgel spielen konnte der Butler Wagner nicht, weswegen er sich die mechanische Abspielanlage beschaffte.

Aus Angst – und auch aus Geiz – lebten Wagner-Nibrawetz' ganz allein in dem Haus; zur Tarnung spielte der Alte seinen eigenen Verwalter und seinen eigenen Gärtner und Hausknecht. Hätte er da nicht genausogut Butler bleiben können? Er hatte im Grunde genommen nicht mehr von dem Mord als die Last der Vermögensverwaltung und das schlechte Gewissen, das sich darin manifestierte (das fand ich auch noch heraus), daß »Nibrawetz« in der Kirche von Gläsen eine Frühmeß-Stiftung »zum ewigen Angedenken an Herrn Hans Wagner und Frau« errichtet hatte: die Messe war zu lesen an jedem 17. Oktober. Man kann sich denken, was für ein Datum das war.

Ich half Mrs. Morton bei der Errichtung des notariellen Erbvertrags zwischen ihr und ihrem »Onkel Robert Nibrawetz«. Der Grundbesitz (mit Nießbrauch zugunsten des Onkels auf dessen Lebenszeit) wurde sofort Mrs. Morton überschrieben. Das restliche Vermögen sollte ihr ungeteilt nach dem Tod des Onkels zufallen. Mein Honorar war fürstlich und gestattete mir, Louise einen silbergrauen Fehmantel zu kaufen; Vivalda bekam einen Hummer, und ich mietete eine neue Kanzlei, in die es nicht hineinregnete. Ich hatte vorgehabt, mir als zusätzliche Remuneration jene Tieck-Ausgabe (oder wenigstens die drei Bände ›Phantasus‹) auszubedingen. Aber die waren nach dem Tod Wagner-Nibrawetz' verschwunden. Ich schließe nicht aus, daß sie – woher aber wußte der Geizhals von meinem Interesse? – Wagner-Nibrawetz, dessen Vertrauen ich zugestandenermaßen getäuscht hatte, in einem Akt kleinlicher Rache verkauft hatte. So suche ich immer noch in allen Antiquariaten und verschicke Suchaufträge ... aber das Honorar, wie gesagt, war fürstlich. Soll ich ein schlechtes Gewissen haben? Wen habe ich betrogen? Niemand, nicht einmal das Finanzamt, das nach dem Tod »Nibrawetz« seine Erbschaftssteuer, eine kräftige Summe, bekam. Ich habe nur dem sozusagen natürlichen Gang der Dinge seinen Lauf geebnet. Und im übrigen haben die Schweizer Kollegen in Ascona, die ja, wie man weiß, viel seriöser sind als unsereins, auch den Mund nicht aufgetan.

Noch einmal war ich in Gläsen draußen. Mrs. Morton holte mich ab in der neuen Kanzlei. Das war vier oder fünf Jahre später: zur Beerdigung des Onkels Nibrawetz. Die trauernde Nichte legte einen Kranz aus gelben Rosen auf das Grab. In der Kirche spielte der Organist – auf meine Anregung hin – die Toccata in C-Dur BWV 564. Komisch: auch der Organist der Kirche von Gläsen spielte jene punktierte Figur drei- statt zweimal. Als ich den Organisten nach dem Gottesdienst darauf ansprach, bekam er ganz rote Ohren, schaute in seinen Noten nach, spielte im Geist die Stelle nochmals durch und sagte dann: »Merkwürdig ... tatsächlich ..., das habe ich gar nicht gemerkt.«

Kurz nachdem Mrs. Morton ihren Kranz von gelben Rosen am Grab niedergelegt hatte, begann es zu regnen. Wir verließen rasch den Friedhof. Der Wolkenbruch dauerte an und wurde so heftig, daß wir auf der Autobahn auf einen Parkplatz herausfahren und stehenbleiben mußten, weil die Scheibenwischer die Wassermassen, die vom Himmel kamen, nicht mehr bewältigten. »Ich verkaufe die ganze Klitsche«, sagte Mrs. Morton. »Sie sehen doch selbst: kann man hier leben, wo es immer regnet?«

Die Legende von der Wunderheilung zu Frauenreuth

Die Keuschheit ist, wenn man päpstlichem Wort glauben darf, ein kostbarer Edelstein, ein mild im Glanz göttlicher Gnade schimmernder Kranz weißer Perlen oder so etwas ähnliches. Fraglos aber hat die Keuschheit auch ihre Schattenseiten. So gibt es zweierlei Arten Nonnen. Die eine opfert ihr Leben und ihre Kraft und pflegt Kranke und Alte und tut viel Gutes. Die andere betet. Von der zuletzt genannten Art gibt es wieder zwei Sorten: die einen werden alt, *dick* und böse; die anderen alt, *dürr* und böse. Das sind die Schattenseiten des kostbar schimmernden Perlenkranzes. (Es gibt eine Theorie, wonach die Bosheit bei Nonnen nicht auf die Enthaltsamkeit zurückzuführen ist. Diese Theorie hält alle Frauen – Nonnen oder Nicht-Nonnen – generell für böse von Geburt an. Sie mag dahingestellt bleiben.)

Die elf Insassinnen des Klosters zu Frauenreuth gehörten dem Orden der Sandalierten – eine Mittelstufe zwischen den Beschuhten und den Barfüßigen – Olivetanerinnen strenger Observanz (Congregatio Sanctae Mariae montis Oliveti Sandalita) und damit der betenden Sorte von Nonnen an. Bezüglich der weiteren Einteilung waren sie gemischt. Die Oberin, Mater Maria Cucurbita, die zwei Zentner Fleisches stets vor den Anfechtungen desselben bewahrt hatten, gehörte in die Kategorie alt – *dick* – böse.

Nun bedeutet die Bezeichnung »Sandaliert« keineswegs, daß die Olivetanerinnen von Frauenreuth stets nur Sandalen tragen, genausowenig gehen die Barfüßigen oder Unbeschuhten immer barfuß, das sind nur so Bezeichnungen. Schließlich inspiziert ein Regierungsinspektor keineswegs die Regierung, und wen berät letzten Endes ein Amtsgerichtsrat? Gerechterweise muß auch bedacht werden, daß in Gegenden nördlich des Alpenhauptkammes, die aus klimatischen Gründen für menschliches Leben ohnedies kaum geeignet sind, die strenge Beobachtung barfüßiger Ordensregeln ohne gesundheitliche Schäden nicht möglich wäre. Ebensowenig soll durch die Feststellung, die Sandalierten Nonnen von Frauenreuth gehörten der betenden Spezies von Ordensfrauen an, gesagt sein, daß sie nicht auch Werke der Nächstenliebe vollbrachten. Wie oft wird einem der Kleinhäusler, die Klostergrund gepachtet haben, der Pachtzins über Tage, ja Wochen gestundet. An der Klosterpforte werden arme Pilger und Wallfahrer verköstigt, und seit einigen Tagen lag in einem Zimmer außerhalb der Klausur ein Kranker, den die Nonnen pflegten.

»Wissen Sie«, sagte die Oberin, bevor sie Herrn Dr. Mangstl, den Arzt aus dem nächsten Dorf, ins Zimmer zu dem Kranken führte, »früher haben wir unsere Klostersuppe an die bedürftigen und frommen Pilger und Wallfahrer ausgeteilt. Aber in dieser abgelegenen Gegend gibt es gar keine Wallfahrer mehr. Schon gar keine frommen. Und bedürftige erst recht nicht.«
»Ich weiß«, seufzte Dr. Mangstl, ein älterer Herr und leicht kurzatmig, »und wenn sich einmal ein Wallfahrer an diesem A..., diesem Gesäß der Welt, salva venia, Ehrwürdige Mutter, ist doch wahr, – hierher verirrt, fährt er mit dem Auto und ißt in der Post à la carte.«
»Und wer pilgert heutzutage noch!« sagte die Oberin. »Was an unserer Klosterpforte pocht, ist das reinste Gesindel. Gott steh mir bei.«
»Wir müssen froh sein, wenn überhaupt noch jemand pocht«, fügte die Schwester Pförtnerin hinzu.
»Halten Sie doch den Mund, Schwester Maria Irregetonia!« sagte die Oberin.
»Ach ja«, sagte Dr. Mangstl und stellte schwer atmend seinen Instrumentenkoffer auf den Tisch neben dem Bett des Patienten. »Aber das Allerheiligste Herze Jesu leuchtet auch für Gesindel«, sagte die Oberin und hob ihren kurzen, dicken Zeigefinger.
Der Kranke, ein alter Mann, der bis zum Hals zugedeckt in einem Eisenbett lag, öffnete die Augen und schaute den Doktor an.
»Er ist vor zwei Stunden an die Klosterpforte gekommen«, sagte die Oberin. »Er hat seine Suppe gegessen, hat aber dann einen Anfall erlitten und hat – ... es hat fürchterlich gestunken. Der Vorfall wurde mir gemeldet, und

ich habe natürlich sofort erkannt, daß er nicht mehr weiterkann. Wir haben ihn dabehalten.«

»Der andere —«, sagte Schwester Irregetonia.

»Ob Sie nicht still sein können, Sie Gans!« zischte die Oberin.

»Eh?« sagte der Arzt.

»Es war noch ein anderer bei ihm. Der ist weitergepilgert.«

Dr. Mangstl wandte sich dem Kranken zu, der seine Augen wieder geschlossen hatte. Sein Bart war lang und stoppelig. Die Haut seines Gesichtes war ledern und so faltig, daß der Bart stellenweise nicht anders konnte, als hüben heraus und jenseits der Falte wieder in die Haut hineinzuwachsen.

»Hm, hm«, sagte Dr. Mangstl. »Man müßte ihn wohl auch rasieren.«

»Rasieren?« sagte die Oberin. »Wie macht man das?«

»Das sage ich Ihnen nachher. Ich glaube, es ist besser, Sie gehen hinaus, während ich ihn untersuche.«

Nach der Untersuchung wurde Dr. Mangstl in das Arbeitszimmer der Oberin geführt. Als einen Arzt durfte man ihn in Räume innerhalb der Klausur einlassen, zwar strenggenommen nur zur Behandlung einer schwerkranken Nonne, aber man war ja nicht bei den Barfüßigen Olivetanerinnen, sondern bei den Sandalierten. Im Arbeitszimmer saß die Oberin und schlug, als Dr. Mangstl eintrat, schnell und verlegen ein Buch zu.

›Die Krone des Herrn II‹ stand in ziemlich geschmackloser Goldschrift auf dem Deckel. Fünf andere Bände (wohl I und III bis VI) standen auf einem Bücherbord über dem Schreibtisch.

»Eine kleine, läßliche Sünde von mir«, lächelte Maria Cucurbita und klaubte die dünnen Bügel ihrer Goldbrille aus den fetten Falten ihres Gesichtes.

»Ist Lesen jetzt schon generell eine Sünde?« schnaufte Dr. Mangstl.

»Ach«, sagte die Oberin, »ich lese gar zu gern in diesen Legenden der Heiligen unserer Tage.«

»Das kann doch nur erbaulich sein«, sagte Dr. Mangstl und musterte die dicken Bücher etwas reserviert.

»Die Heiligen der früheren Zeit hatten es, da kann man

sagen, was man will, schon leichter. Ich lese natürlich auch die alten Heiligenlegenden. Ich kenne mich da schon aus. Die heilige Exuperantia zum Beispiel, wurde von einem römischen Legionär ... mit Ihnen als Arzt kann ich ja offen über solche Dinge sprechen ... von einem römischen Legionär ...«, die Oberin senkte ihre Stimme und flüsterte: »entehrt. – Das war alles«, sagte sie dann wieder laut. »Sie möge mir vergeben. Und heute ist sie heilig.«

»Die römischen Legionäre«, kicherte Dr. Mangstl, »ja, ja. Sind selten geworden.«

»Wie schwer hat es dagegen unsereins, ich meine: haben es die Heiligen unserer Jahrhunderte. In diesen sechs Bänden sind die Viten der wichtigsten Heiligen, die in den letzten zweihundert Jahren gelebt haben, gesammelt. Ach, mein Heiland, wie schwer –«

»Fast aussichtslos, kann ich mir denken«, sagte Dr. Mangstl.

»Ich lese zu gern in diesen Büchern. Aber lassen Sie hören, wie es unserem Patienten geht.«

Dr. Mangstl konnte – wie er meinte – nichts Gutes berichten. Der Mann hatte infolge einer Mitralstenose, also eines schweren Herzklappenfehlers, eine Hirnembolie erlitten.

»Wirklich?« rief die Oberin.

»Der Mann müßte sofort ins Krankenhaus ...«

»Das kommt überhaupt nicht in Frage«, sagte die Oberin streng. »Er hat hier jede Pflege, die man sich denken kann. Und außerdem ist er, wie ja selbst ein Laie sagen muß, gar nicht transportfähig.«

»Das wäre das wenigste«, sagte Dr. Mangstl, »aber für einen Landstr ... einen ... so einen armen Teufel bekomme ich kein Bett im Kreiskrankenhaus.«

»Also: der Mann bleibt hier.«

»Es wird das beste sein«, näselte Dr. Mangstl, während er fauchend seinen Instrumentenkoffer wieder aufnahm.

»Und was das Honorar für Ihre Bemühungen anbetrifft«, sagte die Oberin: »Seien Sie unbesorgt.«

Der Arzt verbeugte sich und bekam davon einen leicht roten Kopf. Die Oberin schlug, nachdem der Arzt gegangen war, wieder den Band II der ›Krone des Herrn‹ auf und vertiefte sich in die Lebensbeschreibung des heiligen Clemens Maria Hofbauer. Wie Bläschen stiegen dabei gelegentlich, von ihr selber gar nicht bemerkt, kleine Ächzer der Lust aus ihrem Munde in die Stille des hohen, weißen Raumes auf. –

Schon am übernächsten Tag kam ein Spezialist aus der Stadt. Die Oberin hatte ihn rufen lassen (auf Kosten des Klosters). Danach kamen zwei bedeutende und berühmte Spezialisten, endlich eine »Kapazität«. Die Ausgaben, die dem Kloster erwuchsen, waren beträchtlich. Die Oberin aber scheute keinen Aufwand. Schon der erste Spezialist hatte diagnostiziert, daß jeder weitere Pfennig hinausgeworfenes Geld sein würde, denn der Mann wäre ohne jeden Zweifel am Ende: »... ein Herz, so groß wie ein Rucksack«, sagte er.

In aufgeräumtester Stimmung bestellte daraufhin die Oberin, kaum daß der eine Professor gegangen war, die beiden anderen. Auch sie untersuchten den alten Mann und brauchten kein langes Consilium abzuhalten, um festzustellen, daß der Patient praktisch ein toter Mann war.

Die Nacht zuvor aber hatten sich noch aufregende Dinge ereignet.

Um drei Uhr früh, zu einer Zeit also, wo es finstere Nacht ist und wo man, wenn man nicht den Tageslauf von Nonnen und insbesondere den der Sandalierten Olivetanerinnen strenger Observanz kennt, jedermann friedlich und schlummernd in seinem Bett vermutet, fiel im Küchengarten des Klosters zu Frauenreuth ein Brett mit lautem Poltern auf die steinerne Umfassung des alten, längst nicht mehr benutzten Brunnens.

Die Nonnen knieten zu der Zeit im Chor der Klosterkirche und murmelten verschlafen die Homilien der Matutin. Die Oberin wußte augenblicklich, was das Poltern bedeutete, und sie unterbrach sofort das Stundengebet und rannte, so schnell sich ihre zwei Zentner Fleisches bewegen ließen, in den Garten. Alle anderen Nonnen – vor Aufregung und Angst hellwach geworden – rannten hinterher. Die Oberin lief geradenwegs zu einem alten, hölzernen Gartenhaus, in dem früher ein Pferdeknecht gehaust hatte, und das – seit das Kloster keine Pferde mehr hielt – leer stand. Die Tür zu dem Haus stand offen. Die Oberin rannte hinein, ihre vom Sturmschritt aufgewehte Kutte schloff knatternd durch die enge Tür, und der schwere Rosenkranz schlug links und rechts gegen den Türstock wie eine Geißel. Kaum drinnen im einzigen Raum des Gartenhauses, drehte sie sich um und eilte wieder hinaus. »Habe ich es mir doch gedacht«, fauchte sie. Es war eine außerordentlich unfreundliche Nacht. Ein Spätherbststurm brach von den Bergen her durch die Wälder und brachte den schwarzen Geruch des ersten Schnees mit. Scharfer Regen pflügte die Stoppelfelder und peitschte ins Moor. (Der Pfarrer des nächsten Dorfes, der auch Beichtvater der Nonnen war, mußte später, als die Oberin das nächste Mal berichtete, darüber entscheiden, ob der Ausdruck »Scheißwetter«, den die Oberin mehrfach in jener Nacht gebraucht zu haben reuig eingestand, eine Sünde sei oder nicht.)

Die Oberin scheuchte die Nonnen in ihre Zellen, nur zwei hielt sie zurück: Mater Maria Quasilla (die jüngste, größte und stärkste Nonne) und Mater Maria Melimela, die einen Führerschein hatte. Bald bog der schwarze Mercedes Diesel, der dem Kloster gehörte, aus der Toreinfahrt in die Nacht hinaus. »Er kann noch nicht weit gekommen sein«, sagte die Oberin, die vorn auf dem Beifahrersitz saß und angestrengt in die Nacht hinausspähte. »Wahrscheinlich ist er in Richtung gegen das Dorf zu.«

»Der Kranke?« fragte Mater Maria Quasilla, die hinten saß.

»Unsinn. – Wenigstens ist bei diesem Scheißwetter niemand unterwegs.«

»Aber –«, sagte Mater Maria Quasilla, schüchtern, »wen suchen wir denn dann?«

»Den anderen natürlich«, sagte die Oberin ärgerlich, »der im Gartenhaus war.«

»Welchen anderen?«

In dem Augenblick tauchte im Licht der aufgeblendeten Scheinwerfer weit vorn eine Gestalt auf. »Das wird er sein!« rief die Oberin und trommelte vor Aufregung auf das Handschuhfach. Die Gestalt stolperte, den Hut tief ins Gesicht gezogen, den Kragen hochgeschlagen, durch den Regen. Als er den Wagen bemerkte, drehte er sich um.

Die Oberin gab blitzschnell ihre Anweisung. »Er ahnt natürlich nicht, daß wir so schnell hinter ihm her sind. Er meint, das ist irgendein anderes Auto. Er winkt! Schaut, er winkt! Er will mitgenommen werden, der Idiot. Etwas Besseres kann uns gar nicht passieren. Er läuft uns in die Falle. Halten Sie nur ganz kurz an, Mater Maria Melimela. Dann schnell die Tür auf und schon wieder zu. Daß wir es sind, darf er erst merken, wenn wir schon wieder fahren.«

Es ging alles nach Plan. Der Ausreißer war lammfromm, weil wie gelähmt vor Schrecken, als er merkte, daß im Auto die Nonnen saßen. Er konnte sich das Ganze überhaupt nicht erklären und mußte – was bei Nonnen schließlich nicht allzu fern liegt – an das Wirken überirdischer Mächte glauben. So war er fast froh, als er, dem Unwetter und dann den sehr unangenehmen Vorhaltungen der Oberin entronnen, wieder im Holzhaus in seinem trockenen Bett lag. »Haben Sie es hier nicht besser? Fehlt Ihnen was?« hatte die Oberin gebrüllt – gebrüllt ist eigentlich nicht der richtige Ausdruck: mit sehr hoher Stimme gebrüllt ... ein Mittelding zwischen gebrüllt und gepfiffen. »Es dauert doch nur noch einen Tag, höchstens zwei. Ich lasse Ihnen auch einen Ofen hereinstellen.«

Am nächsten Tag, es war der Tag, an dem die beiden Professoren bei dem Kranken Agonie diagnostizierten, schleppten zwei Nonnen einen elektrischen Ofen ins Gartenhaus, der mittels eines sehr langen Kabels im Kloster selber angeschlossen wurde. (»Ist das zulässig?« hatte Mater Maria Noctuabunda, die immer besonders zimperlich war, gefragt, »daß man für einen Mann heizt, wo der Stecker hier innerhalb der Klausur ist?« – »Ach was«, hatte die Oberin gesagt, »wir sind doch keine Kamaldulenserinnen.«) Der Ausreißer bekam auch die doppelte Ration zum Essen, und Fleisch, obwohl Freitag war. (»Schließlich ist es für ihn fremder Tisch«, hatte die Oberin entschieden.)

Mit dem nächsten – es war der sechsundzwanzigste

Sonntag nach Pfingsten und das Fest des heiligen Kunibert – war der Tag gekommen, für den die Oberin mit generalstabsmäßiger Präzision geplant hatte. Der Kranke lag, das sah jetzt jeder Laie, im Sterben.

Die Nonnen wurden nun von der Oberin vergattert und mußten in der Klosterkirche die schauerlichsten Eide schwören, niemandem etwas von den Vorgängen im Kloster zu verraten. Dann erhielt jede Nonne ihren Einsatzbefehl für den Tag. Der Mann im Gartenhaus bekam von der Oberin eine Sonderlektion, die eine geschlagene Stunde dauerte. Die Oberin nutzte dabei den Umstand, daß der Mann immer noch sichtbar im Banne der in seinen Augen überirdischen Vorgänge jener Nacht stand, als er davonlaufen wollte und wieder eingefangen wurde. Um elf Uhr vormittags wurde Dr. Mangstl geholt, der dem Sterbenden mehr aus Verlegenheit eine Spritze gab. Der Kranke hatte eine zweite Embolie erlitten. Er war bewußtlos, sein Blutdruck kaum meßbar. »Desolater Gesamtzustand«, murmelte Dr. Mangstl, »agonal.« Um ein Uhr kam der Pfarrer und spendete die letzte Ölung. Beide, Arzt und Pfarrer, gaben später eine eidesstattliche Erklärung ab, einwandfrei einen Sterbenden gesehen zu haben. »Wenn es soweit ist«, erinnerte sich Dr. Mangstl der Oberin eingeflüstert zu haben, »dann rufen Sie mich wegen des Totenscheins.«

Tatsächlich wurde Dr. Mangstl gegen fünf Uhr nachmittags noch einmal ins Kloster gebeten, aber nicht wegen des Totenscheins. Mater Maria Quasilla präsentierte dem Arzt den Sterbenden vom Vormittag in einem zwar ziemlich verstörten, aber offensichtlich gesunden Zustand.

»Das ist doch nicht möglich«, sagte Dr. Mangstl und schnaufte, diesmal nicht nur aus Kurzatmigkeit.

»Unsere ehrwürdige Mutter Oberin«, sagte die Nonne leise, »hat ihm um unseres Herrn Jesu Christi willen die Hand aufgelegt, kurz nach vier. Seitdem ist der Mann gesund.«

Dr. Mangstl, nach Luft schnappend und immer wieder verständnislos die Nonnen anblickend, näherte sich dem Mann vorsichtig und zaghaft wie einem heißen Ofen, begann ihn aber dann doch zu untersuchen.

»Nicht möglich«, tuschelte er immer wieder, »der Mann ist gesund. Das abnormale Herzgeräusch ist verschwunden. Erstaunlich! Die Herzgröße scheint wieder normal. Das ist ... das ist ... unbegreiflich, sogar der Einstich der Injektionsnadel von heute vormittag ist nicht mehr zu sehen.« Dr. Mangstl öffnete dem alten Mann den Mund. »Und mehr Zähne hat er auch. Das ist in der Tat erstaunlich. – Durch Handauflegen, sagen Sie?« wandte er sich wieder an die Nonne. Die Nonne nickte.

»Wohin?« fragte Dr. Mangstl. »Wohin hat sie die Hand gelegt?« Das war wohl eher eine automatische Frage, denn der Arzt schüttelte, jetzt schon ziemlich krankhaft, andauernd den Kopf und murmelte vor sich hin: »Unmöglich, unmöglich«, während er sich mit einem erkennbar unsterilen Taschentuch den Schweiß von Stirn und Glatze wischte.

»Auf die Brust«, sagte die Nonne.

»Wie bitte?« fragte der Arzt.

»Auf die Brust hat die Oberin die Hand aufgelegt«, sagte die Nonne.

»Ach, ja«, sagte Dr. Mangstl und wich, von Grauen gebeutelt, von dem medizinischen Wunder zurück. »Wo ist die Oberin?«

»Die ist in ihrer Zelle. Sie liegt im Gebete.«

Dr. Mangstl musterte noch einmal den alten Mann, der im Nachthemd auf einem Schemel saß, und lief dann wie gehetzt davon. –

Die Professoren und die anderen medizinischen Kapazitäten, die den Kranken untersucht hatten, eilten alsbald herbei und konstatierten ebenfalls das völlig unerklärliche Wunder. Der Bischof kam und besah sich den vor so viel gehäufter Autorität völlig konsternierten Mann.

Einer der Professoren sagte: »Ich habe ein ganz scheußlich schlechtes Personengedächtnis. Wenn nicht dieser komische Tierfellnaevus, sehen Sie, diese Warze hier am Rücken wäre, die mir das erste Mal sofort aufgefallen ist, könnte ich die Identität des damaligen Kranken mit dem Mann hier nicht beschwören. So aber ...« Die Oberin ließ sich diese Feststellung sofort schriftlich versichern. Dann kamen andere Professoren, vom Ruf des Wunders angelockt, andere Bischöfe, sogar ein evangelischer, theologische Seminare machten Exkursionen nach Frauenreuth. Der Kardinal aber konnte den wunderbar Geheilten leider nicht mehr besichtigen.

»Es war eben ein Landstreicher, Eminenz«, sagte die Oberin.

»Wir haben ihn, nachdem er wieder zu Kräften gekommen war, als Hilfsgärtner angestellt. In dem Gartenhäuschen, das Sie dort draußen sehen, haben wir ihn einquartiert. Heute nacht ist er davon. Ein Landstreicher. Es hält ihn wohl nicht länger an einem Fleck.«

Interessiert trat der Kardinal ans Fenster. »Schade«, sagte er. »Ich hätte ihn gern gesehen.«

»Ja, schade«, sagte die Oberin.

Der Kardinal musterte sie; es schien, als widme er der Stelle über ihrem Kopf besondere Aufmerksamkeit. »Es ist«, sagte er dann, »nicht jedermanns Sache, Gegenstand eines Wunders zu sein. So ein Landstreicher kann ohne weiteres, denke ich mir, spurlos verschwinden?«

»Spurlos«, sagte die Oberin.

Spurlos war auch das frische Grab im Klostergarten unter dem Schnee verschwunden, in dem der Zwillingsbruder des Landstreichers von verschwiegenen Nonnen am sechsundzwanzigsten Sonntag nach Pfingsten verscharrt worden war, am Fest des heiligen Kunibert.

Prof. Munk, Sonntagskind

»Wer durch Schwaben reist«, las Dr. Thomas Munk, und er wußte: gemeint ist damit das heutige Baden-Württemberg, also das alte heilig-römische Herzogtum Schwaben, »wer durch Schwaben reist, der sollte nie vergessen, auch ein wenig in den Schwarzwald hineinzuschauen ...« Das war längst ein Gemeinplatz. Wer läßt sich den schönen Schwarzwald entgehen? Jährlich reisen einige hunderttausend Touristen dorthin und hinterlassen Schmutz, leere Konservendosen, aber auch Geld. Der Schwarzwald ist, wie man so sagt, touristisch voll erschlossen.

Dr. Thomas Munk, ein Arzt, fuhr im Eilzug von Stuttgart nach Furtwangen. Er wollte ein Sanatorium anschauen, dessen Chefarztposten in den Fachzeitungen ausgeschrieben war. Dr. Munk war Internist und hatte eine Praxis in einer großen Stadt weit nördlich. Mit dem Schwarzwald hatte er nie etwas zu tun gehabt. Seine Frau, eine überzeugte Rheinländerin, war gegen Munks Bewerbung, denn sie wolle, sagte sie, in keine Gegend ziehen, in der es ständig bergauf und bergab gehe. Wenn schon hügelig, hatte Frau Barbara Munk gesagt, dann Toscana. In der Toscana aber war kein Chefarztposten ausgeschrieben, abgesehen davon, daß Dr. Munk gar nicht Italienisch konnte. So fuhr Dr. Munk allein. Er fuhr nicht mit dem Auto, sondern mit dem Zug. Es war Januar. Dr. Munk fuhr im Winter bei unsicheren Wetterverhältnissen nicht gern mit dem Auto so weite Strecken, allein schon gar nicht.
  In der Bahnhofsbuchhandlung in Stuttgart hatte Munk ein kleines, gelbes Büchlein, eher nur ein Heft, gekauft – »Reclam«, in dem er jetzt diesen Satz las: »Wer durch Schwaben reist ...«

Vor einigen Jahren hatte Dr. Munk eine Entdeckung gemacht, an die er sich jetzt erinnerte. Damals war Munks Vater gestorben: der Versicherungskaufmann, zuletzt Bezirksvertreter Helmut Munk. Im Nachlaß hatte sich unter anderem ein Bündel Papiere gefunden und unter den Papieren das Fragment eines »Arischen Nachweises«. Der alte Munk – der damals noch nicht so alt war, hatte sich, na ja, wer hatte das damals nicht getan, wer hatte schon den wirklichen Durchblick, dachte Dr. Munk entschuldigend, und wer weiß, wie unsereiner in so einer Situation reagiert oder sogar denkt, hatte sich damals für die Mitgliedschaft in der NSDAP beworben. Auch das – nie abgeschickte – Bewerbungsformular an die Ortsgruppe Düsseldorf/Süd war bei den Papieren. Was man so alles aufhebt in seinem Leben. Vielleicht hatte sich Vater Munk bessere Fortkommens-Chancen in seiner Versicherung davon versprochen, wenn er NSDAP-Mitglied würde. Vor 1933 hatten die Nazi natürlich jeden in ihre Partei aufgenommen, der daherkam. Nachher wurden sie wählerisch. Man mußte einen »Arischen Nachweis« erbringen. Vater Munk hatte also angefangen, Ahnenforschung zu betreiben, hatte an Pfarr- und Standesämter geschrieben, Abschriften von Geburts-, Tauf- und Trauscheinen eingeholt. Wenn das alle drei (oder waren es sechs?) Millionen Parteimitglieder gemacht haben, dachte Dr. Munk, dann war schon allein das Briefportoaufkommen von volkswirtschaftlicher Bedeutung. Vater Munk hatte herausgebracht, daß seine Vorfahren um das Jahr 1800 im Schwarzwald ansässig gewesen waren. Weiter zurück hatte der Vater die Sache nicht verfolgt, denn der Stichtag für den »Arischen Nachweis« war der 1. 1. 1800.

Das Sanatorium, das auf einer Anhöhe unweit der Stadt Furtwangen lag, war in einem erbärmlichen Zustand. Nicht so sehr die sogenannte Kostendämpfung der letzten Jahre, das heißt, daß die Krankenkassen nicht mehr mit vollen Händen das Geld für »Kuren« genannte Zweiturlaube hinauswarfen, sondern offensichtliche Mißwirtschaft hatte das sichtlich ehemals fashionable Haus heruntergebracht. Als erstes, dachte Dr. Munk, wird man die Türklinken putzen lassen müssen. Aber er kam, während er mit dem kaufmännischen Direktor des Sanatoriums das Haus besichtigte, immer mehr von dem Gedanken ab, sich für diesen Posten zu bewerben, dachte dabei auch an Barbara, die erleichtert sein würde.

Munk blieb zwei Tage in Furtwangen. Es ergaben sich Verhandlungen mit dem Verwaltungsrat der Stiftung, die das Sanatorium betrieb. Der Verwaltungsrat wollte das Chefarzthonorar drücken, Munk begrub innerlich endgültig den Gedanken an diesen Posten.

Am zweiten Tag mietete Munk für einen halben Tag ein Auto. Das Wetter war trocken. Es war für die Jahreszeit ungewöhnlich warm. Es lag kein Schnee. Munk fuhr ohne Ziel in den Schwarzwald hinein. Er fuhr bergauf. Er kam durch wenige Dörfer, zuletzt standen nur noch einige vereinzelte Häuser abseits der immer schmaler werdenden Straße. Es war dies sichtlich eine Gegend, in der sich Füchse (sofern es sie noch gab) und Hasen Gute Nacht sagten. Munk ließ das Auto stehen, nahm seinen Mantel und ging ein ausgetrocknetes Bachbett entlang aufwärts. Die Bäume bogen sich in einem fast schon unnatürlich warmen Wind, nahezu einem Sturm. Der Wald rauschte. Der Himmel färbte sich rot. Es ging gegen Abend zu. Munk, der einen guten Orientierungssinn hatte, hatte keine Angst, das Auto hernach nicht mehr zu finden. Auf einer Lichtung, an einem felsigen Abhang, setzte er sich auf einen Holzstoß, der sorgsam aufgeschichtet und verkeilt, aber schon halb vermodert war. Rentierte es sich nicht mehr, das geschlagene Holz abzutransportieren? Als Munk seinen Mantel enger um sich zog, merkte er, daß das gelbe Heft noch in der Tasche steckte. Er zog es heraus. Es war noch so hell, daß man lesen konnte, grad noch. Munk schlug das Büchlein auf:

»Schatzhauser im grünen Tannenwald,
Bist schon viel hundert Jahre alt;
Dein ist all Land, wo Tannen stehn,
Läßt dich nur Sonntagskindern sehn.«

Dr. Thomas Munk war ein Sonntagskind. Das hatte ihm, soweit er das verfolgen konnte, noch nie nennenswerte Vorteile gebracht. Was die alltäglichen Dinge anbetraf, war er sogar eher ein Pechvogel. Wenn am Tisch jemand mit der Sauce spritzte, traf es unter allen Tischgenossen mit größter Sicherheit immer ihn, Thomas

Munk. Verlorene Gegenstände fand er nie. Im Lotto hatte er, obwohl er einige Jahre lang regelmäßig und systemmäßig gespielt, nie etwas gewonnen. Anders sein jüngerer Bruder: Nikolaus Munk. Der hatte schon als Schulbub immer Geld auf der Straße gefunden, dem fiel alles in den Schoß, und vor vier Jahren hatte er eine Millionärserbin geheiratet. Dabei war Nikolaus ein Mittwochskind.

Thomas Munk sagte halblaut: »Schatzhauser im grünen Tannenwald ...« Er kam sich albern vor, so vor sich hinzumurmeln auf diesem Holzstoß, so allein im Wald. Wie ein Irrer, der mit sich selber redet. Außerdem: was heißt »im Tannenwald«, wo das alles Fichten sind, was da herumsteht. Munk stand auf und sagte den Vers mit lauter, deutlicher Stimme: »Wie albern«, sagte er – auch laut – dazu. Da saß auf dem Holzstoß, auf dem eben noch Munk gesessen, ein Zwerg, ein winziges, altes Männlein in schwarzem Wams und roten Strümpfen, einen großen Hut auf dem Kopf. Der Bart des alten Männleins war wie aus Spinnweben, und es rauchte eine Pfeife aus blauem Glas.

»Sie träumen nicht, Herr Dr. Munk«, sagte das Männlein. »Setzen Sie sich wieder her. Es ist lange Zeit vergangen, seit mich jemand gerufen hat. Gibt es denn keine Sonntagskinder mehr?«

Dr. Munk tat einen Schritt gegen das Männlein hin. Seine Gedanken, seine ganze Seele schien ihm im Augenblick wie in Glas eingegossen, und er betrachtete sich in dieser fremdartigen Situation wie von außen oder besser gesagt: von schräg oben.

»Nein, nein«, sagte der Schatzhauser, »anfassen dürfen Sie mich nicht. Ich bin zerbrechlich. Ja, sehr zerbrechlich. Aber es ist Platz für uns beide.« Das Männlein rückte etwas zur Seite.

Dr. Munk war nahezu sicher, nicht zu träumen. Weiter unten, klein am Wegrand, schräg an einen Zaun hingedrückt, stand das hellblaue Auto, mit dem er heraufgekommen war.

»Sie sind ein genauer Mensch«, sagte das Männlein, »aber Sie dürfen das alles nicht wörtlich nehmen: Tannen oder Fichten, das hat man früher nicht so scharf unterschieden. Sie singen ja auch zu Weihnachten ›O Tannenbaum«, und es ist zumeist eine Fichte. Außerdem wird das bald nur noch eine akademische Frage sein.«

»Sie«, Dr. Munk schluckte, »kennen meinen Namen?«

»Ja, ja, doch«, sagte der Schatzhauser und blies ein paar Kringel aus seiner blau-gläsernen Pfeife in die Luft. »Wissen Sie: für mich ist es so, wenn ein Mensch in den Wald kommt, daß seine ganzen Lebensumstände sichtbar sind. Es umweht Sie das alles wie ein vielfarbiger Rauch, in dem ich lesen kann. Abgesehen davon hatte ich mit Ihrer Familie schon einmal zu tun – das ist lang her. Eine alte Geschichte. Es hat sie auch einer aufgeschrieben, der hieß – mein Gedächtnis läßt seit ungefähr zweihundert Jahren merklich nach – der hieß ... wie hieß er noch? Wilf ... so ähnlich ... Wilf ... er hat sie nicht sehr exakt aufgeschrieben. Stimmt verschiedenes nicht in der Geschichte. Habe sie gelesen. In einem Almanach. Im 28er Jahr. *1828.* Es wäre besser, wenn ich mir andere Sachen merken würde als diese Jahreszahl. Aber das Gedächtnis läßt sich eben nicht kommandieren. Geht's Ihnen nicht auch schon so? Na ja. Sie sind jung. Wilf ... oder Waulf oder so ähnlich. Ein eher schludriger Mensch.«

Dr. Munk schluckte wieder, dann sagte er: »Wenn Sie alles so genau wissen ... da hätte ich eine Bitte.«

»Ja?« sagte der Schatzhauser.

»Sie wissen natürlich auch, daß ich Arzt bin und daß dort unten bei Furtwangen das Sanatorium ...«

»Lasset Sie d' Finger davon. Sie ärgeret sich bloß Ihr Läbe lang. Das isch nix für Sie.«

»Danke. Den Eindruck habe ich auch. Ich werde absagen.«

Ein stärkerer Windstoß fuhr durch die Bäume. Merkwürdigerweise wehte er den Rauch aus des Männleins Pfeife nicht weg. Der stieg auf, als ginge kein Hauch. Dr. Munk faßte den Schatzhauser genauer ins Auge. Das Männlein war grau, fast weiß im Gesicht, die Augen, auch grau, lagen ganz tief in den Höhlen.

»Was schauet er mich so kritisch a'? Ja, ja – ich bin alt. Aber ein' Doktor brauch' ich immer no net.« Das Männlein lachte kichernd. »Obwohl – in de' letzscht zwanzig, dreißig Jahr – da ist es stark abwärts 'gangen mit mir. Gesundheitlich quasi.«

»Das tut mir leid«, sagte Dr. Munk.

»Früher«, sagte der Schatzhauser, »da hat's ausg'schaut, als hätt' ich's äwig' Läbe.« Das Männlein schüttelte den Kopf. »Ich krieg' kei' Luft mehr.«

»Die Lunge?« fragte Dr. Munk.

»Lasset Sie Ihr Schtethoskop stecke'. I hon koi Lunge.« Das Männlein lachte. »I bin aus Glas. Noi, noi ... die Luft selber, die Luft. Früher war die Luft rein und klar, besonders hier im Schwarzwald. Wie 's Quellwasser ... nein: wie früher 's Quellwasser. Die paar Kohlenbrenner und die paar Glashütten – der Rauch, den die gemacht haben, der ist ja gar nicht ins Gewicht gefallen. Obwohl: damit hat's angefangen. Man hätte den Anfängen wehren müssen. Aber wer hätte das damals gedacht. Nicht einmal ich. Erst wie sie die erste Eisenbahn durch den Schwarzwald gebauet haben – aber dann war's zu spät. Und heute ist die Luft schwarz. Sie sehen's nicht, aber ich habe schärfere Augen. Und der Regen ist gelb. Und die Quellen, sogar die, die Sie für kristallklar halten, sind voll von giftgrüne Schlieren oder pechschwarze. Ich gehe mir jeden Tag die Tannen anschauen – oder Fichten, wenn Sie lieber wollen. Ich rede mit ihnen. Viele, viele von ihnen sind aber schon stumm geworden. Ich will Ihnen nicht zu nahe treten, Herr Doktor, aber die Menschen sind ein Ungeziefer. Der Wald, *mein* Wald hat den Krieg verloren. Die Menschen haben einen Krieg gegen den Wald geführt, und der Wald hat ihn verloren. Vor zwanzig, dreißig Jahren hat er sich noch gewehrt, der Wald, und ich bin jed'n Tag herumgegangen und habe die Bäume angespornt: wehrt euch, wehrt euch – ihr habt doch schon ganz anderes Ungeziefer überlebt, den Borkenkäfer zum Beispiel, oder das Feuer, den Windbruch ...« Das Männlein schüttelte den Kopf. »Es ist einfach zu viel Ungeziefer. Und Bäume werden immer weniger.«

»Aber inzwischen haben wir es doch eingesehen«, sagte Dr. Munk.

Das Männlein winkte mit der Pfeife ab. »Zu spät. Vielleicht wäre es anders gekommen, wenn die Bäume nicht so langsam sterben würden. Wenn sie umfallen würden, wie ein geschossenes Tier – ja, dann hättet ihr es vielleicht früher erkannt. Aber so –? Ein Baum stirbt ganz langsam, und er bleibt noch stehen, wenn er schon tot ist. Sogar eure Forstspezialisten erkennen das gar nicht richtig ... und eure Politiker –« Das Männlein machte eine wegwerfende Handbewegung.

»Aber inzwischen gibt es Leute, sie nennen sich sogar, wie der Wald ist: grün –«

»Ich weiß, ich weiß«, sagte das Männlein. »Auch die wollen nur wiedergewählt werden. Außerdem brauchen auch die Geld. Und woher kriegen sie's? Von denen, die den Fortschritt vertreten. Und allein, was die an Papier brauchen für ihre Flugblätter ... Und abgesehen davon: es ist alles zu spät.«

»Der Wald ist verloren?«

»Der Wald ist endgültig verloren. Und mit dem Wald«, sagte das Männlein leise, »geh' auch ich. Eigentlich«, sagte es noch leiser, »bin ich schon weit weg.«

Dr. Munk raffte sich auf. »Ich bin ein Sonntagskind, Herr Schatzhauser.«

»Ich weiß«, sagte das Männlein.

»Dann«, sagte Dr. Munk, »habe ich drei Wünsche frei?«

»Ich muß sie nicht erfüllen, wenn sie unsinnig sind«, sagte das Männlein.

»Ich werde mich hüten, einen unsinnigen Wunsch zu äußern«, sagte Dr. Munk, »ich habe drei sehr sinnvolle Wünsche ...«

»Als ersten: Geld, stelle ich mir vor«, sagte das Männlein und zog an seiner Pfeife. »Das hat noch jeder als erstes gewünscht.«

»Hm«, sagte Dr. Munk, »ich muß gestehen, daß ich daran gedacht habe – na ja ... zwei Millionen?«

»Spielen Sie im Lotto, Sie können Zahlen ankreuzen wie Sie wollen, Sie werden gewinnen, bis die zwei Millionen voll sind. Ich habe übrigens geglaubt: Sie wollen zwanzig Millionen. Sie wollen nur zwei. Ihre Bescheidenheit ehrt Sie. Sie sollen belohnt werden. Spielen Sie nicht *hier* Lotto, sondern drüben –«, das Männlein zeigte mit dem Stiel seiner Pfeife nach Süden, »in der Schweiz. Sie sollen zwei Millionen Schweizer Franken haben. Und der zweite Wunsch?«

»Daß meine Tochter immer gesund bleibt.«

Das Männlein kicherte. »Das wünscht ein Arzt. Hem, hem! Ja – die kleine Petra Munk. Sie wird – ich sage die Zahl nicht, aber es ist eine hohe Zahl – ... Jahre alt werden und nie einen Kollegen von Ihnen brauchen.«

»Danke«, sagte Dr. Munk.

»Und den dritten?« fragte der Schatzhauser.

»Kann ich mir den nicht aufheben?«

»Nein«, sagte das Männlein. »Nicht mehr. Ich weiß nicht, wie lang ich noch da sein werde. Ich habe Ihnen ja gesagt: wenn der Wald nicht mehr ist, wird auch der Schatzhauser nicht mehr sein.«

»Dann wünsche ich mir«, sagte Dr. Munk, »daß der Wald gerettet wird.«

Das Männlein schwieg lange und blies Kringel aus seiner blaugläsernen Pfeife. Die Dämmerung war hereingebrochen. Die ersten Lichter schimmerten aus dem Tal.

»Ein schöner Wunsch«, sagte er dann endlich, »ein frommer Wunsch. Aber – ich muß Ihnen etwas gestehen: ich bin nur der Kleine Schatzhauser. Es gibt auch den Großen, den viel Größeren Schatzhauser, den Menschen *nie* zu Gesicht bekommen können – auch Sonntagskinder nicht. Bei Ihm, beim Großen Schatzhauser, hatte *ich* die Wünsche frei. Der erste Wunsch war: daß ich den Sonntagskindern, wenn sie mich rufen, drei Wünsche erfüllen darf, sofern sie nicht unsinnig sind. Er ist mir erfüllt worden – auch der zweite Wunsch, aber den sage ich nicht, den sage ich niemandem und nie. Sie werden ihn aber dereinst, zur gegebenen Stunde erfahren. Und mein dritter Wunsch war: daß der Wald gerettet wird. Diesen Wunsch aber hat mir der viel Größere Schatzhauser abgeschlagen.«

»Weil er unsinnig war?« fragte Dr. Munk.

»Nein«, sagte das Männlein, »sondern weil der viel Größere Schatzhauser wahrscheinlich einen ganz anderen Plan hat. Sie werden also verstehen, daß *ich* diesen Wunsch mit dem besten Willen nicht erfüllen kann.«

»Dann wünsche ich mir ...«, sagte Dr. Munk. Aber der Platz neben ihm am Holzstoß war leer.

Dr. Munk kämpfte, um seine Selbstachtung besorgt, ein gänsehäutiges Gefühl nieder, das ihn in dem nun ganz finster gewordenen Wald von allen Seiten bedrängte. Betont langsam – aber dann nach der Hälfte des Weges doch etwas schneller – stieg er zu seinem Auto hinunter. Er schüttelte mehrfach den Kopf. Aber im Auto fand er auf dem Beifahrersitz mehrere ausgefüllte und schon gestempelte Lottozettel der Eidgenössischen Lotterieverwaltung. »Hat mir nun der Schatzhauser«, dachte Dr. Munk, »den dritten Wunsch als unsinnig weil unerfüllbar abgeschlagen, oder habe ich noch einen Wunsch frei?«

Er fuhr in die Stadt zurück. Mehrfach schien ihm, als tauchte am Weg eine kleine Gestalt mit großem Hut auf, aber als sie in den Scheinwerferkegel kam, war es doch immer nur ein Stein, ein Strauch und in einem Fall eine etwas weiter oben stehende Milchkanne aus Zink.

In Furtwangen telefonierte er von seinem Hotel aus den Verwaltungsrat der Stiftung an und sagte, daß er sich nicht weiter für die Chefarztstelle bewerben wolle. Früh am nächsten Tag gab er das Auto zurück und fuhr nach Hause mit dem Zug, wie er gekommen war. Der Schatzhauser hat Wort gehalten, jedenfalls, was den ersten Wunsch betraf – Munk gewann noch in derselben Woche die zwei Millionen Schweizer Franken, steuerfrei notabene! – der zweite Wunsch war als Langzeit- und Dauerwunsch nicht so rasch auf seine Erfüllung zu überprüfen. In der Tat aber war Petra nie krank. Mit den zwei Millionen als Grundstock eröffnete Dr. Munk – bald auch Professor an der Universität von Lausanne – ein eigenes neues, feines Sanatorium am Genfer See. Diese Gegend sagte Frau Barbara eher zu. Sie sah auch ein, daß Geldanlage in der Schweiz besser ist als in der Toscana. Aber *ein* Gedanke ließ Munk die ganzen Jahre nicht los: hatte er noch einen Wunsch frei oder nicht?

So fuhr er ein zweites Mal in den Schwarzwald. Diesmal war es Sommer. Die Hitze drückte auf das Land. An den Seen lagen fette Menschen. Munk, der diesmal mit seinem eigenen Auto kam, fuhr gleich hinauf und fand nach wenigem Suchen die Stelle wieder, wo er damals das Auto abgestellt hatte. Er ging den Bach, der wenig Wasser führte, entlang hinauf bis zu dem Abhang und dem

Holzstoß, der nun schon ganz mit Moos überwachsen war. Das alte gelbe Heft – das er übrigens nie ausgelesen hatte, er war kein Leser, der Prof. Munk – hatte er mitgenommen. Er vergewisserte sich, daß wirklich keine Menschenseele weitum war, dann las er aus dem Heft und las mit lauter, fester Stimme:

>»Schatzhauser im grünen Tannenwald,
>Bist schon viel hundert Jahre alt;
>Dein ist all Land, wo Tannen stehn,
>Läßt dich nur Sonntagskindern sehn.«

Die Hitze lastete über dem Tal und brach selbst zwischen die Stämme, die nach Harz rochen. Nichts rührte sich. Kein Windhauch bewegte die Zweige. Der Schatzhauser kam nicht. Munk rief den Vers nochmals. Der Schatzhauser kam nicht. Alles war still. Ein Baldachin von summender Hitze wölbte sich über der Lichtung. Munk rief ein drittes Mal. Der Schatzhauser kam nicht.

Prof. Munk setzte sich ins Gras. Auf dem Holzstapel konnte er sich nicht niederlassen, weil der schon zu stark vermodert war. Er blätterte im Büchlein, und dabei kam es ihm, daß er es nie ganz zu Ende gelesen hatte. Er blätterte darin hin und her, und plötzlich sah er, daß ganz hinten auf einer freien Seite von fremder Hand und in altertümlicher Schrift einige Zeilen standen: »Dein zweiter Wunsch, Thomas Munk, war zwiechschneidig; Deine Tochter wird alt werden. Aber sie wird es dadurch erleben müssen, daß es keinen Wald mehr gibt. Adieu, Thomas Munk. Sch.«

Munk stand auf und ging, diesmal ohne jedes gänsehäutische Gefühl, zu seinem Auto hinunter. Obwohl immer noch kein Lufthauch sich regte, ächzten die sterbenden Fichten.

Die blinde Katze

Es war am vorletzten Werktag des alten Jahres. Prof. Borjahn wollte – aus steuerlichen Gründen – am nächsten Tag, dem letzten Werktag im Jahr, einen namhaften Betrag auf seine verschiedenen Bausparverträge einzahlen, und um eben diesen Betrag kassieren zu können, mußte das Gutachten »T« bis morgen fertig sein. Prof. Borjahn kassierte – auch aus steuerlichen Gründen – solche Honorare für Gutachten in bar. Die Universitätsverwaltung mußte ja nicht unbedingt Wind von den Dingen bekommen.

Zwischen Weihnachten und Dreikönig ist kein Mensch im Institut, abends schon gar nicht. Prof. Borjahn konnte in Ruhe die Tippfehler des von drei seiner Assistenten gefertigten Gutachtens ausbessern. Alles war still. Der Keller mit den Versuchsanordnungen war weit weg. Die Sekretärin war längst gegangen. Der Professor blinzelte von seinem Manuskript auf und schaute zum Fenster hinaus: kein Stäubchen Schnee. – Hoffentlich ist es in der Schweiz besser. Irgendwann muß sich ja das Chalet in Arosa amortisieren.

»Herr Professor!«

Borjahn riß es herum wie vom Rheumatismus durchfahren. – Hatte da jemand »Herr Professor!« gerufen? Es war niemand da. Borjahn steckte den kleinen Finger erst in das linke, dann in das rechte Ohr und beutelte ihn ein wenig hin und her, rieb sich auch die Augen und schüttelte den Kopf –

»Herr Professor Borjahn!«

»Die Nerven«, dachte Borjahn, »die ewige Anspannung – die blöden Studenten, die Fernsehinterviews, die Einkommensteuer, die Bauherrenmodelle, daß seine Frau hinter die Sache mit Susi gekommen ist, der Sohn neigt zu den Grünen – hoffentlich schnappe ich nicht über ...«

»Hier sitze ich, Herr Professor – Sie können mich sehen, ich Sie nicht.«

Auf einem Bord über der Heizung saß eine getigerte Katze.

Borjahn sprang auf, der Stuhl fiel hinter ihm um.

»Was machst denn du da?«

Aber er hob – betont ruhig – den Stuhl wieder auf und setzte sich. – Die Nerven, die Anspannung ... man redet schon laut mit einer Katze. Hoffentlich hat das niemand gehört. Zum Glück ist um diese Zeit keiner im Haus.

»Entkommen«, sagte die Katze.

»Entkommen«, sagte Professor Borjahn tonlos und mit belegter Stimme.

»Ja«, sagte die Katze, »entkommen. Weil Sie gefragt haben, wie ich hierherkomme. Mein Versuch war ja abgeschlossen – wenn das Possessivpronomen in dem Fall erlaubt ist. Aber ein Sträfling sagt ja auch ›mein Gefängnis‹ –«

»Versuch war abgeschlossen«, sagte Professor Borjahn, immer noch tonlos.

»Na ja – ich bin verbraucht. Aber lebe noch. Also – habe es überlebt. Und sollte *entsorgt* werden. Bin aber dem Hausmeister entkommen; auf dem Weg zur Entsorgung. Die anderen sechzehn nicht. Und da habe ich Ihr Büro gesucht und, wie Sie sehen, gefunden. Obwohl ich keine Augen mehr habe, aber ich habe noch Ohren und eine Nase.«

»Woher weißt du –«

»Sie können ruhig *Sie* zu mir sagen«, unterbrach ihn die Katze, »ich duze Sie auch nicht.«

Der Professor hüpfte auf, keuchte, sprang mit einem Satz um seinen Schreibtisch herum und griff nach der Katze.

Die Katze wischte mit der rechten Vorderpfote, der Professor hatte eine blutige Strieme auf der Stirn und die Brille war weggeflogen.

»Du Bestie!« schrie Borjahn, »– ich seh' nichts, ohne Brille seh' ich nichts ...« Er tappte herum, auch auf dem Bord in der Nähe der Katze. Die Katze schnarrte ihm noch eins über die Finger.

»Auuuu«, schrie Borjahn und steckte die Finger in den Mund, »ich sehe nichts.«

»Ich auch nicht«, sagte die Katze, »weil mir dein Assistent, Herr Dr. Hammerbichler, die Augen herausgeschnitten hat. Mir und den sechzehn anderen. – Trotzdem weiß ich, wo deine Brille liegt.«

»Du hast keine Chance«, zischte der Professor.

»Das weiß ich«, sagte die Katze, »und ich weiß auch, daß du jetzt gleich auf deine Brille drauftrittst.«

Der Professor blieb erschrocken stehen – einen Fuß schon angehoben. »Was willst du?« jammerte Borjahn.

»Ich will erst einmal, daß du dich hinsetzt«, sagte die Katze, »in einem gewissen Abstand zu mir.«

»Aber dann trete ich womöglich auf meine Brille – und ...«

»Einen Schritt!« befahl die Katze, »und Vorsicht – ja – jetzt noch einen Schritt ...«

Der Professor gehorchte. Mit dem vierten Schritt stand er wieder an seinem Schreibtischstuhl und setzte sich.

»So«, sagte Borjahn, »und?«

»Zweitens sollen Sie nicht *du* zu mir sagen.«

»Lächerlich. Ich kann doch eine Katze ...«

»Dann kannst du deine Brille vergessen. Und das Gutachten auch. Und die Bausparverträge auch ...«

»Gut!« schrie Borjahn. »Was wollen Sie, Fräulein Katze.«

»Sie Trottel«, sagte die Katze, »ich bin ein Kater. Aber im übrigen klingt das, was Sie sagen, jetzt schon besser.«

»Wo ist meine Brille?«

»Später«, sagte der Kater, »erst werden Sie mir ein paar Fragen beantworten.«

Borjahn brummte.

»Soll das *ja* heißen?«

Borjahn nickte.

»Ich sehe nicht, ob Sie nicken oder den Kopf schütteln. Ich bin blind. Habe ich Ihnen doch gesagt. Also?«

»Ja«, schrie Borjahn.

»Sie brauchen nicht so zu schreien. Katzen sind außerordentlich empfindlich gegen Geschrei. Manchmal hat mich dieses Gedudel von ›Bayern 3‹, das Ihr Assistent Dr. Hammerbichler bei seinen Versuchen mit uns zu hören pflegt, fast mehr gequält als die Versuche selber.«

»Und welche Fragen, wenn ich also bitten darf?«

»Warum tun Sie das?«

»Wenn ich da nicht vor dem 31. einzahle, muß ich das ganze überschüssige Geld versteuern –«

»Ich meine nicht die Bausparverträge, ich meine Ihre Versuche mit uns.«

Prof. Borjahn brummte.

»Wie bitte?« fragte der Kater.

»Darüber bin ich niemandem Rechenschaft schuldig.«

»Dann, fürchte ich, werden Sie Ihre Brille nicht mehr finden —«

»Es reicht mir!« schrie Professor Borjahn, »ich bin keiner Katze Rechenschaft schuldig. Ich bin nicht einmal einem Menschen Rechenschaft schuldig. Es geht niemanden etwas an, was in meinem Institut geschieht, es ist alles legal – und außerdem ... und außerdem – schließlich ist die Medizin ... die dem Menschen dient —«

»Wenn Sie weiter so schreien, sehe ich schwarz.« Der Kater schnaubte, vielleicht bedeutete das Lachen. »Sehr gut: sehe ich schwarz. Ich sehe *immer* schwarz.«

Professor Borjahn strich – um sich zu beruhigen – mit den flachen Händen über den Schreibtisch. »Bin niemand Rechenschaft schuldig«, sagte er dann. »Außerdem —«

»Außerdem?« sagte die Katze.

»Außerdem ist alles legal.«

»So«, sagte die Katze.

»Ja. Ist legal. Ob es Ihnen paßt oder nicht. Wir haben ein Tierschutzgesetz. Das ist ziemlich streng, soviel ich weiß. Wenn unnötige Quälereien passieren *sollten* – dann wäre doch sofort der Staatsanwalt zur Stelle.«

»Wäre sofort zur Stelle?«

»Ja«, sagte Professor Borjahn.

»Wenn er es *wüßte*«, sagte die Katze.

»Das ist schließlich *seine* Sache —«, schrie der Professor. »Ich bin Professor für chirurgische Forschung, und nicht Staatsanwalt. Das ist nicht meine Sache. Ich brauche doch nicht auch noch – ich brauch doch nicht doch – ich brauche doch —«

»Es ist ziemlich beschämend für einen Professor, was Sie da zusammenstottern. Außerdem brauchen Sie nicht zu schreien. Habe ich schon gesagt. *Hören* kann ich noch. Im Gegensatz zum Sehen. Und offensichtlich verlieren Sie den Faden, wenn Sie schreien. Vielleicht macht das ein Rest von schlechtem Gewissen.«

»Ich habe kein schlechtes Gewissen. Bei uns werden keine Tierversuche gemacht. Basta.«

»Und *ich*?« fragte die Katze leise.

»Außer in Ausnahmefällen. Und dann nur unter Narkose!«

»Mir hat man die Augen ohne Narkose *herausgeschält*.«

»Soll ich mich dann vielleicht selber anzeigen?« schrie Professor Borjahn. »Reicht es nicht, was die alle gegen uns hetzen? Du hast ja ohnedies ein ganzes Heer an Freunden. Alle jammern: die armen, armen Tiere ... diese ganze aufgebauschte Hetzkampagne, die mich fatal –«, Borjahn fing sich wieder, da er ins gewohnte Fahrwasser des Dozierens geriet, »– die mich fatal an jene Zeit erinnert, wo ein Kesseltreiben gegen Juden, Zigeuner und Homosexuelle veranstaltet wurde, die mich fatal an ›Stürmer‹-Zeiten erinnert –«

»Ach«, sagte die Katze. »Die verfolgten Wissenschaftler, die sich förmlich in Katakomben verstecken müssen und dennoch nicht aufhören, für die Menschheit segensreich zu wirken. Mir kommen fast die Tränen – besser gesagt: mir kämen sie, wenn ich noch Augen hätte.«

»Ich werde dir etwas sagen –«

»*Ihnen*, wenn ich bitten darf.«

Der Professor fauchte – der Professor, nicht die Katze – »Ihnen was sagen: diese ganzen sogenannten Tierschützer – wenn sie krank sind, dann kommen sie auf den Knien angerutscht und wollen behandelt werden, und dann ist es ihnen völlig gleichgültig, daß die Mittel nur durch ... besser gesagt: *Ob* die Mittel mit Tierexperimenten –«

»Ich frage mich«, sagte die Katze, »warum Sie dann weiter forschen? Wenn die Menschheit so undankbar ist und lohnt Ihre aufopfernden Versuche so schlecht – warum lassen Sie es dann nicht?«

Der Professor riß die Augen auf. »Was? Wie?«

»Ja. Strafen Sie doch die bösen Tierschützer und lassen Sie es sein, neue Medikamente zu erfinden.«

»Es geht nicht um neue Medikamente, es geht um den Fortschritt der Medizin!«

»Der wiederum den blöden, rufmordenden Tierschützern zugute kommt. Sie verlängern deren Leben. Lassen Sie den Fortschritt der Medizin – und die Tierschützer sterben ab.«

»Ja – aber ... aber ... ich ... das ...«, sagte der Professor.

»Wieso sind Sie sprachlos?«

»Der Gedanke ... ich muß gestehen –«, Borjahn lachte gequält, »– ein bestechender Gedanke. Die Blödmänner in ihrem eigenen Saft schmoren lassen. Aber ...«

»... es geht nicht«, sagte die Katze.

»Der Fortschritt der Wissenschaft«, sagte Borjahn.

»Und außerdem müssen Sie ja auf Ihre Bausparverträge einzahlen.«

»Ich bervitte mir – ich merwitte bir – ich bermitte vier –«

»Immer wenn Sie schreien, kommen Sie ins Stottern«, sagte die Katze. »Darf ich Ihnen deshalb behilflich sein. Sie wollten sagen: ich verbitte mir die Einmischung in meine finanziellen Angelegenheiten. Wollten Sie sagen.«

»Ja. Und jetzt lehne ich jede weitere Diskussion ab.«

»Sie nehmen mir das Wort aus dem Mund«, sagte die Katze müde, stand auf und machte einen Buckel.

»Wo ist meine Brille?« schrie Borjahn.

»Neben dem hinteren linken Stuhlbein.«

Professor Borjahn setzte die Brille auf, lief zum Schrank, sperrte ihn auf, nahm seinen Revolver heraus – er führte ihn legitim, denn er hatte einen Waffenschein erhalten, nachdem einmal anonym (wahrscheinlich von einem Tierschützer) angerufen worden war – und schoß. Die Katze fiel vom Fensterbord. Professor Borjahn nahm sie beim Schwanz und trug sie zur Mülltonne im Hof.

Was im übrigen folgte, war eine Katastrophe. Das Gutachten wurde nicht rechtzeitig abgeliefert, weswegen das Honorar nicht rechtzeitig bezahlt wurde. Der Professor mußte es daher versteuern. Seine Frau, der er unter dem Siegel der Verschwiegenheit das alles erzählte, glaubte ihm kein Wort und schrie ihn an: er sei wohl, statt das Gutachten zu korrigieren, bei seiner Susi gewesen. Die Feiertage waren verpatzt. Außerdem fiel immer noch kein Schnee. Professor Borjahn konnte sich nicht einmal beim Skifahren abreagieren.

Am ersten Arbeitstag nach Dreikönig ordnete Borjahn eine neue Versuchsreihe an. Den Katzen, sagte er, brauchten die Stimmbänder nicht durchgeschnitten zu werden. Wenn sie schrien, sagte er, mache das nichts. Er höre es sogar gern. Dr. Hammerbichler nickte. Da *er* aber das Geschrei nicht gern hörte, drehte er ›Bayern 3‹ noch etwas lauter.

Der Weihnachtsdackel

Der 24. Dezember war in jenem Jahr, an das Besenrieders Zeit ihres Lebens nur mit Schaudern zurückdenken, ein Freitag. Strenggenommen hatte Günther Besenrieder – ein durch nichts sich von anderen Beamten unterscheidender Oberinspektor beim städtischen Eichamt – am Vormittag noch Dienst, aber das war kein echter Dienst, denn erstens: wer kommt am 24. Dezember ins Eichamt? Und zweitens: der Amtmann Grünauer hatte eine Bowle und Plätzchen von daheim mitgebracht und verfügte die Abhaltung einer Weihnachtsfeier. Jeder versuchte einen höflichen Schluck der von Frau Amtmann Grünauer liebevoll zubereiteten Bowle und besorgte sich dann heimlich ein Bier. Grünauer war beleidigt, als er die Bowle wieder mit heim nehmen mußte, und wünschte nur: »Schönes Wochenende!« und nicht »Frohe Feiertage!«

Bei dem nachtragenden Amtmann verhieß das für das Betriebsklima der nächsten Woche nichts Gutes, aber das war das wenigste an den Turbulenzen dieser Tage, vor allem weil Besenrieder – was er naheliegender Weise noch nicht ahnte – nicht Gelegenheit hatte, an der grantigen Woche Grünauers zwischen den Weihnachtsfeiertagen und Silvester teilzunehmen. »Ich hätte Grünauers Grant gern in Kauf genommen, wenn ich das alles nicht hätte erleben müssen«, sagte Besenrieder später oft.

Gegen zwei Uhr kam Besenrieder heim. Frau Besenrieder hatte ihn um zwölf Uhr erwartet. »Und zwar nüchtern!« sagte sie und fügte einen größeren Schwall Wörter hinzu: wie er sich das denke, ob sie alles allein machen solle, daß noch kein Baum geschmückt sei, daß man noch auf den Friedhof und zu den Eltern fahren müsse, und daß die Kinder seit dem Aufwachen unausstehlich seien und das erste Mal kurz nach acht Uhr gefragt hätten, wann endlich das Christkind käme.

Besenrieder stellte seine Aktentasche auf das Vertiko im Flur.

»Du sollst nicht immer die Aktentasche auf das Vertiko stellen«, schrie Frau Besenrieder, »daß du dir das nicht merken kannst.«

Der kleinere Besenrieder-Knabe schaute aus dem Kinderzimmer und krächzte: »Kommt jetzt das Christkind?«

Besenrieder stellte die Aktentasche *unter* das Vertiko und sagte: »Es hilft nichts: ich muß noch einmal fort. Dein Weihnachtsgeschenk ...«

Frau Besenrieder stieß einen Schrei aus, heulte: »Ich werde wahnsinnig!« und rekapitulierte in rascher Folge, welche Katastrophen hauptsächlich durch Verschulden ihres Mannes in den vergangenen Jahren zu Weihnachten über die Familie hereingebrochen waren: damals, im ersten Ehejahr, wo Besenrieder nicht daran gedacht hatte, daß in dem jungen Hausstand noch kein Christbaumständer vorhanden war, und wo dann nichts anderes übriggeblieben war, als die obersten Zweige des Christbaums mit Reißnägeln an die Decke zu heften; und dann das Jahr, wo Besenrieder steif und fest behauptet hatte, der Christbaumverkauf ende am 24. um zwölf Uhr, und man bekomme in den letzten Stunden die schönsten Bäume um eine Mark, und in Wirklichkeit endete der Christbaumverkauf am 23. abends, und Frau Besenrieder sei damals mit dem Auto 66 Kilometer kreuz und quer durch die Stadt gefahren, und um halb fünf Uhr am Heiligen Abend habe sie durch Zufall einen Großhändler in Waldperlach gefunden, der zufällig noch in seinem Geschäft war und grad mit seiner Sekretärin ein sehr zweideutiges Weihnachtsfest gefeiert habe; der Großhändler habe seine Hose unwillig zugeknöpft und ihr – Frau Besenrieder –, weil sie Tränen in den Augen gehabt habe, einen Krüppel von Fichte für vierzig Mark verkauft, und das auch noch unter der Bedingung, daß sie zwei Steigen schon sehr weicher Tomaten – die Steige zu elf Mark – mit dazunahm, aus denen sie dann einen Tomatenauflauf gemacht habe, von dem der Familie noch zu Dreikönig schlecht war. Günther Besenrieder setzte sich still in die Wohnküche und rülpste.

Natürlich war es bei der Feier im Eichamt nicht bei der einen Flasche Bier geblieben. Aber eigentlich betrunken war Besenrieder nicht, nur flau war ihm im Magen. Das kam wahrscheinlich davon, daß er sich verpflichtet gefühlt hatte, wenn er schon nicht die Bowle trank, wenigstens die Plätzchen der Frau Amtmann Grünauer zu essen.

Nach einiger Zeit beruhigte sich Frau Besenrieder. Während Günther Besenrieder mit dem älteren Sohn den Baum aufstellte und schmückte, erledigte Frau Besenrieder mit dem jüngeren den Besuch bei ihren Eltern und am Friedhof, und als sie gegen vier Uhr zurückkam, war es schon dunkel, auf den Straßen war es ruhig geworden, leiser Schnee rieselte, aus manchen Fenstern schimmerten schon Kerzen, und Friede und Ruhe und der Duft von gebratenen Äpfeln senkten sich auf die Welt.

»So«, sagte Günther Besenrieder, gab seiner Frau einen weihnachtlichen Kuß und ging. In längstens zwanzig Minuten, sagte er, sei er wieder da. Er müsse das Geschenk für seine Frau holen, ein sehr schönes, eigenartiges Geschenk, das seiner Art nach leider ungeeignet gewesen sei, in der Wohnung versteckt zu werden. Auch die Kinder, sagte Besenrieder, würden sich darüber freuen.

Im Stiegenhaus – das ist für die Geschichte nicht ohne Bedeutung – überholte Besenrieder das ältliche Ehepaar Astfeller aus dem Stock drüber. Astfellers schleppten Koffer und größere Pakete. Weihnachtlich weich half Besenrieder bis zur Haustür tragen, wo ein Taxi wartete. Besenrieder wünschte frohe Feiertage. Astfellers dankten und erwähnten, daß sie nach Bad Aibling zu ihrer dort verheirateten Tochter führen, um mit der und den Enkeln das Fest zu verbringen. Erst am Neujahrstag würden sie zurückkehren.

Als Besenrieder zwanzig Minuten später mit dem Dakkel zurückkam, begegneten ihm die Eheleute Geist, die neben Besenrieders wohnten.

»Oh«, sagte Frau Bundesbahnexpedientin a. D. Geist, »haben Sie jetzt ein Hundchen? Oh, wie süß.«

»Das Weihnachtsgeschenk für meine Frau«, sagte Besenrieder.

»Lieb schaut er«, sagte Herr Bundesbahnexpedient a. D. Geist. Dann wünschte Besenrieder dem Ehepaar Geist frohe Feiertage und erfuhr mit den Gegenwünschen, daß Geists die Feiertage bis Silvester bei ihrem

Sohn in Deisenhofen zubringen wollten und daß es jetzt langsam pressiere, weil man doch, noch dazu, wo es zu schneien angefangen habe und man nicht zu schnell fahren könne, eine gute halbe Stunde nach Deisenhofen hinaus brauche und weil man rechtzeitig zur Bescherung da sein wolle.

Günther Besenrieder hatte den Dackel – Adolar von Königsbrunn – nebst Stammbaum bereits in den ersten Dezembertagen in einer Tierhandlung erworben und bezahlt. »Aber es soll natürlich eine Überraschung für meine Frau werden«, hatte Besenrieder gesagt, worauf ihm der Tierhändler anbot, gegen einen bescheidenen Verköstigungssatz das Tier bis zum Heiligen Abend bei sich zu behalten. Besenrieder könne Adolar auch noch am Nachmittag dieses Tages abholen, er, der Tierhändler, habe keine Familie und hasse Weihnachten. Er sitze am 24. Dezember sicher bis sieben Uhr im Laden und mache den Jahresabschluß der Buchhaltung, das könne er, da in der Zeit von Weihnachten bis Silvester erfahrungsgemäß höchstens ein paar Mehlwürmer von Aquarienfreunden gekauft werden, und diese paar Mehlwürmer nehme er buchhalterisch und mehrwertsteuerlich ins neue Jahr hinüber. Übrigens sei der Käufer nicht verpflichtet, den Hund »Adolar« zu rufen. Der Hund höre nicht auf diesen Namen, auch nicht auf »von Königsbrunn«. In den seltensten Fällen würden die Hunde mit ihrem Namen aus dem Stammbaum gerufen. Für Dackel empfehle sich »Waldi« oder »Purzel«.

Besenrieder beschloß, die Rufnamensfrage seiner Frau zu überlassen, setzte den Hund vor der Wohnungstür auf den Boden und band ihm eine große rote Schleife aus Stoff um, mit Goldrand, wie man sie sonst für Weihnachtspakete verwendet. Dem Dackel war die Schleife unangenehm, und er versuchte sie durch Winden des Halses und Pfotenkratzen zu entfernen. Vielleicht, dachte Besenrieder, ist die Schleife zu eng. Er beugte sich nochmals zum Hund hinunter, faßte nach der Schleife, aber da knurrte der Dackel und bellte laut.

Das hörte Frau Besenrieder, machte die Tür auf, schlug die Hände über dem Kopf zusammen, rief: »Nein, wie niedlich.«

Die Kinder kamen gerannt. Besenrieder sagte: »Adolar heißt er, aber wir können ihn noch umtaufen.«

Der Dackel rannte in den Flur, rieb den Hals am Vertiko, warf es fast um und brachte es fertig, die Schleife vom Hals zu zerren.

Alle anderen Geschenke traten in ihrer Bedeutung hinter Adolar zurück. Selbst die Kerzen am Christbaum – was später, wie sich zeigte, förmlich lebensrettend war – wurden nach wenigen Minuten wieder ausgeblasen. Die Weihnachtssendung im Fernsehen wurde ausgeschaltet. Alle vier Besenrieder setzten sich auf den Boden und betrachteten den Dackel.

Der Dackel knurrte.

»Es ist ihm noch ungewohnt«, sagte der älteste Bub.

»Ist er stubenrein?« fragte Frau Besenrieder.

»Selbstverständlich«, sagte Günther Besenrieder. Aber wahrscheinlich war die Erziehung des Dackels nicht davon ausgegangen, daß in der Stube, die ein Hund rein zu halten hat, ein Baum steht, nämlich der Christbaum, und er hob das Bein. Aber das war noch das wenigste. Kurz darauf – Frau Besenrieder hatte einen Kübel und einen Putzlumpen geholt, um Adolars oder Waldis oder Purzels, je nachdem, Duftmarke aufzuwischen – schaute der Hund den kleineren der Besenrieder-Buben mit gesenktem Kopf von unten her an, knurrte nicht nur, sondern fletschte die Zähne.

Der Bub flüchtete zur Mutter. Die Mutter stellte den Kübel hin (ein Glück im Unglück, wie sich bald zeigte) und nahm den Buben hoch.

»Der Hund ist noch nicht an Kinder gewöhnt«, sagte Herr Besenrieder.

»Er spuckt Bier«, sagte der ältere Bub.

»Was?«

Adolar knurrte. Frau Besenrieder schrie auf: »Er hat Schaum vor dem Mund.« Adolar kläffte kurz und heiser zum Buben auf Frau Besenrieders Arm hinauf. Frau Besenrieder flüchtete hinter den Christbaum: »Tu den Hund hinaus – Günther ... Günther ...!« Jetzt brüllte auch der größere Bub. Der Dackel drehte sich im Kreis und rollte die Augen. Frau Besenrieder stieg auf einen Sessel und sagte: »Er hat die Tollwut!«

»Unmöglich«, wollte Herr Besenrieder sagen und auf das Zertifikat verweisen, das er vom Tierhändler über die tadellose Gesundheit des Hundes bekommen hatte. Besenrieder kam aber nur bis »Unmö«, da faßte der Dackel ihn ins Auge und – es sei das Fürchterlichste in der ganzen Sache gewesen, erzählte Besenrieder später, als er nach der Scheidung wieder öfters im Gasthaus saß und die Geschichte des Abends zum besten gab – und schielte. Der Dackel schielte wie ein Dämon, nahm einen Anlauf, raste auf Besenrieder zu. Besenrieder riß geistesgegenwärtig die Wohnzimmertür auf, sprang in die Höhe, der Dackel schoß unter ihm durch hinaus auf den Flur, Besenrieder schlug die Tür zu.

»Dreh den Schlüssel um!« kreischte Frau Besenrieder.

»Er kann doch die Tür nicht aufmachen«, sagte Besenrieder.

»Dreh den Schlüssel um«, schrie Frau Besenrieder einen halben Ton höher.

Da drehte Herr Besenrieder den Schlüssel um, und die Belagerung hatte begonnen. Von weihnachtlicher Stimmung war natürlich keine Rede mehr.

»Wir müssen die Polizei anrufen«, sagte Frau Besenrieder.

»Wie denn?« sagte Besenrieder, »das Telefon ist im Flur.«

Die Lebensmittel waren in der Küche. Zum Glück hatte Besenrieder den Christbaum üppig mit Fondants und Russisch Brot geschmückt. Das half über die ersten Tage.

Klopfen an den Wänden war sinnlos. Besenrieder hatte ja gesehen, daß sowohl Astfellers als auch Geists verreist waren.

Sie schrien aus dem Fenster. Entweder hatten alle anderen Leute ihre Fenster fest verrammelt oder der immer stärker fallende Schnee erstickte das Rufen, jedenfalls antwortete niemand.

Nur einmal zeigte sich im ersten Stock im Haus auf der gegenüberliegenden Straßenseite eine alte Frau. Besenrieder brüllte und winkte. Die alte Frau winkte zurück, öffnete sogar das Fenster einen Moment und schrie: »Danke – ebenfalls.«

Als die Fondants und das Russisch Brot aufgegessen waren, aßen Besenrieders die Kerzen.

Der Hund – wie sich Besenrieder durch gelegentliche kühne Spähblicke durch den Türspalt überzeugte – ernährte sich vom Teppich des Flurs und, nachdem er ihn aufgefressen hatte, von zwei Paar Schuhen. Es schien ihm nicht nur zu schmecken, sondern sogar zu bekommen. Herr Besenrieder hatte nach drei Tagen den Eindruck, der Dackel sei merklich gewachsen.

Hunger ist bekanntlich eher zu ertragen als Durst. Im Wohnzimmer war kein Wasserhahn, aber zum Glück war ja der Eimer Aufwischwasser da, und außerdem stand der Christbaum – damit er nicht so schnell nadelte – in einer großen Schüssel mit Wasser.

Als das Wasser ausgetrunken war, mußte man wohl oder übel an die Spirituosen gehen, die in der Herrenkommode verwahrt wurden. Die Familie trank im Lauf der Tage drei Flaschen Wermut, eine Flasche Bourbon, zwei Flaschen Scotch, eine Flasche Steinhäger und etliche Flaschen Wein aus. Das hatte den Vorteil, daß die Kinder fast ständig schliefen und daß über Herrn und Frau Besenrieder zeitweilig eine heitere Gelassenheit kam. (Wovon der Dackel seinen Durst stillte, war unklar. Wahrscheinlich, vermutete der ältere Besenrieder-Sohn, ist die Badezimmertür offen, und die Bestie trinkt aus dem Klo.)

Trotz heiterer Gelassenheit waren die gruppendynamischen Verhältnisse im Wohnzimmer verheerend. Herr Besenrieder erfuhr im Lauf dieser Tage vielfach und in immer rascher werdenden Wiederholungen alles, was er in der Ehe falsch gemacht hatte. Zorn- und Tränenausbrüche wechselten ab mit Selbstmorddrohungen: »Ich geh' hinaus auf den Flur und lasse mich von der Bestie zerfleischen.«

Und Besenrieder wurde durch die Schraubstocksituation auch nicht gerade ein Engel. Die Eheleute nagten sich seelisch ab bis auf die Knochen. Zum Schluß vergaß sich Besenrieder bis zu einer Ohrfeige, die er seiner Frau gab. Besenrieder tat die Ohrfeige zwar sofort leid, er stand da wie erstarrt. Die Kinder weinten. Frau Besenrieder sagte nur: »So!«, ergriff die letzte Flasche Sliwowitz und stürzte mit dem Viertelliter, der darin war, alles in sich hinunter, was es an Flüssigkeit noch in dem Zimmer gab. »Paula!« rief Günther.

Zu spät. In jeder Hinsicht zu spät. Als Adolar von Königsbrunn am Abend des Neujahrstages endlich doch verhungerte, verließ Frau Besenrieder das Wohnzimmer nur, um ungerührt über die Dackelleiche hinwegzusteigen, im Schlafzimmer ihren Koffer zu packen, und zu ihren Eltern zurückzukehren. Die Kinder holte sie einige Tage später, am selben Tag, als gegen Besenrieder ein Disziplinarverfahren wegen unentschuldigten Fehlens eingeleitet wurde.

Als Besenrieder vor dem Disziplinarausschuß die Sache mit Adolar erzählte, lachte der Vorsitzende fürchterlich, sagte, das sei ohne Zweifel die originellste Ausrede, die er je gehört habe. Geglaubt wurde Besenrieder nicht.

Die Scheidungskosten und der Versorgungsausgleich fraßen Besenrieders Ersparnisse auf. Als er den Schadensersatzprozeß gegen den Tierhändler verlor, mußte er, um die Verfahrenskosten zahlen zu können, sein Auto verkaufen.

Er kam nach der Entlassung aus dem Dienst als Pfleger in einem Tierasyl unter. Immerhin verdiente er so viel, daß er abends in einer billigen Wirtschaft ein paar Bier trinken konnte. Auch den Heiligen Abend verbrachte er regelmäßig in dieser Wirtschaft. Sie hieß »Sporteck«. In vorgerückter Stunde pflegte er den anderen Elendsexistenzen die Geschichte vom Dackel Adolar und von der Tollwut zu erzählen. Sie war stets ein Lacherfolg.

Der Katzenmarkt

Als der Knabe Felix aus der Schule kam – das Wort »Knabe« ist ein schriftliches Wort, gesprochen verwendet man es nur noch in ironischem Zusammenhang, aber auch geschrieben haftet dem Wort »Knabe« ein leichter Ton von Distanziertheit an –, als der Knabe Felix oder: als Felix, der vielleicht acht oder neun Jahre alt war, aus der Schule kam, glaubte er zu beobachten, daß aus dem Fenster des Hauses, aus einem der vielen Fenster des Hauses sich sein Vater herausbeugte. Der Knabe Felix glaubte weiter zu beobachten, oder besser gesagt: der Knabe Felix war sich sicher, ohne eine nähere Beobachtung anzustellen, daß das Fenster, aus dem sich der Vater beugte, eines der Fenster war, das zu seiner Wohnung gehörte – das heißt: zur Wohnung, die seinen Eltern gehörte, denn ihm, Felix, gehörte die Wohnung selbstverständlich nicht. Einem Kind gehört keine Wohnung. Nur in ganz seltenen Fällen, in Glücksfällen, gehört einem Kind eine Wohnung. Philine, ein Mädchen aus der Schule, hatte das Glück, daß Vater und Mutter gestorben waren. Philine hatte auch keine Großeltern, auch keine Geschwister. Philine gehörte ihre Wohnung. Felix' Klasse war in einer Knabenschule. Auf den marmornen Tafeln über den Schultoren, oder in den Aufschriften aus eisernen oder kupfernen Buchstaben, die über den Schultoren eingelassen sind, wird gelegentlich noch das Wort »Knabe« in Verbindung mit »Schule«: »Knabenschule«, verwendet. Da wirkt dieses Wort weder ironisch noch distanziert, sondern nur altmodisch. Felix' Schule war eine Knabenschule, aber im gleichen Gebäude (mit separatem Eingang) war auch eine Mädchenschule untergebracht. Der Begriff »Mädchen« ist unverfänglich. »Mädchen« ist ein gängiges Wort. Es wäre nicht uninteressant zu untersuchen, seit wann das Wort »Knabe« anrüchig, nur noch ein schriftliches Wort, und warum es so ist. Gibt es in anderen Sprachen ähnliche Vorfälle? Im Schulhaus waren Knaben und Mädchen getrennt. Man müßte eigentlich schreiben: »Knaben« und Mädchen. Knaben mit, Mädchen ohne Anführungsstriche. Wenn man »Knabe« sagt – *sagt,* nicht schreibt, sagt man, ob man will oder nicht, die Anführungsstriche mit dazu. Im Schulhaus waren »Knaben« und Mädchen getrennt. Es gab keine Verbindung zwischen dem »Knaben«- und dem Mädchentrakt. Das heißt: es gab schon eine Verbindung, eine große Tür mit grün marmoriertem Ölanstrich, die aber immer versperrt war. Es hieß, nur der Direktor der Schule habe dazu einen Schlüssel; für den Brandfall. Wahrscheinlich hatte auch die Direktorin der Mädchenschule einen Schlüssel. Felix konnte sich an keinen Fall erinnern, bei dem jemand durch diese Tür mit grün marmoriertem Ölanstrich gegangen war. Ein Brandfall war noch nie vorgekommen. Leider. Aber vor der Schule ergab sich manchmal die Gelegenheit, die Mädchen von der Mädchenschule zu treffen. Sie hatten andere Schulranzen. Die »Knaben« hatten tornisterartige Schulranzen mit Kuhfell überzogen, die Mädchen hatten Schulranzen aus Leinen. Manche Mädchen warfen mit Lehmbatzen nach den »Knaben«. Die »Knaben« rissen Wasenstücke aus und warfen sie nach den Mädchen. Manchmal riß der Direktor im ersten Stock des Schulgebäudes das Fenster auf und rief: »Ruhe!« Philine warf nie mit Lehmbatzen. Sie war hochnäsig und erzählte, daß *ihr* ihre Wohnung gehöre. Ihre Wohnung, also die Wohnung, in der sie wohnte, gehöre nicht ihren Eltern, nicht ihrer Mutter allein – wie bei vielen –, sie gehörte niemandem außer ihr. Einmal erzählte sie: ihr gehöre sogar das ganze Haus. Sie hatte einen Schlüssel.

Felix gehörte gar nichts, also: gar nichts von wirklicher Bedeutung – keine Möbel, kein Teppich, keine Kochtöpfe, kein Auto, kein Haus, keine Wohnung. Felix gehörten nur wertlose Dinge, also Kinder-Dinge wie Kastanien, Schulhefte, kleine Steine. Es gab Kinder, stellte Felix fest, denen gehörten wenigstens ihre Kleider. Zu solchen vergleichsweise glücklichen Kindern zählte Felix nicht, weil er einen jüngeren Bruder hatte. »Felix«, sagte die Mutter immer, »paß auf deine Kleider auf, die muß Hellmuth auch noch tragen.« Über die Frage, ob Kinder sich selber gehörten, hatte Felix oft und lang nachgedacht. Er neigte eher dazu, die Frage mit nein zu beantworten.

Wahrscheinlich war es nicht anders als so, daß Felix, als

er sich dem Haus näherte, in dem die Wohnung lag, die seiner Mutter gehörte, infolge ungenauer Beobachtung *glaubte,* aus einem der Fenster der Wohnung beuge sich sein Vater. In Wirklichkeit beugte sich aus keinem der Fenster des Hauses irgendein Mensch, weder Mann noch Frau. Wahrscheinlich hatte sich aus dem Fenster eines Nachbarhauses irgendein Mann gebeugt, und Felix hatte das verwechselt. (»Ein träumerisches Kind«, sagte Fräulein Gleich, die Lehrerin, oft, »er ist häufig mit seinen Gedanken ganz abwesend.«) Oder es hat sich tatsächlich aus einem *anderen* Fenster des Hauses, in dem Felix' Mutter ihre Wohnung hatte, ein Mann herausgebeugt, und Felix, der die Fenster verwechselt hat – es sind ja sehr viele Fenster da, alle gleich –, hat angenommen, es handle sich um ein Fenster *seiner* Wohnung, also der Wohnung seiner Mutter, und sofort weiter daraus geschlossen, ohne irgendwelche andere Möglichkeiten in Betracht zu ziehen, daß ein Mann, der sich aus dem Fenster der Wohnung seiner Mutter beuge, der Vater sein *müsse*. Felix behauptete, der Mann – also der Vater – habe eine Uniform getragen, grün mit Litzen. »Nein«, sagte die Mutter, »dein Vater ist nicht zurückgekehrt. Du hast dich getäuscht, Felix.«

»*Dein* Vater«, hatte die Mutter gesagt. Es gab Heringe mit Heidelbeeren in Milchsauce mit Zwiebeln zum Mittagessen. Die Köpfe und die Schwänze, die über den Tellerrand aus der weißen Sauce hingen, brauchten nicht mitgegessen zu werden, die bekam die Katze. Die Katze hieß Valentin, war aber ein Weibchen. Valentin bekam oft Junge, fast jedes Jahr zweimal. Meistens bekam Valentin drei Junge, manchmal vier, einmal hatte sie sogar fünf bekommen. Nach einigen Tagen wickelte die Mutter die jungen Katzen in einen Sack und brachte sie zum Markt, um sie zu verkaufen, sagte sie. Wenn die Zeiten allerdings noch schlechter würden, sagte die Mutter, und wenn man dazu übergehen müsse, die Heringsköpfe selber zu essen, werde man wohl oder übel Valentin selber verkaufen müssen, auf dem Markt. Wo dieser Katzenmarkt war, konnte Felix nicht herausbringen. Die Mutter ging immer spät abends hin. Felix durfte nicht mit, mußte aufpassen, daß Hellmuth nicht aus dem Bett fiel. Hellmuth hatte ohnedies so viele blaue Flecken. Er fiel oft hin, weil die Schuhe viel zu groß waren.

»*Dein* Vater«, hatte die Mutter gesagt. Gehörte der Vater Felix? Aber man sagte auch: »deine Schule« und »deine Lehrerin«, und die gehörten genauso wenig Felix wie die Wohnung. Kinder, denen die Lehrerin und die Schule gehörte, gab es wohl nicht. Solche Glücksfälle kommen nie vor.

Felix nahm an, daß der Markt, auf dem die Mutter immer die jungen Katzen verkaufte, in westlicher Richtung liegen mußte, denn einmal hatte er sie heimlich beobachtet, wie sie spätabends fortging mit dem Säckchen voll Katzen. Felix hatte ihr durchs Fenster nachgeschaut, durch eben das Fenster, durch das heute, wie er sich eingebildet, sich sein Vater gebeugt hatte. Die Mutter war in Richtung Brücke gegangen. Felix hatte nicht gewagt, der Mutter länger nachzuschauen. Außerdem war Hellmuth, kaum daß Felix das Fenster geöffnet hatte, aus dem Bett gefallen. Felix schob Hellmuth wieder ins Bett und schlug ihm mit einem Kochlöffel auf den Kopf, worauf Hellmuth zu schreien aufhörte und wieder einschlief. Felix schlug immer nur auf eine Stelle, wo Hellmuth ohnedies einen blauen Flecken hatte. Aber seitdem wußte Felix, daß der Katzenmarkt in westlicher Richtung, wahrscheinlich jenseits der Brücke liegen mußte.

Noch war es nicht soweit, daß auch Valentin verkauft werden mußte. Aber Felix schlich sich spätabends aus dem Haus, um sich über die Lage des Katzenmarktes zu orientieren. Er legte sein Federbett auf den Boden vor Hellmuths Bett und rollte Hellmuth herunter, deckte ihn mit dem anderen, Hellmuths Federbett zu. Wenn er schon auf dem Boden liegt, dachte Felix, kann er nicht mehr zu Boden fallen. Das Schlafzimmer der Mutter war zugeschlossen. Die Stiege knarzte, aber bis zum Schlafzimmer der Mutter konnte man das bestimmt nicht hören. Die Stiegenhausbeleuchtung im dritten Stock brannte, auch die im zweiten Stock, auch die im ersten Stock, die im Parterre nicht. Unter dem Treppenabsatz vom ersten Stock, dort, wo es zur Hausmeisterwohnung ging und dann weiter seitlich hinunter in den Luftschutzkeller, war es ganz finster. Dort stand jemand. Felix blieb stehen, ging dann weiter bis zur letzten Stufe, die noch Licht von oben hatte, dort blieb er wieder stehen. Der dort stand war sehr groß und wie aus Lehm. Er stand dort und rührte sich nicht. Felix kroch das Stiegengeländer hinauf, dann wieder herunter, wie ein Tier die Käfiggitter entlang. Ohne daß sich vorn die Haustür geöffnet hätte, kam eine zweite solche Gestalt den Gang von der Haustür, der ebenfalls ganz im Dunkeln lag, herüber. Auch der zweite war aus Lehm. Auch der dritte. Es waren feucht-gepreßte Geräusche zu hören, wie der zweite und dann der dritte kam. Wenn die Mädchen von der Mädchenschule aus Lehm Bälle formten, waren solche Geräusche zu hören. Der zweite stellte sich zum ersten hin, auch der dritte. Sie schauten in die gleiche Richtung, obwohl sie kein Gesicht hatten.

Die drei standen weit hinten, fast an der Tür vom Abort der Hausmeisterwohnung. Sie verstellten Felix den Weg nicht, aber Felix nahm doch von seinem Vorhaben Abstand, den Katzenmarkt ausfindig zu machen. Wer weiß, sagte sich Felix, ob Hellmuth nicht doch von dem Federbett auf den blanken Boden rollte und zu brüllen anfing. Felix stieg die Treppe wieder hinauf. Die Tür zur Wohnung hatte er zwar zugezogen, das kleine Fenster zur Abstellkammer, in der die Zinkwanne stand, in der er und Hellmuth gebadet wurden, hatte er aber vorsorglich aufgemacht. Das Fenster ging aufs Stiegenhaus heraus, war zwar vergittert, aber Felix konnte sich durch die Gitter zwängen. Er hatte es oft geübt: erst die Beine, dann mit einer Drehung den Körper, dann mit zwei genau ausgezirkelten Drehungen den Kopf.

Als Felix das Fenster der Abstellkammer schloß, ging die Schlafzimmertür auf.

»Wer ist da?« rief die Mutter.

»Ich«, sagte Felix.

Die Mutter hatte nur ein fleischfarbenes Unterkleid mit Spitzen an und verschwand gleich wieder im Schlafzimmer.

Felix lag lang im Bett wach und überlegte, ob er das, daß er seine Mutter nur mit einem fleischfarbenen Unterkleid bekleidet gesehen hatte, als Unkeuschheit beichten müsse.

Der am Stillen verhinderte Patriarch
oder Zehntausend Osterpostkarten

Meine Sippe väterlicherseits war eine patriarchalische Familie im römisch-katholischen Sinn: der Vater – der zu der Zeit, an die ich mich erinnern kann, natürlich schon »der Großvater« war –, der Hausvater, das Familienoberhaupt, der Patriarch wurde nach außen hin geehrt, erfüllte Repräsentationspflichten, erledigte gelegentlich Gänge auf Ämter und hatte der Familie seinen Namen gegeben. Im Haus und im Geschäft regierte die Großmutter. *Sie* hatte das Geld und die Schlüssel. Der Großvater hatte ungefähr den Einfluß auf das Hauswesen und die Familie, wie ihn ein konstitutioneller Monarch auf die Regierung seines Landes hat, nämlich keinen. Ich weiß nicht, was die Feministinnen immer haben: nirgends habe ich eine so festgefügte Frauenherrschaft erlebt wie in meiner patriarchalisch-tirolischen Großfamilie römisch-katholischen Zuschnitts. Der Patriarch, der Großvater, hatte nach Abschluß des Zeugungsvorganges seinerzeit für Weib, Kinder, Familie, Geschäft jede Bedeutung verloren. Gelegentlich hörte ich Seufzer meiner Großmutter: es sei ihr im Grunde genommen unklar, wieso man diesen nichtsnutzigen Menschen durchfüttere, noch dazu in einer so schweren Zeit (es war Krieg damals, die Nazizeit). Sechs Kinder hatten meine Großeltern, fünf Söhne und eine Tochter. Bei der Vornamenswahl wurde dem konstitutionellen Patriarchen noch ein gewisses Mitspracherecht eingeräumt. Die Geburt des ältesten Sohnes, des ersten Kindes, sei – wurde meine Großmutter selbst in hohem Alter zu erzählen nicht müde – sehr schwer gewesen; sie habe sie fast nicht überlebt. Die Großmutter erzählte das stets mit deutlich vorwurfsvollem Unterton gegen den Großvater, der dann auch immer schuldbewußt den Kopf senkte. Der tirolisch-katholische Patriarch hat immer auch Sündenbockfunktionen. Die Geburt sei sehr schwer gewesen, außerdem sei ihr das Kind äußerst ungelegen gekommen – das heißt: das Kind an sich nicht, nur der Zeitpunkt, zu dem sie es zur Welt bringen mußte. Sie wäre nämlich in Gründung eines Möbelgeschäftes begriffen gewesen. Das neue, junge Unternehmen, finanziell noch auf zarten Füßen, sei durch den wochenbettbedingten Ausfall der Gründerin fast wieder zugrunde gegangen. Daneben habe der Betrieb des gepachteten Gasthofes – des »Höllerhofes« in St. Jakob bei Bozen – weitergehen müssen. Der Großvater – »Tatti« nannte sie ihn – sei keine Hilfe gewesen. Er habe eigentlich nur – was auch wichtig sei, natürlich – mit den Stammgästen Karten gespielt. Eine schwere Zeit, alles in allem. Wenn nicht die Hilfe des heiligen Antonius gewesen wäre, außerdem die der heiligen Emerenzia von Weißenstein sowie der Drei Heiligen Fußabdrücke zu Schwarzquell im Geißenthal, denen allen sie je eine vierpfündige Kerze versprochen hätte in der Stunde ihrer Not, wäre es nicht gut gegangen. »Wofür ich den Tatti durchfüttere, kann mir kein Mensch sagen ...«

So, in all diesen Wirrnissen, wollte die Großmutter den ältesten Sohn »Schmerzensreich« nennen. Schmerzensreich Rosendorfer. Da muß der konstitutionelle Patriarch Friedrich Rosendorfer doch irgendwie seine letzten Kraftreserven gegen das Matriarchat aufgeboten haben. Zwar mit dem Einwand: Schmerzensreich sei kein christkatholischer Vorname, drang er nicht durch, denn die Großmutter wies auf den Reinmichel-Kalender, in dem für den 11. September klipp und klar der Tag des St. Schmerzensreich, Bekenner und Märtyrer, ausgewiesen war. Aber die Bedenken meines Großvaters, was ein mit dem Vornamen Schmerzensreich behaftetes Schulkind seitens seiner Kameraden zu erwarten hätte, konnte meine Großmutter nicht von der Hand weisen. So gab die Großmutter – vermutlich das letzte Mal in ihrem Leben – ihrem Mann nach. Der älteste Sohn wurde nach dem Vater schlicht Friedrich getauft.

Gelegentlich, noch viele Jahre später, als der Patriarch längst Großvater war – von den Enkeln »Atatta« genannt –, muckte er noch auf, wenn die Großmutter zu lang vorrechnete, was die Zigaretten kosten, die Tatti so gern rauchte. Dann brachte er mit verhaltenem Groll die Sache mit »Schmerzensreich« wieder aufs Tapet und machte allerhand Abkürzungen und Kosenamen draus: »Schmerzerl« oder »Schmerzi«.

In der Zeit nach dem Krieg, die in vielerlei Hinsicht fast schwerer war als die eigentliche Kriegszeit, war das Geschäft in der Bahnhofstraße in Kitzbühel – die bis 8. Mai 1945 ›Adolf-Hitler-Straße‹ hieß – nur mit Mühe zu betreiben. Eigentlich war es (und ist es heute wieder) ein Textilgeschäft, aber Textilien gab es kaum. Die Regale waren leer. Meine Großmutter und mein Onkel Fritz – jener älteste Sohn, der nur um Haaresbreite um den Vornamen Schmerzensreich herumgekommen war – wichen auf sogenannte nicht-bewirtschaftete Handelsgüter aus: Holzspielwaren und Andenkenartikel. Chefin war meine Großmutter, formal Inhaberin des Unternehmens; die Arbeit machte mein Onkel, außerdem war eine »Ladnerin« da, also eine Verkäuferin, und ein Lehrling, der unter den oben genannten Umständen nicht viel mehr als Abstauben, den Hof kehren und Brotzeit holen lernen konnte. Pro forma, und um ihn nach außen hin nicht bloßzustellen, hatte meine Großmutter ihrem Mann Prokura erteilt, aber es war Sorge getragen, daß er im Geschäft kein Unheil anrichten konnte: er verrichtete nur Heizer-Dienste.

Es muß im Januar oder Februar 1946 gewesen sein, da ergab sich aber die verhängnisvolle Konstellation, daß doch einmal »Tatti« für eine halbe Stunde allein im Laden war. Mein Onkel mußte aufs Finanzamt oder irgendwohin, mit dieser Besorgung überschnitt sich zeitlich, daß meine Großmutter ihren wöchentlichen Termin beim Friseur hatte, die Ladnerin war krank, der Lehrling in der Berufsschule. Es ergab sich eine Lücke von einer halben Stunde. In der Not – denn auch in schlechten Zeiten hielt meine Großmutter die Geschäftsmoral hoch: der Laden mußte unter allen Umständen offen bleiben – erinnerte man sich an den Prokuristen »Tatti« und beorderte ihn, in der Hoffnung, daß in der halben Stunde, wo er allein sein würde, kein Kunde kommen und damit der Großvater keine Gelegenheit haben würde, Unsinn zu machen.

Nicht ohne Stolz legte mein Großvater seinen blauen

Schurz ab, den er über Hose und »Gilet« immer quasi als Hauskleidung trug, schlüpfte in seine gute Anzugjacke und ging in den Laden. Ich ging mit. Das hatte einen Grund: »Atatta« war ein leidenschaftlicher Leser der Sherlock-Holmes-Geschichten von Conan Doyle gewesen. In der Zeit, in der meine Großmutter in Bozen, vor der Übersiedlung nach Kitzbühel, neben der Möbelhandlung, von der schon die Rede war, und nachdem sie den »Höllerhof« als nicht mehr rentabel (und vielleicht auch reputierlich) genug aufgegeben hatte, auch ein Antiquitätengeschäft betrieb (Trödlerei sagte man damals), hatte sie einmal aus dem Nachlaß eines verschuldeten Barons einen Posten alten Geschirrs mit Goldrand und Krone, eine Statue des heiligen Amynthias von Segeste (es kann auch – ich erinnere mich nicht genau – der heilige Constantius von Forno gewesen sein) und eine Reihe gleich eingebundener Bücher angekauft. Das Geschirr verkaufte sie mit Gewinn weiter, die Statue stiftete sie der Franziskanerkirche (wo auch eine Frühmeß-Stiftung von ihr bestand: »Frühmeß-Stiftung Frau Anna Rosendorfer: zur Erflehung von Hilfe zu günstiger Steuerveranlagung«), die Bücher wollte sie eigentlich nicht kaufen, die mußte sie nehmen, weil sie das andere sonst nicht bekommen hätte. Bei den Büchern handelte es sich um eine komplette deutsche Übersetzung der Sherlock-Holmes-Geschichten von Conan Doyle. Die brachte mein Großvater auf die Seite und las sie. Er las sie alle mehrmals. Dann wurden die Bücher doch noch verkauft, aber »Atatta« behielt die Geschichten vom großen Detektiv Sherlock Holmes in lieber Erinnerung, und als ich alt genug dazu war, erzählte er sie mir nach und nach. Zwischen der Lektüre der Geschichten und dem Wiedererzählen lagen wohl dreißig Jahre. In den Jahren machten die Geschichten im Gedächtnis meines Großvaters Wandlungen durch, vermischten sich, weiteten sich aus, verbanden sich mit eigenen Erinnerungen oder Erfindungen meines Großvaters, und was er mir erzählte, hatte wenig mit dem originalen Sherlock Holmes zu tun, war aber nicht weniger großartig.

Leider war mein Großvater sparsam mit seinen Erzählungen. Die Großmutter mochte es auch nicht gern, daß er dem Kind so unchristliches Zeug vorlog. In der vermutlich langweiligen halben Stunde, die im Laden zu erwarten war, hoffte ich, daß mir »Atatta« zum Zeitvertreib eine Geschichte erzählen würde. Deshalb begleitete ich ihn in den Laden und wurde so Zeuge eines Vorganges von gigantischem Ausmaß und nachhaltiger Wirkung.

Kunde kam in der halben Stunde keiner, es kam aber ein Vertreter, »Reisender«, wie es damals hieß. Er führte nur einen Artikel: Osterpostkarten. Es gibt keinen in der Familie, der sich an diese Osterpostkarten nicht erinnert. Man bedenke die schlechten Zeiten damals: die Postkarten waren auf hartes, holziges Papier gedruckt, glanzlos und einfarbig, das heißt, auf weißem Grund waren insgesamt vier Motive gezeichnet – Osterhase mit Osterei, Osterhase mit Palmzweig, zwei Osterhasen mit je einem Ei im Buckelkorb, zwei Osterhasen ein großes Osterei tragend. Jedes der Motive gab es in vier verschiedenen Farben: blau, grün, rot und gelb, insgesamt also sechzehn Muster. Besonders unerfreulich war die gelbe Ausführung, denn das matte Gelb hob sich von dem gelblichen Karton des Untergrundes kaum ab. Man konnte die Zeichnung nur erkennen, wenn man die Karte scharf schräg gegen das Licht hielt.

Der »Reisende« legte seine Kollektion, die sechzehn Karten, vor.

»Hm«, sagte Atatta. Der Reisende blätterte in seinem Auftragsbuch zurück.

»Der ›Tscholl‹«, sagte er, »hat hundert Stück geordert.«

Der »Tscholl« war das größte Schreibwarengeschäft am Ort.

»Hm«, sagte Atatta. Der Reisende blätterte weiter zurück: »Der ›Skoslowski‹ achtzig.« Der »Skoslowski« war der zweitgrößte Schreibwarenladen.

»Hm«, sagte Atatta.

»Der ›Schiestl‹«, sagte der Reisende – der »Schiestl« war eine sogenannte Leihbücherei mit angegliederter, bescheidener Buchhandlung – »der ›Schiestl‹ fünfzig.«

»Zehntausend«, sagte mein Großvater.

Der Reisende schnappte nach Luft, aber nur kurz, dann fing er sich, schrieb ganz schnell den Auftrag in sein

Buch, Atatta setzte seine sehr schöne, von der leichtfertig erteilten Prokura gedeckte Unterschrift darunter, der Reisende klappte sein Auftragsbuch zu, raffte rasch seine Kollektion zusammen und verschwand.

Die alte und ehrwürdige Stadt Kitzbühel hatte damals etwa neuntausend Einwohner, die Flüchtlinge, die sich in den letzten Kriegsmonaten angesammelt hatten, eingerechnet. Die lächerlichen Bestellungen der Firmen Tscholl, Skoslowski und Schiestl außer acht gelassen, hätte also jeder Einwohner Kitzbühels, vom Säugling bis zum Greise, mindestens eine Osterkarte bei uns kaufen müssen, tausend Einwohner sogar zwei, wenn die Bestellung meines Großvaters umgesetzt werden sollte. Als nach der halben Stunde mein Onkel wieder kam und der Patriarch Atatta wieder in den Heizungskeller entlassen wurde, sagte Atatta nichts. Einen Monat später aber kam ein Lastwagen mit einer Kiste.

Es müsse sich um einen Irrtum handeln, sagte mein Onkel. Die mürrischen Fuhrleute ließen sich nicht darauf ein. Sie sagten, sie hätten nur den Auftrag, die Kiste abzuliefern, luden sie ab und stellten sie vor die Tür.

Eine Kiste mit zehntausend kartonschweren Osterkarten – vier Motive in je vier verschiedenen Farben. Eine kurze Korrespondenz mit der Lieferfirma deckte den Sachverhalt auf. Es war nichts zu machen, die Unterschrift des Großvaters galt. Mein Onkel schimpfte, meine Großmutter jammerte: nie mehr würde der Alte im Laden allein gelassen werden – aber das half für die gegenwärtigen, zentnerschweren zehntausend Osterkarten nichts mehr.

Vor Ostern 1946 wurden zweihundert Stück verkauft. Die restlichen neuntausendachthundert wurden verpackt und für Ostern 1947 aufgehoben. 1947 wurden weitere sechzig Stück verkauft. 1948 gab es bereits wieder vielfarbige, glänzende Osterpostkarten, die neuntausendsiebenhundertvierzig Stück waren unverkäuflich. Es wurden allen Verwandten und Bekannten, deren Adressen man sich erinnerte, Ostergrüße geschrieben. Es blieben immer noch neuntausendsiebenhundertachtzehn Karten. Es wurden auch nach Ostern, bis Pfingsten, ja sogar im Sommer noch Grüße auf Osterpostkarten verschickt. Ich kam 1948 nach München aufs Gymnasium; jede Nachricht, die ich von meinen Großeltern erhielt, war auf eine Osterpostkarte geschrieben, auch als ich schon auf der Universität war. Die gesamte Geschäftskorrespondenz der Firma Rosendorfer wurde durch Jahre auf Osterpostkarten geführt. Nach einiger Zeit begann man, Kunden beim Kauf irgendeines Artikel – inzwischen gab es ja wieder Textilien, die Regale waren voll – als Zugabe eine Osterpostkarte beizupacken. Unter dem Ladentisch – die »Ladenbudel« sagte man damals – lag immer ein Stoß solcher Osterpostkarten. Es sprach sich herum. Manche Kunden sagten schon: »Bitte ein Paar Socken Größe elf – aber ohne Postkarten.«

Mein Onkel, meine Großmutter, die Ladnerin packten dennoch bei – ein rascher, verstohlener Griff unter die Ladenbudel, vor dem Einschlagen der Ware ... wieder zehn weniger.

Der Vorrat in der Kiste, die im Magazin stand und Platz wegnahm, schmolz kaum merklich. An den Seiten waren die Stapel so hoch wie zu Anfang, nur in der Mitte bildete sich mit der Zeit eine leichte Mulde. Atatta verwendete die Karten zum Anheizen. Als Abortpapier eigneten sie sich nicht, weil sie zu hart waren. Mitte der fünfziger Jahre verlegte mein Onkel das Geschäft in ein anderes Haus näher ans Ortszentrum. Die Kiste übersiedelte mit. Der Boden der Kiste war noch nicht zu sehen.

Meine Großmutter starb. Alle erwarteten, daß Atatta nun aufleben würde – nein, er versank rätselhafterweise in Melancholie. Er rasierte sich nicht mehr. Er kam in ein von Nonnen geleitetes Altersheim. Die Schwester Oberin klagte mir einmal ihr Leid: keiner mache beim Baden so einen Zirkus wie der alte Rosendorfer. Sie, die Oberin, hätte gegen alle Vorschrift die Badepflicht für den alten Rosendorfer eh schon von einem Bad pro Woche auf ein Bad pro Monat herabgesetzt. Aber auch da wehre er sich mit Händen und Füßen und würde entweder bös oder weinerlich. Einmal habe er sich vor ihr auf die Knie geworfen und mit aufgehobenen Händen gefleht: bitte nicht baden – es rentiere sich nicht mehr in seinem Alter.

Vier stämmige Nonnen hätten ihn dann ins Bad tragen müssen. Allerdings, so fügte die Schwester Oberin versöhnlich hinzu, die schönen Osterkarten, die der Onkel immer mitbringe, freuten sie schon – und immer gleich so viele.

Die Herberge Zum Irdischen Paradies

Da der Mensch – und vor allem der Mann – das Bedürfnis hat, ab und zu nicht zu Hause und es trotzdem vermeiden will an der frischen Luft zu sein, entstand die Einrichtung der dienstleistenden Beherbergungsbetriebe. Ihre Art ist so verschieden wie die Arten der Menschen. Es gibt die orientalischen Karawansereien, in deren mondbeglänzten Hof die Kamele und ihre müden Treiber einkehren; es gibt die Kaffeehäuser in den Bazaren der türkischen und arabischen Städte, wo beim leisen Gurgeln der Wasserpfeifen Lügengeschichten erzählt werden; es gibt die rotbeleuchteten Lasterhöhlen in Hafenstädten, wo die gierigen und ausgehungerten Seeleute ihre Heuer verpulvern; es gibt den englischen Club, wo der Lordrichter einen Herzanfall bekommt, wenn irrtümlich auf seinem angestammten Sessel ein anderer sitzt, der nicht nur den Sessel um vier Zentimeter verrückt hat, sondern darin auch noch den ›Guardian‹ liest, während der Lordrichter gewohnt ist, die ›Times‹ zu lesen; es gibt das Bistro, die Bodega, die »Bar« in Frankreich, Spanien und Italien, wo die Männer im Stehen, ausdauernd diagonal durch den Raum schreiend, aus kleinen Gefäßen herben Wein, süßen Liqueur oder schwarzen Kaffee schlürfen; es gibt – oder gab – das Café überall dort, wo einmal der Doppeladler mit dem schwarzgelben Wappen seine sanften Flügel schwang, von Venedig bis Budapest also, dort vergeht die Zeit ganz vorsichtig bei verhaltenem Rascheln von Zeitungspapier und diskretem Huschen von Oberkellnern; es gibt die Wein- und Bierhäuser, die Burgen aus angeblichem Frohsinn, in denen der anonyme Säufer, von der Lustbarkeit der Masse angesteckt, so tut, als sei er fröhlich, aus riesigen Gemäßen alkoholische Flüssigkeit in sich hineinschüttet und zu einer alles übertönenden Musik singt und in schlimmen Fällen schunkelt; es gibt dunkelgetäfelte Etablissements, in denen Börsenmakler Abschlüsse tätigen und mit heiliger Aufmerksamkeit Fasane in Madeira verzehren; es gibt den Stehausschank, in dem die Leute, die zu viel Zeit haben, darauf warten, daß diese vergeht; *und* es gibt die speziell bayrisch-alpenländische-tirolisch-schweizerische Form des Gastbetriebes, die eigentlich angestammte bajuwarisch-alemannische Gast-Örtlichkeit, die leider, wie vieles andere, im Abnehmen und Pervertieren begriffen ist: das Wirtshaus.

Das Dorf, das ursprüngliche Lebenszentrum der Gemeinschaft, bestand aus Kirche, Pfarrhof, Wirtshaus und den darum herumliegenden Wohn- und Bauernhäusern. Im Zug der Bürokratisierung kam seit dem 18. Jahrhundert das Rathaus oder Gemeindeamt dazu. Da in allen älplerischen Gegenden viel gestritten und viel gerauft wird, auch mit dem Wirt, genügte in den seltensten Fällen *ein* Wirtshaus. Es war der Lauf der Dinge, daß der Gast früher oder später einmal einen Maßkrug oder auch das Inventar zertrümmerte und entweder von sich aus sagte: in dieses verfluchte Lokal setze er seinen Fuß nicht mehr, oder aber der Wirt verbot es ihm. So mußte der Gast zur Konkurrenz. Durfte oder wollte er nicht mehr in die »Post«, blieb ihm nichts anderes übrig als künftig zum »Neuwirt« zu gehen. Natürlich nahm auch beim »Neuwirt« das Leben seinen Lauf, und eines Tages zertrümmerte der Gast dort das Inventar und bekam Lokalverbot, worauf er zur »Post« zurückpendelte, entweder reumütig sich mit dem Postwirt versöhnend, oder aber der Wirt hatte dort inzwischen gewechselt. Kaum einen Ort gab es in den Alpenländern, in dem es nur ein Wirtshaus gab. Das waren nur die allerärmsten, bedauernswürdigsten Dörfer. Selbst Stilfs im Oberen Vinschgau, eine Gegend von steiniger Notdurft, hatte zwei. Zwei Kirchen hatten dagegen nur die Gemeinwesen mit schon städtischem Anstrich. Dörfer ohne Kirchen gab es, Dörfer ohne Wirtshaus nicht. Es gab aber Wirtshäuser ohne Dörfer. Eins davon wollte mein Vater einmal kaufen. Ich muß dazu weiter ausholen.

Meine Familie väterlicherseits hatte eine offenbar vererbte Inklination zur Gastronomie: mein Großvater als leidenschaftlicher Wirtshausgast, meine Großmutter manifestierte sie in einer Karriere vom Zimmermädchen in der Schweiz über Kellnerin, später Zahlkellnerin im »Löwen« in Meran bis zur Besitzerin des »Höllerhofes« in St. Jakob bei Bozen. Dort hat sie ihre sechs Kinder zur Welt gebracht. Da eine Wirtin keine Zeit für subtile Erziehungsmethoden hat, wurden die Kinder, also mein Vater und seine Geschwister, mit Bier großgezogen. Noch in späteren Jahren erzählte das meine Großmutter nicht ohne Stolz – jeder Arzt würde sich in Krämpfen winden –, daß sie einfach auf die Bierflasche einen Schnuller steckte und sie so den Kindern gab, die sie auszuzelten und danach ruhig und wie die Engelchen und vor allem lang schliefen. Keines der Kinder hat übrigens irgendeinen Schaden dadurch davongetragen. So hat mein Vater die Neigung zur Gastronomie nicht mit der Muttermilch, aber mit dem Mutterbier eingesogen.

Widrige Umstände verwehrten meinem Vater die Wirtskarriere. Er wurde Sparkassenbeamter. Aber die unerfüllte Liebe zum Wirtshaus lebte und webte in ihm. Mehrmals trug er sich mit dem Gedanken, auf Wirt umzusatteln. Meist waren aber die gastronomischen Unternehmen, die ihm zu Kauf oder Pacht angeboten wurden, von vornherein sichtlich unrentabel oder hatten irgendeinen anderen Haken. Eins dieser Wirtshäuser, das sogar eine Mühle dabei hatte, lag – wegen der Mühle – am Wasser und außerdem in einem so engen Tal, daß jahraus, jahrein keine Sonne hinkam. Da erhob meine Mutter Einspruch. »Hast du die Wirtskinder dort gesehen?« fragte sie meinen Vater, »die sind so grün wie Frösche vor lauter Schatten und Feuchtigkeit.« Sie wollte nicht, daß ihre Kinder auch so grün würden.

Später dann hat mein Vater so ein Wirtshaus ohne Dorf gefunden, ein ehemaliges Dorfwirtshaus, dessen Dorf abgestorben war. Es lag in einem abseitigen, kargen Tal. Vom Dorf war keine Spur mehr vorhanden, nicht einmal mehr von der Kirche und vom Friedhof, nur das Wirtshaus war noch da. Das heißt: eine merkwürdige Spur des Dorfes war schon noch da, eine fast schon ans Mystische grenzende Spur. Zum Patrozinium, also zum Jahrestag des Heiligen, dem die untergegangene und sogar vergessene Kirche geweiht war, versammelten sich die Bauern und Burschen aus den ganzen Höfen des Tales und auch aus den Dörfern weiter draußen in dem Gasthaus und feierten; sie wußten längst nicht mehr was. Lemmingehaft zogen die Leute an jenem Tag einmal im Jahr zu diesem sinnentleerten Patrozinium des schon sozusagen namenlos gewordenen Heiligen in jenes einsame Wirtshaus in dem Tal und aßen und tranken. Das war der Jahres-Umsatz, den der Wirt machte, abgesehen davon, daß ganz hinten im Tal eine Hochalm war und im Frühjahr und Herbst der Hirt, wenn er die Herde vorbeitrieb, dort im Wirtshaus einkehrte und einen Schnaps trank, den ihm aber der Wirt aus Freude darüber, daß überhaupt jemand kam, umsonst ließ. Für diese Gastwirtschaft, die – aus erklärlichen Gründen – zum Verkauf stand, interessierte sich mein Vater. Er mußte allerdings erfahren, daß der Sternmarsch der Bauern und Burschen des Umkreises zum Patrozinium des namenlosen Heiligen nicht einmal ein ganz sicheres Geschäft war, weil er in den Jahren entfiel, in denen es an dem betreffenden Tag regnete. So ließ sich die Rentabilität oder besser gesagt Unrentabilität ohne Zuhilfenahme buchhalterischer Kenntnisse und sogar ohne irgend etwas an den Fingern abzählen zu müssen, ausrechnen. Mein Vater mußte sich weiterhin darauf beschränken, seinem Hang zum Wirtsgewerbe als Gast zu frönen. Auch ich bin leider nur Amtsrichter geworden, nicht Gastwirt.

Das alpenländische Wirtshaus hatte in alten Zeiten eine hochbedeutende ökonomische und gesellschaftliche Bedeutung. Vor allem war das Wirtshaus – oder eins der Wirtshäuser im Dorf, das größte meist – die Poststation, woher natürlich die vielen Gasthäuser »Zur Post«, »Zur Alten Post«, »Zur Neuen Post« kommen. »Post« bedeutete nicht in erster Linie Beförderung von Briefen oder Paketen, »Post« bedeutete Posten, Relais, Schaltstelle des Waren- und Personenverkehrs. Goethes ›Italienische Reise‹, dieses nicht genug zu lobende Kompendium der abendländischen Geistesgeschichte, ist unter anderem auch eine Darstellung des »Postverkehrs« im 18. Jahrhundert. Man fuhr ja mit Pferden, den Brenner hinauf oft, wenn es schwere Lasten zu transportieren galt, zehn- und zwölfspännig. Pferde sind kein Motor, der nur aufgetankt werden muß, Pferde mußten, wenn ihre Kräfte erschöpft waren, ausgewechselt werden, wenn die Fuhr weitergehen sollte. Wenn nur fünf solcher schweren Züge pro Tag in der »Post« die Pferde wechselten – und währenddessen tranken und aßen die Fuhrknechte in der Wirtschaft – und dazu zehn, zwölf zwei- bis vierspännige Kutschen der Post oder der Extrapost, dann mußte der Postwirt an die hundert Pferde vorhalten, und es mußte Buch darüber geführt werden, wem welche Pferde gehörten und was sie an Hafer fraßen. Es gab genaueste, behördlich festgelegte Beförderungstarife und Reglementierungen über diese Umschlagplätze, die oft beträchtliche Wirtschaftsunternehmen waren.

Es gibt in den Alpenländern noch viele Reliquien solcher Poststationen, etwa den »Staffler« in Mauls im Eisacktal zwischen Brixen und Sterzing. Das ist ein ganzer Komplex von Gebäuden (im Kern aus dem 17. Jahrhundert stammend), Haupt- und Nebengebäuden, Stallungen und Lagern. Das Hauptgebäude, ein prächtiger Bau mit schönen Erkern und kräftig vorkragendem Dach, steht schräggestellt an der uralten Brennerstraße, an der seit unvordenklichen Zeiten die Verbindung über den Alpenkamm zwischen Oberitalien und Nordtirol nach Bayern lief. Neben dem Hauptgebäude sieht man noch die mächtige Einfahrt in den Hof. Man kann sich das Leben in so einer Poststation, das dort noch im 19. Jahrhundert geherrscht hat, nicht lebhaft genug vorstellen. Die Reisen gingen gar nicht so langsam, wie man sich das heute vielleicht vorstellt. Goethe fuhr am 7. September 1786 früh um fünf Uhr in München weg, kam – über Zirl und Innsbruck – am 8. September abends auf der Brennerhöhe an, wo er ursprünglich übernachten wollte, dann aber – weil sich die Gelegenheit bot – doch weiterfuhr. (Es drängte ihn, nach Arkadien zu kommen.) Bei Tagesanbruch des 9. Septembers war Goethe in Kolman, bald – »bei heiterem Sonnenschein« – in Bozen, wo er Station machte. Von München bis Bozen also wenig mehr als achtundvierzig Stunden. Fünfzig Jahre später brauchte Felix Mendelssohn auf seiner Hochzeitsreise von München über den Reschenpaß und die damals eben erst – eine technische Pioniertat der Biedermeierzeit – neuerbaute Stilfserjochstraße bis Bormio auch nur zwei Tage. Von dort aus schickte er seiner Schwester Fanny ein ›Lied ohne Worte‹, das er auf der Fahrt komponiert hatte. Der österreichische Zoll konfiszierte das Notenblatt mit der verdächtigen Überschrift, weil man annahm, es handle sich um Spionagenachrichten, und die Noten für eine Geheimschrift hielt.

Der wirtschaftliche Kern der »Posten« war also der Pferdewechsel und alles, was damit zusammenhing: eine Schmiede gab es natürlich, weil Pferde neu beschlagen werden mußten, eine Wagnerei, die gebrochene Räder reparierte und so fort. Das Gastgewerbe im heutigen Sinn ergab sich zwangsläufig nebenher: die Fuhrleute und natürlich auch die Passagiere mußten verköstigt und auch beherbergt werden. Nachrichten wurden mitgegeben und ausgetauscht. Die Postillione wußten zu erzählen. So ging man in die »Post«, um Neuigkeiten (nichts anderes bedeutete das Wort »Zeitung« damals) zu erfahren. Auch die Neugierigen aus dem Dorf mußten verköstigt werden, und es versteht sich, daß der Post-Wirt, da er ja sozusagen an der Quelle saß, den besten Wein hatte. Bier braute er dann selber und hieß nun auch der »Postbräu«.

Welche Bedeutung die Wirtschaften auch in politischer Hinsicht hatten, zeigte der Tiroler Aufstand von 1809 gegen die Bayern und Franzosen: die Tiroler Gastwirtschaften waren die Keim- und Schaltstellen der Erhebung, die ja sorgfältig von den Tirolern vorbereitet war. Nicht nur Andreas Hofer, der »Sandwirt« aus dem Passeier, war ein Wirt (nebenher Weinhändler), auch viele andere, sogar die meisten der führenden Köpfe dieser Insurrektion waren Wirte, etwa Peter Mayr, dessen Wirtshaus »an der Mahr« im Eisacktal – auch ein großer behäbiger Hof – heute noch steht.

Diese Herrlichkeit der Poststationen – die man sich aber nicht allzu idyllisch vorstellen darf; es war laut, es stank, es war voll und unbequem, und manche Wirte verstanden sich auch damals schon nicht schlecht aufs Ausnehmen der Gäste – war zu Ende, als um die Mitte des 19. Jahrhundert die Eisenbahnen gebaut wurden. Die Geschichte des Eisenbahnbaues ist ein faszinierendes historisches Phänomen und ein nationalökonomisches Rätsel. Zu Anfang der dreißiger Jahre des 19. Jahrhunderts begann man – die Entwicklung ging von England aus – die ersten Schienen zu legen: 1835 zwischen Brüssel und Mechelen, im gleichen Jahr zwischen Nürnberg und

Fürth, 1837 zwischen Leipzig und Dresden, 1839 zwischen Wien und Wagram und Berlin und Potsdam. Von 1840 an war dann kein Halten mehr, es entstanden rasch die verbindenden Bahnen zwischen den Mittelstädten, 1866 trat der preußische Staat als Eisenbahnbauunternehmen auf, 1870 war das europäische Eisenbahnnetz von Lissabon bis Moskau und von Palermo bis Schweden und Norwegen errichtet mit allen Viadukten und Tunnels und praktisch so, wie es heute ist oder vielmehr – da das System ja schon wieder zu veröden beginnt – wie es zur Glanzzeit des Eisenbahnverkehrs in der Zeit zwischen den beiden Kriegen war. Das heißt: in weniger als fünfzig Jahren vollbrachte man unter unvorstellbarem finanziellem Aufwand (vom Einsatz menschlicher Arbeit und Erfindungswitz gar nicht zu reden) diese herkulische Tat. Woher kam das Geld? Man male sich aus, was wäre, wenn die heutige europäische Volkswirtschaft aufgerufen sei, so eine finanzielle Anstrengung zu unternehmen, wo schon über ein paar Kilometer Teerstraße ein großes Geschrei erhoben wird. Gegen den Bau der Eisenbahnen ist der Bau des Rhein-Main-Donau-Kanals – des wohl mit Recht als überflüssigstes Bauwerk seit dem Babylonischen Turm bezeichneten Unternehmens – ein Klacks. Woher kam damals das Geld? Ja, es war eine Zeit des relativen Friedens. Der Kriegszeiten zwischen dem »Weltkrieg« von 1813 und dem von 1914 waren nicht viel mehr als ein paar Jahre, und das waren alles lokale Kriege, das heißt, es waren immer nur zwei oder wenige Staaten beteiligt. Keiner dieser Konflikte dauerte mehr als ein Jahr. Es waren Saisonkriege. Wahrscheinlich verdankte die Institution »Eisenbahn« – und überhaupt das, was man den technischen und zivilisatorischen Fortschritt des 19. Jahrhunderts nennt, der heute auch schon wieder fragwürdig erscheint – diesem Jahrhundert relativen Friedens. Wahrscheinlich hatte der anonyme Dichter, der am 17. August 1867 zur Eröffnung der Brenner-Strecke sang: »... hier zieht der stille Gott des Friedens seine Bahn«, recht, wenn auch angesichts der stampfenden, dröhnenden Dampflokomotiven das Bild vom »stillen Gott« etwas eigenwillig wirkt. Stille aber kehrte in den Wirtshäusern der Poststationen ein. Sie mußten – nachdem sie die Zeichen der Zeit erkannt hatten, was oft langsam ging und ein schmerzlicher Prozeß war – auf das rein Gastronomische und auf das Touristische umrüsten.

Die Umrüstung aufs Touristische brachte das Hotel hervor. Natürlich gab es längst vorher Hotels: in den Städten und in althergebrachten Feriengebieten, in Cannes und Nizza etwa oder in Biarritz, und auch vor allem in den Kurorten von Spa bis Herkulesbad. Auch im bayrisch-österreichisch-schweizerischen Alpenland entstanden an Brennpunkten des Tourismus jene maurisch-neogotischen Hotelpaläste, deren Stil wir heute schon wieder schön finden: das »Panhans« am Semmering, das »Palast-Hotel« in Gossensass, die ganzen »Bellevue«, »des Alpes« und »Sport« in St. Moritz, Interlaken und am Genfer See. Manche Wirte waren so schlau, ihre alten »Posten« aufzustocken und umzukrempeln. Beim wunderschön vieltürmigen Hotel »Post-Hirsch« in Schluderns im Vinschgau an der alten Reschenstraße, dort wo der Weg zum Stilfser Joch abzweigt, erinnert der Name noch an die alte Funktion. Das Hotel »Post-Hirsch« hat dankenswerterweise bis heute jedem Modernisierungsversuch widerstanden. Es sieht immer noch so aus, als könnte jeden Augenblick Lord Whymper in karierten Knickerbockern heraustreten und sagen: »Well, let's make the Ortler today.«

Das durch die Abspaltung des touristischen Hotels übriggebliebene reine Wirtshaus zog sich – gewissermaßen – in den innerörtlichen Bereich oder als Ausflugsgasthaus in die Einsamkeit zurück. Im Hotel wohnten die Fremden, die Feriengäste, die Sommerfrischler, im Wirtshaus dagegen verkehrten die Einheimischen. Selbstverständlich gab es strenge Wirtshaus-Kategorien. Es gab das Wirtshaus Typ »Ratskeller«, etwa das berühmte, heute längst zu einer Touristenattraktion pervertierte »Batzenhäusl« in Bozen. Hier verbrachten die Honoratioren die angenehmsten Stunden des Tages: der Arzt, der Bezirksrichter, der Veterinär, der Advokat, der Apotheker, die seriösen Kaufleute. In dunklen Anzügen, die Schnurrbärte gezwirbelt, eine Kette mit Berlocke vor dem Bauch, tranken sie mit Ernst und sittlicher Würde ihr Bier und ihren Wein im »Extrazimmer«, gewichtige Herren, angesehene Patriarchen, deren äußerste Ausschweifung darin bestand, jeden Dienstag, wenn der wöchentliche Stammtisch war, der Kellnerin, die Zenzi gerufen wurde, ob sie so hieß oder nicht, in den mit viel Tuch verdeckten Popo zu kneifen. »Er sieht gut aus«, bedeutete in diesen Kreisen, daß der Betreffende hundertfünfundzwanzig Kilogramm Lebendgewicht auf die Waage brachte. Es wurde über Politik gesprochen, ab und zu ein Witz erzählt, und die Gesinnung war patriotisch-altdeutsch wie die falschen Butzenscheiben, die von jahrzehntelangem Virginier-Qualm nachgedunkelte Täfelung, die getönten Römergläser, die eichenlaubgeschmückten Bierkrüge und der Leuchter, der aus einem Wagenrad oder aus einem Hirschgeweih hergestellt war. Auf dem Land herrschte natürlich der Typ »Bauernwirtschaft« vor. Dort saßen an ungedeckten, mit Scheuersand samtig gefegten eichenen Tischen die Bauern, tranken keinen Wein, nur Bier oder Schnaps und sagten gar nichts. »Warum so schweigsam?« sagte einmal ein eher irrtümlich hier sitzender Fremder, wahrscheinlich ein Nord- oder Reichsdeutscher. »Können Sie nicht reden?« – »Reden kann ich schon, aber sagen tu ich nix«, sagte der Bauer. Auch die Wirtschaft hatte eine Extrastube, in der die Sitzungen der örtlichen Vereine und die des Gemeinderats stattfanden, und außerdem einen riesigen, schmucklosen »Saal« im ersten Stock, wo die Hochzeiten der reichen Bauern gefeiert wurden, die Kindstaufen, Primizen, der Leichenschmaus. Zwei Institutionen vor allem waren vom bäuerlichen Wirtshaus nicht zu trennen: das Kartenspielen und die Wirtshausrauferei.

Die Faszination des Kartenspielens ist schwer zu erklären. Die rauchschwadendurchzogene Zeit im Wirtshaus ist zäh. Sie vergeht langsam. Es ist überhaupt das Problem der Menschen, daß die Zeit so langsam vergeht, es sei denn, man denkt an Gott. Im Wirtshaus, das ist nicht zu leugnen, wird wenig an Gott gedacht, selbst wenn sich in jeder ordentlichen Gaststube ein maiskolbengeschmücktes Kruzifix im Herrgottswinkel befindet. Das Kartenspielen hilft, daß die Zeit vergeht, ohne daß man an Gott denkt. Deswegen und nicht nur, weil schon mancher im Wirtshaus Haus und Hof, das Vieh und die Ernte noch am Halm und sogar die Ehefrau verspielt hat, heißen die Spielkarten: des Teufels Gebetbuch. Die Teufelsgebetbücher sind in den Alpen (und wohl auch anderswo) weit bunter, weit mannigfaltiger und weit beliebter als die anderen Gebetbücher. Da sie auch weit schneller abgenützt werden, ist die Spielkartenindustrie ein blühender Industriezweig, während vom Herstellen von Gebetbüchern noch kein Verleger reich geworden ist. In Tirol herrschte damals das Perlagger vor, ein sehr kompliziertes, skatähnliches Spiel, daneben gab es Laubbieten, Watten und Schnapsen (was dem bayrischen Sechsundsechzig entspricht), auch das Tarock, das aber etwas Feineres war, das Bridge-Spiel der Alpenländer und von besseren Kreisen, namentlich von der Geistlickeit gepflegt wurde. Schnapsen gab es als Spiel zu zweit und auch zu viert als Viererschnapsen, das in dieser Form dem in Bayern verbreiteten und dem äußerst beliebten Schafkopfen ähnlich ist.

Das bayerische Tarock, auch Haferltarock genannt, hat mit dem hohen, geistlichen Tarock nur den Namen gemeinsam, in Wirklichkeit ist es eine Art Sechsundsechzig. Das Watten, ein brutales Glücksspiel (es kommen nicht alle Karten ins Spiel), namentlich das sozusagen verschärfte Kritisch-Watten war auch in Bayern verbreitet und hatte hier die Bedeutung, die das Pokern im Wilden Westen hatte. Für die Schweiz ist das Jassen charakteristisch. Das Kartenspielen ist auch eine Quelle unerschöpflicher Spracherneuerung. Unsterbliche Redewendungen wie: »Einmal hoch und einmal nieder ist der Arsch der Tante Frieda« oder (wenn einer nur um einen entscheidenden Stich oder Punkt nicht gewinnt): »Direkt vor'm Abort in die Hos'n g'schissen« verdanken ihre Entstehung dem Kartenspieltisch.

Kartenspieler erfreuen das Herz des Wirts nicht immer. Sie trinken zwar kräftig, essen aber kaum. Ein richtiger Kartenspieler hat dazu keine Zeit; höchstens, daß er, ohne recht hinzuschauen, einen abgebräunten Leberkäs oder einen Wurstsalat/sauer hinunterwürgt, während der andere gibt, und davon ist noch kein Wirt fett geworden. Außerdem bleiben Kartenspieler sitzen. Die Lichter sind schon fast alle ausgelöscht, alle anderen Stühle stehen schon auf dem Tisch, die Kellnerinnen haben schon abgerechnet, der Wirt möchte schlafen gehen, händeringend steht er da: die Kartenspieler spielen weiter ... »Ja, Ja«, sagt einer über die Schulter. »Der Alte gibt die letzte Runde«, also der, der beim laufenden Spiel den Eichel-Ober hat ... oft hilft nur Brachialgewalt, um die Kartenspieler an die Luft zu setzen.

Nicht selten führen Auseinandersetzungen beim Kartenspiel, Meinungsverschiedenheiten über Feinheiten der Regeln, Falschspielen oder der unberechtigt geäußerte Verdacht darüber zur zweiten Institution: zur Wirtshausrauferei. Diese aus dem Kartenspiel gewonnene Rauferei beschränkt sich aber in der Regel auf die zwei bis vier Mitspieler und höchstens noch einen Kibitz. Die echte raumgreifende, allumfassende Rauferei aber entsteht aus dem Nichts, um nichts, unerklärlich und ohne Grund, höchstens ist ein Anlaß zu verzeichnen. Früher war die Rauferei der regelmäßige Abschluß jeder Hochzeit und jeder Trauerfeier. Wie so eine Rauferei aus dem Nichts entsteht, hat Ludwig Thoma in seinem unvergleichlichen Einakter ›Die Medaille‹ minutiös nachgezeichnet. Der Wirt kennt natürlich die Zeichen, wenn sie auf Sturm stehen. Er öffnet die Tür, damit die Füllung nicht beschädigt wird, wenn sich die Gäste gegenseitig hinauswerfen, selbstverständlich auch die Fenster, die weiblichen Gäste fliehen kreischend zur Seite, der Wirt weist die Musik an zu spielen – selten hilft das noch, meistens packen die Musiker ihre kostbaren Instrumente ein. Der Trommler hat es am schwersten, häufig landen weggeschleuderte Kontrahenten arschlings mit einem letzten dumpfen Schlag in der Trommel; die Tische und Stühle werden beiseitegerückt, unter Einsatz ihres Lebens retten aufgescheuchte Kellnerinnen die Teller und Schüsseln, die ersten Watschen knallen, nie gehörte Verwünschungen hallen durch den Saal, Maßkrüge fliegen, Fäuste krachen am Unterkiefer, Weiber kreischen, bald sind die Raufenden ein Knäuel Leiber, das drohend wie das Jüngste Gericht und furchtbar und grausig durch den Saal rollt – ab und zu schnellt ein Geschleuderter aus dem Knäuel in waagrechtem Flug zur Tür oder zu einem der Fenster hinaus. Draußen schüttelt er sich, spuckt ein paar

Zähne aus, reißt eine Latte vom Zaun und geht wieder hinein. Aber wenn einer zwei-, dreimal hinausgeflogen ist, eilen Frau und Tochter nach, klauben ihn auf und hindern den bereits Entkräfteten daran, wieder die Kampfstätte zu betreten. So werden die Kombattanten durch natürliche Auslese immer weniger. Die Stärksten bleiben übrig. Dann wird es allerdings kritisch. Da muß der »Hausl« eingreifen. Der Hausl, der Hausknecht, war eine furchterregende Gestalt, ein weltlicher Erzengel mit grüner Schürze und Händen so groß wie Abortdeckel. Seine Intelligenz war meist begrenzt, seine Kraft aber unwiderstehlich. Er konnte einen Hektobanzen mit dem kleinen Finger bis zur Augenhöhe heben, er fraß vierzig Knödel am Tag, er konnte ein Roßgespann, das durchgehen wollte, aufhalten ohne nur einen Schritt zurückgedrängt zu werden, und er packte, wenn der Wirt sagte: »Hausl, jetzt komm« mit ruhigem und sicherem Griff die beiden letzten Raufenden am Kragen und am Hosenboden – die Raufer zappelten, verwünschten noch Wirt und Hausknecht –, schwang sie kräftig und entschieden nach hinten, um sie dann haarscharf am Türstock vorbei wie von der Armbrust geschossen hinaus auf die Straße zu schleudern.

Ein solcher Hausknecht, das sei hier eingeflochten, hat einmal sogar politische Karriere in Bayern gemacht. Er hieß Christian Weber und war Hausl im »Blauen Bock« in München, wo ein gewisser Hiedler oder Hüttler oder so ähnlich – den Namen kann ich mir ums Verrecken nicht merken – Stammgast war. Dieser Hiedler oder Hüdler war ein echter Schreier, der sich 1919 auf der Dult ein Eisernes Kreuz antiquarisch gekauft hatte, eine neue Partei gründete und viel davon schrie, daß die Juden raus müßten. Oft mußte dieser Hüdler oder Hiedler aus dem Lokal geworfen werden, wenn er zu laut schrie. Christian Weber, der Hausl, hatte eine unerklärliche Sympathie für diesen Hiedler oder Hietler mit seinem Eisernen Kreuz, und er warf ihn mit der für den Hausknecht unerläßlichen Zielsicherheit immer so hinaus, daß er exakt auf einem weichen Rasenstück auf der anderen Straßenseite landete. Der genannte Hietler oder Hüdler wurde später Reichskanzler und erinnerte sich – ein schöner Zug an dem Hüdler oder Hidler – des Hausls Christian Weber vom »Blauen Bock«, der ihn immer so sanft aus dem Wirtshaus geworfen hatte. So wurde Christian Weber Kreistagspräsident von Oberbayern. Das ist historisch. Ich selber habe während meiner Referendarausbildung bei der Regierung noch Akten mit der ungelenken Unterschrift des Hausknecht-Kreistagspräsidenten gesehen. Im »Blauen Bock« aber verkehrte Christian Weber dann immer noch, als Gast. »I bin jetzt Präsadent«, sagte er dort, »frag mi net, was des is, aber i bin's.«

Das Raufen ist nicht nur Abreaktion aufgestauter Aggressionen, es ist auch eine sportliche Betätigung. Der alpenländischen Bevölkerung kommt dieser Sport, die Wirtshausrauferei, entgegen. Dieser Sport findet im Saal statt. Die Mentalität der alpenländischen Bevölkerung richtet sich gegen die frische Luft. Frisch heißt kalt, kalt ist ungesund. Der Älpler meidet die ungesunde, kalte, frische Luft, wo es geht. Er hat seine Erfahrung: alle unangenehmen Dinge finden in frischer Luft statt: Krieg, Erdbeben, Revolutionen sind im Freien abgelaufen. Die angenehmen Dinge des Lebens spielen sich in der Regel in geschlossenen Räumen ab: Essen, Trinken, Geschlechtsverkehr. Frische Luft bedeutet Arbeit, Freizeit ereignet sich im Haus (am liebsten im Wirtshaus). Die winzigen Fenster der Bauernhäuser zeigen, daß der Alpenmensch bemüht ist, die schädliche frische Luft von seiner Behausung fernzuhalten. Bei der Arbeit im Freien entzündet der Älpler seine Pfeife, um die Frischluft zu vertreiben. Selbst die Kirche trägt dem Rechnung: bei Prozessionen, die notgedrungen im Freien stattfinden, wird Weihrauch erzeugt, um so die frische Luft nicht an die Frommen herankommen zu lassen. Das Ergebnis hat den Älplern recht gegeben: sie sind zäher, gesünder, widerstandsfähiger und fortpflanzungsfreudiger als die frischluftfetischistischen Stadtmenschen, namentlich die aus der Ebene.

Dies war also das Bauernwirtshaus mit seinem festen Bestand an Institutionen. Darunter gab es noch eine proletarische Schicht, die »Boaz'n«, wie sie in Bayern genannt wurde, das finstere, anrüchige, ja gefährliche Loch. Solche Wirtshäuser fanden sich gern an verrufenen

Kreuzwegen, in den schlechten Gassen der Städte, in den Vorstädten, die nicht mehr Land und noch nicht Großstadt waren. Ein paar wacklige, steinerne Stufen führten in ein Gewölbe hinunter. Ein zahnloser Wirt schenkte selbstgebrannten Schnaps aus, von dem man blind wurde, wenn man ihn zu oft trank. Man trank im Stehen oder an nie abgewaschenen Tischen. Ein Polizist hütete sich, so eine Lokalität zu betreten. Hunde, die unter den Tischen lagen, ernährten sich von den versehentlich oder halb absichtlich abgeschnittenen Ohren der Gäste, bevor sie selber – die Hunde – in die Küche gezerrt wurden, wenn es frische Schlachtschüssel geben sollte. In Innsbruck gab es bis vor wenigen Jahren noch so ein Lokal. Es hieß »Grüne Eiche« und lag jenseits des Inn. In München bewahrten bis in unsere Tage der »Soller« im Tal und der »Schwan« am Gasteig gewisse Züge dieser verrufenen Etablissements. »Soller« und »Schwan« sind verschwunden. Auch für die Unterwelt kam eine neue Zeit. Wann hat diese Zeit begonnen? Das ist schwer zu sagen. Die Berge galten früher den Bewohnern der Alpenländer als gefährliche Feinde, der Winter als unberechenbare und unangenehme Naturgewalt. Natürlich liebte der Älpler die Berge, weil er mit ihnen leben mußte, so wie der Küstenbewohner das Meer, aber er bewahrte Distanz und war im Umgang mit ihnen nicht leichtfertig. Die Berge zu ersteigen, kam kein Älpler auf die Idee, außer es mußte sein: zum Zwecke des Schmuggelns, wegen der Jagd, oder weil Krieg war. Aus reinem Jux auf einen Berg zu klettern, galt – mit Recht – als Versündigung, weil man sein Schicksal herausforderte. Was soll auch der Mensch auf den Bergen? Er ist kein Murmeltier. Den Winter verbrachte man im Haus, das man heizte, so gut es ging, und nur verließ, wenn es unumgänglich war.

Eine inzwischen außer Kontrolle geratene Freizeit-Ideologie hat die Alpenwelt auf den Kopf gestellt. Es gilt als schick und gesund, auf die Berge zu klettern, und dem Diktat dieser Mode folgen Tausende, so daß an gewissen warmen Sommertagen ein leichter Schweißgeruch von den vielen ungewaschenen Bergsteigern über den Alpen lastet.

Im Winter, lautet das Modediktat, muß man Ski fahren.

Wer nicht Ski fährt oder zumindest nicht so tut – also mit Skiständern am Auto herumfährt und sich ab und zu als Kunde in Sportgeschäften oder als Gast in Skibrennpunkten blicken läßt –, gilt als krankhaft und als Volksschädling. Längst weiß man, daß der Sport, namentlich der Wintersport zum ungesündesten gehört, das sich denken läßt, aber diese Mode ist nicht mehr zu steuern. Nun kann man sagen, daß Sportkrüppel eben mit sich selber fertig werden müssen, daß man hoffen muß, auch die Mode Sport werde, wie alle Moden, eines Tages verfliegen (Anzeichen dafür sind schon da), aber der Schaden, den der Sport der Alpenregion, die früher ein Garten Gottes war, zugefügt hat, ist wahrscheinlich irreparabel. Kein Schädling, kein Waldbrand, keine Lawine hat der Alpenwelt je so großen ökologischen Schaden zugefügt wie der Wintersport. Der ästhetische Schaden ist ähnlich hoch: die unschuldigen Berge wurden von übereifrigen Alpenvereinen mit Schutzhütten überzogen, die gastronomisch selbstverständlich indiskutabel sind. Im Tal haben sich Betongeschwüre gebildet, die als Hotels gelten und die Schwemme der irregeleiteten Sportler aufnehmen. Fast am schlimmsten sind die Betonbauten im alpenländischen Stil: als frühes Beispiel von unvorstellbarer Häßlichkeit und als Schandmal paranoiden Architektenwahns fast schon wieder denkmalschutzwürdig ist das Hotel »Tyrol« in Kitzbühel, das in den dreißiger Jahren als eines der ersten seiner Art als wildgewordene Riesen-Almhütte konzipiert wurde. Zahllose als geschmackvoll und stilgerecht angesehene Beherbergungs- und Verköstigungszentren haben inzwischen die Täler der Alpen und das Voralpenland überkrustet. Ein schmiedeeisernes Geländer führt zum Swimmingpool mit Gletscherblick, im Speisesaal steht vor Rauhputz eine indirekt beleuchtete halb-gotische Madonna, der Käse wird auf einem Wagenrad serviert, und die Oberkellner tragen hirschhorngeknöpfte Lodenjoppen mit reichem grünem Besatz. Solche Häuser wirken so wie ein Elefant mit Trachtenhut, aber man hat den Blick dafür verloren, wie scheußlich das ist. Die Fremdenverkehrsfunktionäre finden es gar nicht komisch, wenn man darüber redet. Ohne ein Pauschalurteil abgeben zu wollen, kann man sagen – nein: kann ich sagen, denn ich gehöre selber dazu, daß die Intelligenz und die Fähigkeit zum rechtzeitigen Durchblick nicht die erste Eigenschaft ist, die einem einfällt, wenn man an eine Charakterisierung der Alpenvölker denkt. Das soll nicht heißen, daß es nicht intelligente Tiroler, Bayern und Schweizer gäbe, aber die sind meist gezwungen, ihr Brot anderswo zu suchen. Im Land selber erfolgt aufgrund der besser gewordenen Lebensbedingungen eine negative Auslese. Diejenigen, die früher aus Dummheit draußen erfroren wären, weil sie die Türschnalle an der verkehrten Seite gesucht haben, überleben jetzt durch die Einführung der Schwing- und der Drehtür, und solche werden Fremdenverkehrsfunktionäre. Diesem Fremdenverkehrsfunktionär sind die Alpen gleichgültig. Er ist gradlinig profitorientiert wie ein Kapitalist oder ein Gewerkschaftsvorsitzender und zählt nur die, so hofft und strebt er, zunehmende Zahl der Übernachtungen.

So ist das alpenländische Wirtshaus heute schon praktisch ausgelöscht – in jeder seiner Spielarten. Es gibt es nicht mehr, es ist Geschichte geworden. Wo der Wanderer dennoch eins vorfindet, soll er zunächst vorsichtig sein: vielleicht handelt es sich um ein künstlich am Leben erhaltenes Museumsobjekt. Bekanntlich werden Gebrauchsgegenstände, die in ein Museum kommen, leicht unecht. Ist aber das Wirtshaus kein Museumsobjekt, ist es noch echt, *geht es noch,* dann soll er hineingehen und froh sein, daß es das noch gibt, er kann sicher sein, daß es das nächste Mal, wenn er hinkommt, zugrunde renoviert sein wird.

Ein fast noch schlimmerer Schädling hat die Wirtshäuser auch dort befallen, wo sie vom Tourismus an und für sich unbelästigt geblieben sind. Der Schädling hat nur einen amerikanischen Namen: »fast food«. Sicher hat der Sozialismus menschliches Leid nicht nur über die primär unter den linksfaschistischen Diktaturen gebeugten Völker, sondern über die ganze Welt gebracht – der Kapitalismus hat »fast food« erfunden, oder besser gesagt: hervorgebracht. In Europa ist es noch nicht so schlimm, wenngleich die Anzeichen aufhorchen lassen müßten, es schleicht erst und ist daran, uns zu unterwandern, weshalb man die ganze verheerende Auswirkung, die »fast food« in der nächsten Generation haben wird, noch nicht erkennt. »Fast food«, eine Geißel der Menschheit, wird die Pestilenz des 21. Jahrhunderts, so wie der Schwarze Tod die des 17. war. »Fast food« bedeutet: viereckige Nahrungsmittel mit Einheitsgeschmack. »Fast food« heißt: Gerichte in klaren, unzweideutigen Farben: weiß, rot, blau, schön gegeneinander abgegrenzt. »Fast food« ist die Rampe zur Ernährung durch Tabletten. »Fast food« bedeutet in den Alpenländern das voraussehbare, endgültige Ende des Wirtshauses.

Oder gibt es doch einen Silberstreif am Horizont? Vielleicht könnte es sein, daß alle Sportler, alle, die dem Zwangstourismus, der Mode des Skifahrens verfallen sind, eines Tages zu »fast food« greifen. Sie sind ja durch den ungesunden Sport körperlich, durch das ständige Rütteln der Berg- und Seilbahnen, durch den Freizeitlärm und den der Skilifte geistig zerrüttet und somit wehrlos der »fast food«-Werbung ausgesetzt. Sie würgen »fast food« in sich hinein. Sie ernähren sich ausschließlich von weißen, viereckigen Steaks, von roten, kugelförmigen Kartoffeln und von blauem, dreieckigem Käse, trinken dazu jenes Getränk, dessen Namen man nicht nennen darf, das aus dem Extrakt getrockneter toter Hunde gewonnen wird – und eines Tages ist es vielleicht dann doch soweit, und die ungeziefrigen Alpensportler fallen vergiftet um, die Alpenwelt erholt sich nach zwei-, dreihundert Jahren wieder, und ein neues Wirtshaus erblüht plötzlich irgendwo in einem stillen Tal – leider werden wir es nicht mehr erleben.

Der Alte vom Schwarzwassertal

Früher war hier die Welt zu Ende. Nein – früher war an der Walserschanze die Welt zu Ende, wenn nicht schon in Oberstdorf. Der alemannische Teil der Menschheit hat seine eigene Geschichte, wie sollte das auch anders sein. Die Sache reicht weit zurück, erzählte mir der Alte vom Schwarzwassertal (der gar kein Alemanne ist), weit zurück bis zur Völkerwanderung. Übrigens, das fügte der Alte vom Schwarzwassertal hinzu, seien die Walser auch keine Alemannen. Oder sind sie doch Alemannen? So ganz genau weiß man es nicht. Ja: bis zur Völkerwanderung. Warum die Germanen aus Norwegen oder Lappland – wo sie damals vor Urzeiten gewohnt haben und, summa summarum, wenn man den Lauf der Geschichte betrachtet, sagte der Alte vom Schwarzwassertal, besser auch geblieben wären, wenn man so die schlimmsten Auswüchse betrachtet, die sie gezeitigt haben, den gewissen Wagner, zum Beispiel, von Bayreuth, oder den Hiedler oder Hüdler, er könne sich den Namen nie merken, aus Braunau – warum die Germanen so um 100 post Christum natum oder 300 ungefähr, warum das alles war, weiß ja kein Mensch, aus Lappland aufgebrochen sind, um nach Süden zu ziehen, ist völlig unklar. Die einen sagen, es war eine große Springflut dort im Norden irgendwann und hat alles weggeschwemmt, und die Raufbolde sind dann dorthin gewandert, wo keine Springflut drohte, oder aber es waren auf einmal einfach zu viele, der Bevölkerungsdruck also, und die germanischen Saufkugeln – weiß man ja aus seinem Tacitus – haben Kind und Kegel gepackt und die Schnapskanister und sind nach Süden – oder aber – das glaube er, der Alte vom Schwarzwassertal, am ehesten – es war den Germanen eines Tages einfach zu blöd, dort zu wohnen, wo es kalt ist, und es hat sie in wärmere Gegenden gezogen. Es sei dem, wie ihm wolle, sagte der Alte vom Schwarzwassertal (dessen Namen ich nie erfahren habe), jedenfalls hätten sich die blonden Unholde auf der Reise durch Wärmeeinwirkung vermehrt wie die Läuse, und was als Sippschaft in Lappland aufgebrochen sei, habe sich schon im Baltikum zu Rudeln entfaltet und sei in Mitteleuropa als Volksstamm angekommen. Einer dieser Stämme, ohne Zweifel einer der seltsamsten, wenngleich unsensationellsten, sei der alemannische gewesen. Während alle anderen Stämme, die Goten, die Vandalen, selbst die Bajuwaren – von den Normannen gar nicht zu reden – ein paar Jahrhunderte lang kreuz und quer durch ganz Europa und sogar Vorderasien und Nordafrika gezogen sind und alles kurz und klein geschlagen haben – die Trümmer kann man zum Teil heute noch sehen – und nicht nur den Römern, sondern vor allem sich gegenseitig die Schädel einschlugen, sei der Stamm der Alemannen zielstrebig in das Gebiet zwischen Genfer See und Limeswall, zwischen Vogesen und Lech eingefallen, hätte sich niedergelassen oder vielmehr festgesogen, hätte sich von da ab nicht mehr fortgerührt, hätte sofort angefangen, Häusle zu bauen, Nummernkonten einzurichten und Uhren herzustellen, und das bis heute.

Das sei, sagte der Alte vom Schwarzwassertal, in groben Zügen die Geschichte des alemannischen Stammes. Nun habe aber der alemannische Stamm, der sich durch besondere Eigenbrötelei auszeichne, im Hochmittelalter, als die kaiserliche Zentralgewalt und sogar die etwas weniger zentrale Gewalt der schwäbischen Herzöge zu zerfallen angefangen habe, immer kleinere und engere Herrschaftsgebiete zu errichten begonnen. So wie der einzelne Alemanne ängstlich bemüht sei, sein Besitztum abzugrenzen und zu umfrieden, hätten die alemannischen Grafen und Herren, auch die Bischöfe und Äbte, immer partikularistischere Territorien vom gesamtalemannischen Land abgezwackt. Dazu komme, daß der alemannischen Mentalität der Blick auf welthistorische Zusammenhänge relativ gleichgültig sei, wenn nur das eigene umfriedete Besitztum in Ruhe gelassen würde. So sei im Lauf des Mittelalters ein ungeheuer bunter politischer Fleckerlteppich auf alemannischem Gebiet entstanden, ein kaum entwirrbares Geflecht aus Reichsstädten, Herrschaften, kleinen Fürstentümern und Grafschaften.

Er habe, sagte der Alte vom Schwarzwassertal und

streckte seine unglaublich urigen Bergzehen in die herbstliche Sonne, eine alte Landkarte des schwäbischen Kreises aus dem Jahr der Französischen Revolution; wenn er sie in dem Durcheinander in seinem schlecht heizbaren Holzhaus finden würde, könnte er sie mir zeigen, aber er wisse es auch auswendig: die Donau von Sigmaringen nach Ulm, zum Beispiel, keine siebzig Kilometer lang, sei zunächst durch gräflich Hohenzollern-Sigmaringisches Gebiet geflossen, dann durch fürstlich Thurn und Taxisches auf fünf Kilometer, dann auf zehn Kilometer durch die österreichische Enklave Heiligenkreuzthal, dann auf zwei Kilometer durch fürstlich Fürstenbergisches, dann wieder durch österreichisches, nämlich eine Enklave der Enklave Heiligenkreuzthal, dann auf zwei Kilometer durch ein Gebiet ungeklärten Besitzes, dann durch das Gebiet der Abtei Zwiefalten, dann durch die Herrschaft der Barone von Speth, dann bildete sie die Grenze zwischen dem Hoheitsgebiet derer von Stamm zu Rechtenstorf und der Abtei Obermarchthal, dann sei sie mehrfach abwechselnd durch herzoglich-württembergisches und wieder österreichisches Gebiet geflossen, schließlich durch das der Freiherrn von Freyberg, der Grafen von Castell und der freien Reichsstadt Ulm.

Was das alles mit dem Kleinen Walsertal zu tun hat? Einen Moment, sagte der Alte vom Schwarzwassertal. So war das mehr oder weniger im ganzen alemannischen Häusle-, Nummernkonten- und Uhrenland. Die Alemannen fühlten sich wohl, aber der Zug der Zeit, der Geist der Weltgeschichte – für den die Alemannen, wie gesagt, keinen rechten Blick haben – ging in andere Richtung: zum Zentralismus. Der Geist der Weltgeschichte wollte zusammenfassen. Rundum, also auch ums seit der Völkerwanderung alemannisch Umfriedete, hätten sich Zentren gebildet, denen kraft der weltpolitischen Zentrifugalkraft Brocken und Fetzen alemannischen Landes zuflogen: das wittelsbachische Kurbayern, später Königreich, habe das bayerische Schwaben nebst Allgäu an sich gerissen, Frankreich das Elsaß, Habsburg Vorarlberg. Nur mit Mühe haben sich zwei kern-alemannische Gemeinwesen selbständig erhalten: die Schweiz und der heutige deutsche Bundesstaat Baden-Württemberg.

Jetzt, sagte der Alte vom Schwarzwassertal, jetzt solle ich aufmerken: Vorarlberg, das es dem Namen nach bis ins 19. Jahrhundert eigentlich gar nicht gegeben habe, war auch so ein Fleckerlteppich. Es bestand aus den Herrschaften Bregenz, Bludenz, Feldkirch, Hohenems und so weiter, schillerte auch ins Schweizerische und in das Allgäu hinüber. Die Grafen von Montfort, die von einem gewissen Hugo I., Pfalzgrafen von Tübingen, abstammten, erbten nach und nach das heutige Vorarlberg zusammen, verkauften aber alles im Lauf der Jahrhunderte zum Teil an die Eidgenossen, zum Teil an Habsburg. Der letzte, einer namens Franz Xaver (achtzehn Generationen nach obigem Hugo), verscheuerte Tettnang 1779 an Maria Theresia und starb im Jahr danach, und mit ihm starb die Familie aus. Tettnang gehöre natürlich nicht zu Vorarlberg ... aber das sei eine andere Sache. Ähnlich sei es dem anderen Potentatengeschlecht ergangen, den Grafen von Hohenems, das sich durch besonders elegante Vornamen ausgezeichnet habe: etwa Markus Sittikus (der berühmte Erzbischof von Salzburg) oder Kaspar Markus oder Jakob Hannibal. Nach dem Tod des letzten – Franz Wilhelm Maximilian 1759 – zog der Kaiser das Erbe als erledigtes Reichslehen ein und vereinigte es 1782 mit den Montfortischen Landen – unter Wahrung einer gewissen Souveränität – und mit Tirol. So blieb es im Großen und Ganzen bis 1919, als ein eigenes österreichisches Bundesland Vorarlberg geschaffen wurde, obwohl die Vorarlberger (Volksabstimmung im Mai 1919: achtzig Prozent) lieber zur Schweiz hätten wollen. Vorausgesetzt, die Schweiz hätte Vorarlberg überhaupt haben wollen, was nie geprüft worden sei, sagte der Alte vom Schwarzwassertal, so wäre das Kleine Walsertal heute der Teil eines eidgenössischen Kantons ... na ja, immerhin sei es so, wie es heute sei, wenigstens nicht deutsch.

Durch den hier des Langen und Breiten, aber eben leider, wenn man die Zusammenhänge begreifen wolle, notwendigerweise so lang und breit ausgeführten Zusammenhang respektive Fleckerlteppich, Erb- und Staatsverträge et cetera et cetera, sei das Kleine Walsertal nicht, wohin es rechtmäßig orientiert sei (er sagte nicht: gehöre!), zu Bayern gekommen, sondern zur k. u. k.-Monarchie. 1891 sei ein Zoll- und Währungsabkommen mit dem Deutschen Reich geschlossen worden, das bis heute gelte. Danach sei das Kleine Walsertal zwar österreichisches Staats- und Hoheitsgebiet, es gelte aber die deutsche Währung und die deutsche Zollhoheit. Als Bundeskanzler Kreisky 1972, kann auch sein 1973, das Kleine Walsertal (mühsam) besuchte, sagte er gleich, daß die österreichische Republik nicht daran denke, den Status zu ändern. Die Einwohner des Kleinen Walsertals haben also österreichische Pässe, österreichische Autonummern, lecken österreichische Briefmarken an, bevor sie sie aufkleben, bezahlen sie aber mit D-Mark. Geschmuggelt werden kann nicht an der Walserschanze, der Staatsgrenze (wo der weiße Mittelstrich auf der Straße in einen gelben übergeht), sondern nur weiter hinten am Üntschenpaß (1854 m), am Starzeljoch (1867 m) oder am Hochalppaß (1938 m). Es gelten natürlich die österreichischen Gesetze, die Verwaltung ist österreichisch und auch die Justiz. Wenn einer im Kleinen Walsertal etwas ausfrißt und vor Gericht gestellt wird oder gar ins Gefängnis kommt, wird es schwierig. Die österreichische Polizei darf nicht über deutsches Gebiet fahren, die deutsche Polizei denkt nicht im Traum daran, österreichische Kriminelle vom Kleinen Walsertal nach Bregenz zu transportieren, von Österreich nach Österreich. Also kommt ein Kleinwalsertaler Krimineller in den Genuß eines Hubschrauberfluges. Das also, sagte der Alte vom Schwarzwassertal, sei das Kleine Walsertal; eine europäische Kuriosität.

Man darf natürlich nicht alles glauben, sagte mein Gewährsmann in Baad, ganz hinten im Kleinen Walsertal. Baad ist fast schon keine Ortschaft mehr, nur noch eine Ansammlung von Hotels und eine sogenannte »Kurzschule«, die von den Deutschen betrieben wird. In Baad kann man studieren, was ja sehr selten geworden ist: wie eine Straße ausläuft, aufhört. Baad ist das Ende der Welt.

Dem Alten vom Schwarzwassertal, sagte mein Gewährsmann, darf man nicht alles glauben. Er ist kein Walser, nicht einmal ein Allgäuer oder Wälder, er ist irgendwoher gekommen. Wovon er lebt, weiß niemand. Manche behaupten, er schreibe Bücher, aber das sei vielleicht üble Nachrede. Achtzig Jahre dürfte er alt sein, aber er habe schon vor zwanzig, ja vor dreißig Jahren so ausgeschaut wie heute: dürr, vertrocknet, ledern, und habe immer schon so, wie solle man sagen, so philosophisch geredet. Die ältesten Walser können sich nicht erinnern, daß der Alte vom Schwarzwassertal einmal anders ausgesehen hat als irgendwie wurzelzwergisch. Irgendwann einmal hat er das Holzhaus im Schwarzwassertal bezogen. Das Schwarzwassertal ist das andere Tal dieser österreichischen Enklave, fast so lang wie das eigentliche Kleine Walsertal, aber kaum besiedelt. Die offiziellen Leute vom Fremdenverkehr mögen ihn nicht; denen ist er zu, ja, wie soll man sagen, zu negativ, irgendwie unpassend. Wenn er wenigstens von *hier* wäre. Die offiziellen Leute vom Fremdenverkehr haben lieber das Blühende, sozusagen, das Adrette, die Rauhputzwände und die kupfernen Fenstersimse.

Den offiziellen Leuten vom Fremdenverkehr ist es ohnedies ein Dorn im Auge, daß in letzter Zeit, schon ein paar Jahre lang, Leute – sogar Walser – das Maul aufreißen und die Basis des mühsam erworbenen, bescheidenen Wohlstandes der arbeitsamen Menschen im Tal untergraben wollen. »Naturschutz« schreien diese Leute. *Naturschützer!* Soll sich nur einer blicken lassen. Sie sind gegen Hochspannungsleitungen und Pistenwalzen. Aber Hochspannungsleitungen und Pistenwalzen sind stärker. Wo käme man denn hin, wenn das Wort »Fremdenverkehr« kein Argument mehr wäre. Die Enziane blühen dann schon woanders, wenn auch ab und zu ein Parkplatz betoniert wird. Und Skifahren ist schließlich gesund. Skifahren ist auch Natur. »Skifahren ist die schönste Form des Naturschutzes« – wäre das nicht ein Slogan?

Der Alte vom Schwarzwassertal sagte: es gibt viererlei Leute im Kleinen Walsertal – die Walser, die Wälder, die Allgäuer und die Fremden. Zu den Fremden haben die Kleinwalsertaler wie alle Bediensteten des Tourismus überall auf der Welt ein gebrochenes Verhältnis: am liebsten wäre es ihnen schon, wenn sie nur das Geld schickten und selber daheimblieben. Das tun sie natürlich nicht. Sie kommen: das kleinere Übel. Das größere wäre: sie kämen nicht mehr. Eigentlich zerfallen die Touristen aber wieder in zwei Gruppen: in gute und schlechte. Die schlechten nehmen in letzter Zeit überhand. Die guten Touristen mieten sich in ein Hotel oder in eine Pension ein und konsumieren. Die schlechten machen Tagesausflüge in stinkenden Omnibussen aus Immenstadt oder Sonthofen oder sogar Augsburg und Ulm, bringen – schließlich sind es Alemannen – ihr Vesperpäckle mit, die Getränke verkauft (für ihn eine Nebeneinnahme) der Omnibusfahrer. Nur was sie pinkeln und scheißen, lassen sie da. Aber vorerst ist gegen diese Skandaltouristen kein Kraut gewachsen. Es ist ein speziell kleinwalsertalerisches Tourismusproblem. Die meisten solcher Tagesausflügler sind naturgemäß Allgäuer. Es gibt aber auch im Kleinen Walsertal ortsansässige Allgäuer, die sind ebenfalls nicht beliebt. Nicht beliebt sind auch die Wälder, also die, die vom Süden, aus dem Bregenzer Wald, gekommen sind. Die eigentlichen Ureinwohner sind die Walser. Walser bedeutet soviel wie Walliser, das heißt, sie stammen aus dem Wallis in der Schweiz und sind überhaupt äußerst zäh. Aus unerklärlichen Gründen (manche sagen, sagte der Alte vom Schwarzwassertal, aus Glaubensgründen) haben sich die Walser im Mittelalter weithin verbreitet, ein rätselhaftes Volk. In Italien gibt es Walserkolonien: in Val Ayas, in Val de Lys, im Tessin in Bosco Gurin, im Lauterbrunnertal im Berner Oberland, in Ursern in Uri, in Graubünden zum Beispiel im Domleschg, im Calfeisental im St. Galler Oberland und eben im Großen und Kleinen Walsertal. Überall sind die Walser über die Berge gekommen, haben von hinten her, zäh und beständig, die schlechteren Gründe kolonisiert, wo die anderen nicht siedeln wollten. Im Großen und Kleinen Walsertal haben sie dann langsam die anderen verdrängt.

Selbstverständlich gibt es seit langer Zeit Pläne, das Kleine Walsertal verkehrsmäßig mit Vorarlberg zu verbinden. Schon vor dem Krieg wurde davon geredet, seit

1948 wieder ab und zu. Leute in Bregenz und in Wien, die alles stört, was nicht eben und viereckig ist, hätten gern einen Straßenanschluß. Die meisten Walser sind dagegen. Er sei auch dagegen, sagte der Alte vom Schwarzwassertal, denn so eine europäische Kuriosität sei doch etwas Schönes, wie ein seltener Schmetterling oder eine fast ausgestorbene Blume. Vier Trassen für eine Straße nebst Tunnel seien immer wieder im Gespräch: von Baad nach Hochkrennbach, durchs Schwarzwassertal von der Melköde nach Schopperau oder aber nach Schönebach, oder von Riezlern nach Sibratsgfäll. Es klinge so, sagte der Alte vom Schwarzwassertal, wie der Ruf: weg mit den Alpen, freie Sicht nach Venedig. Aber inzwischen sei ja zum Glück das Geld für derartigen Unfug knapp geworden, dennoch müsse man wachsam sein auf das, was die Experten in Bregenz und Wien ausbrüten. Man müsse überhaupt auf alles wachsam sein, was Experten denken, auf allen Gebieten. Niemand ist so gefährlich wie ein Experte.

Er verrate mir, sagte der Alte vom Schwarzwassertal, einen Plan, der so um 1950 im Kleinen Walsertal ganz im geheimen ventiliert worden sei. Im Jahre 1950 – der kältesten Zeit des Kalten Krieges. Man müsse sich die weltpolitische Situation von damals vergegenwärtigen. Es sei ein ganz geheimer Geheimplan gewesen, in den nur wenige eingeweiht waren. Er verrate mir den Plan, sagte der Alte vom Schwarzwassertal, obwohl er wisse, daß ich schriebe und das nicht für mich behalten werde, aber er wisse, sagte er, daß es erstens niemand glauben werde, und zweitens würden alle, die damals an dem Plan beteiligt waren, eventuell befragt, die Sache leugnen, ja so tun, als wüßten sie nichts davon. Der Plan war: an der Walserschanze das Tal zuzusperren und den selbständigen Freistaat Kleinwalsertal auszurufen. Liechtenstein ist auch nicht viel größer. Das sei aber noch gar nicht der Clou der Sache gewesen. Der Clou der Sache sei gewesen: man habe vorgehabt, im Tal zwei Fraktionen zu bilden, eine kommunistische und eine freiheitliche. Die sollten sich abwechselnd die Regierung streitig machen. Wenn die Kommunisten am Ruder wären, habe man sich ausgerechnet, hätten die Amerikaner heimlich den Freiheitlichen Geld geschickt, wenn die Freiheitlichen dann wieder drangekommen wären, die Russen den Kommunisten. Was Negern oder Bananenrepubliken recht wäre, müßte den Walsern billig sein. Man hätte gar keine Fremden gebraucht, der Idealzustand, daß die Fremden, ohne selber zu kommen, freiwillig Geld schicken, und zwar für nichts, wäre erreicht gewesen.

Er, sagte der Alte vom Schwarzwassertal, sei heute noch überzeugt, daß der Plan damals, um 1950 herum, in der kältesten Zeit des Kalten Krieges, gute Chancen gehabt hätte. Aber die Walser hätten sich dann doch nicht getraut. Ob ich den Beweis für den Plan sehen wolle? Ja. Er führte mich hinter sein Haus. Die Russen, sagte er, haben, schlau wie sie sind, und weil sie überall ihre Ohren hätten, Wind von dem Plan bekommen und sofort eine Rakete geschickt. Per Post. Er zog die Zweige eines Gestrüpps auseinander: da lag die verrostete Rakete. Sie sei im Lauf der Jahre ungefährlich geworden, sagte er. Eine Zeitlang sei sie auf dem Dachboden des Bürgermeisteramtes von Riezlern gelegen, dann, wie der Plan endgültig ad acta gelegt worden sei, habe man sie hierher bringen lassen.

Der Alte vom Schwarzwassertal lächelte, ließ die Zweige zurückschnellen, und wir gingen wieder vors Haus. Er setzte sich auf die Bank und ließ seine uralten, knorrigen Zehen in der Herbstsonne spielen.

Deutsch für Gastarbeiter

Professor Yamasuke Hirotawa, ein Junggeselle von etwa fünfzig Jahren, lehrte bereits seit zehn Jahren deutsche Literaturgeschichte an der Universität Kobe, als er die Einladung erhielt, zwei Semester als Gastdozent an einer deutschen Universität zu verbringen. Professor Hirotawa hatte zu diesem Zeitpunkt zwar einige Aufsätze über Barocklyrik, eine zweibändige Analyse von Schillers ›Wallenstein‹ und – sogar in deutscher Sprache – eine Abhandlung über den Bedeutungswandel des Dativs von Luther bis Hofmannsthal geschrieben und die Werke Kleists und Immermanns ins Japanische übersetzt, aber in Deutschland gewesen war er noch nie.

Was er – sozusagen sprachlich gesehen – in Deutschland erlebte, bedeutete für ihn nicht mehr und nicht weniger als eine Sensation, einen Umsturz aller Werte, eine Revolution. Professor Hirotawa mußte erkennen, daß seine Vorstellung von der deutschen Sprache veraltet, überholt, ja schlichtweg falsch war. Er, sagte Professor Hirotawa nach seiner Rückkehr nach Japan, der sein Leben und die Energie jahrzehntelangen Gelehrtenfleißes der deutschen Sprache gewidmet habe, hätte in Deutschland dagestanden wie der Bauer von Sukudo im Shinto-Schrein (das bedeutet ungefähr: wie der Ochs vor dem Berg). Die Deutschen sprächen gar nicht das Deutsch, das er gelernt habe. Seine Lehrer am Goethe-Institut müßten Scharlatane gewesen sein. Er, Professor Hirotawa, erwäge einen entsprechenden Hinweis an die Adresse der Deutschen Botschaft, die offenbar keine Ahnung von dem schamlosen Treiben dieser sogenannten Lehrer habe. Die Deutschen sprächen ein ganz anderes Deutsch, eine knappe, prägnante Sprache, die auf nahezu alle Konjugations- und Deklinationsformen verzichte, fast ausschließlich aus Substantiven bestehe und mit vielen plakativen Redensarten allgemeinverständlicher Art angereichert sei. Im übrigen redeten alle Deutschen mit Händen und Füßen – und dieses oft gleichzeitig.

Schon als Professor Hirotawa das erstemal mit der Straßenbahn fuhr, machte er eine hochinteressante Spracherfahrung. Er fragte den Schaffner nach einer Haltestelle, an der er aussteigen wollte. Der Schaffner sagte dann an der betreffenden Station nicht: »Hier ist die Haltestelle, nach der Sie gefragt haben, mein Herr. Bitte beeilen Sie sich.« Der Schaffner sagte: »Du, he! Raus-jetzt. Dalli-dalli!«

Später kaufte sich Professor Hirotawa ein Fahrrad für den Weg von seinem möblierten Zimmer zur Universität. Auch das brachte ihn in Kontakt mit dem lebendigen Deutsch, das der Mensch auf der Straße offenbar spricht.

»Klingi-klingi – verstehen? Sonst kaputto, alter Chines«, zum Beispiel heißt soviel wie: »An dieser Stelle müssen Sie, sofern Sie keinen Schaden erleiden wollen, akustische Signale geben, verehrter Angehöriger eines fernöstlichen Volkes.«

»Du plem-plem, scheinbar«, heißt: »Darf ich Sie darauf aufmerksam machen, daß Sie durch die Einbahnstraße in verkehrter Richtung fahren.«

Gewiß, schreibt Professor Hirotawa in seiner Abhandlung, in der er seine Erfahrungen mit der neudeutschen Sprache niederlegte, gewiß gibt es auch die altdeutsche Sprache noch. Zum Beispiel verstanden noch einige Studenten und mehrere Professoren, denen er begegnete, die altdeutsche Sprache, wenngleich mit Mühe. Außerhalb der Universität sei aber nur eine Verständigung im neuen Idiom möglich. Anfangs habe er es nicht unterlassen können, hie und da einen Mann auf der Straße in der Sprache anzureden, die er, Hirotawa, als Deutsch gelernt habe.

»Wären Sie geneigt, verehrte Blüte dieser Stadt, mir einige dieser auserlesenen Früchte gegen Entgelt zu überlassen?« habe er zu einer älteren Dame gesagt, die auf dem Markt Obst und Gemüse feilbot. Die Dame habe ihn daraufhin angeschaut, als wäre ihr ein Gespenst erschienen. Erst als er einige Birnen prüfend betastet habe, sei wieder Leben in sie gekommen. »Nix da anlangen. Griffel weg. Marsch, marsch. Alter Depp.« Das heißt etwa: »Bitte unterlassen Sie es, die ausgestellte Ware zu befühlen, verehrungswürdiger Greis.«

Auch sein Hauswirt habe nur die neudeutsche Kurzsprache gesprochen. »Was sagst? Zimmer nix gut? Zimmer nix dir gefallen? Zimmer zu klein-teuer? Daß nicht ich lachen. Zimmer sein viel, viel schön. Viel, viel billig. Du nur zahlen vierhundert. Molto wenig. Du verstehen? Sonst gemma-gemma.« Als er einmal in der Nacht die Toilette benutzte, die sich – er könne nicht sagen, ob das in deutschen Häusern allgemein so üblich sei – im unteren Stockwerk befunden habe, sei die Frau des Hauswirts auf dem Flur erschienen und habe gesagt: »Nix Remmidemmi in Nacht. Pst. Du verstehen? Schleich dich.« Das, interpretiert der Professor zutreffend, sei eine schon ans Unfreundliche grenzende Warnung gewesen.

Nun dränge sich natürlich die Vermutung auf, schreibt Professor Hirotawa in einem weiteren Kapitel seines Buches, daß die Deutschen nur aus Höflichkeit mit ihm, dem Japaner, derart substantivisch-prägnant sprächen. Das ist so zu verstehen: die, wie die ganze Welt weiß, ungemein klugen und ungeheuer intelligenten Deutschen, die, wie sie selber gelegentlich durchblicken lassen, alles wissen, wissen auch sehr gut, daß das Japanische eine sogenannte agglutinierende Sprache ist, deren Nomina weder Geschlecht, Ein- oder Mehrzahl, Flexion oder Artikel kennen. Grob gesprochen: Wenn die Einzahl *Baum* heißt, so heißt die Mehrzahl nicht *Bäume,* sondern etwa: *Baum-Baum.* Nun sind die Deutschen nicht nur unermeßlich gescheit, schreibt Professor Hirotawa, sondern auch – im Gegensatz zu den Flegeln von Japanern – ganz außerordentlich höflich. Längere Zeit habe deshalb Professor Hirotawa angenommen, die Deutschen machten ihm gegenüber aus Höflichkeit und profunder Kenntnis der japanischen Sprache aus ihrer deutschen Sprache eine Art unflektiertes Japanisch mit deutschen Vokabeln. Zwei Umstände haben Professor Hirotawa in dieser Annahme bestärkt: einmal hatte er Gelegenheit, einen anderen Japaner – den verehrungswürdigen Reederei-Makler Tohanube Kanaziki – in Deutschland zu treffen, der ihm bestätigt habe, daß die Deutschen auch ihm gegenüber so komisch redeten: »Ha, ha, alter Japse, du sein winzi-winzi Gauner ...« (Das heißt ungefähr: »Wir sind voll grenzenloser Bewunderung für Ihre Geschäftstüchtigkeit, lieber Sohn Nippons.«) Und dann habe er, Hirotawa, einmal, als er mit einer sehr höflichen und sehr intelligenten jungen deutschen Dame in einer Bar war, gegen besseres Wissen nicht »eine Flasche Sekt mit zwei Gläsern« bestellt, sondern: »Sekt, eins, Glasi-Glasi, du verstehen?« Worauf ein Leuchten über das Gesicht des Kellners gegangen sei.

Dennoch war alles ein Irrtum. Als der Hauswirt Professor Hirotawa kündigte, das heißt, als Professor Hirotawa feststellte, daß der Hauswirt sein Gepäck (sehr sorgfältig) vor die Haustür gestellt hatte, und zwar rücksichtsvollerweise so, daß es noch unter dem Vordach stand und nicht im Regen, hatte er, Hirotawa, die Möglichkeit, die Sprachgewohnheiten anderen Ausländern gegenüber zu beobachten. Das kam so: Professor Hirotawa wollte es sich nicht nehmen lassen, dem Hauswirt und seiner Gemahlin eine Abschiedsaufwartung zu machen, in der Hoffnung, daß sein Anblick den offenbar etwas vergeßlichen Hauswirt an die noch für zwei Monate vorausbezahlte Miete erinnern könnte. Professor Hirotawa betrat also das Haus und hörte ein Gespräch zwischen dem Hauswirt und den vier Herren, denen er jetzt das Zimmer vermietet hatte. Es waren zwei Jugoslawen, ein Italiener und ein Grieche, also alles Angehörige von Völkern, die indogermanische Sprachen sprechen. Dennoch sagte der Hauswirt: »Nix miteinander vierhundert blechi-blechi. Jeder vierhundert. Kapito? Du vierhundert – du vierhundert – du vierhundert – du auch vierhundert!« Professor Hirotawa konnte sich nicht enthalten, seinem ehemaligen Hauswirt ein Kompliment zu machen: »Ich bin voller grenzenloser Bewunderung für Ihre Geschäftstüchtigkeit.« Hirotawa sagte es in Neudeutsch: »Ha, ha, du sein winzi-winzi Gauner ...«

Das Ganze habe zu einer kleinen Trübung seines freundschaftlichen Verhältnisses mit dem Hauswirt geführt, aber das sei nicht das eigentlich Merkwürdige an der Sache. Merkwürdig und interessant war, daß der Hauswirt auch gegenüber Angehörigen der indogermanische Sprachen sprechenden Völker das neue, agglutinierende, flexionslose Deutsch gebrauchte. Nun habe ihn der Fall eigentlich erst richtig zu interessieren begonnen. Er habe viele in Deutschland lebende Ausländer – Griechen, Italiener, Jugoslawen, Spanier, Araber, Afrikaner –

angesprochen. Alle hätten ihm bestätigt, daß die Deutschen nur Neudeutsch sprächen. »Du sein Griech', du sein schweig«, heißt: »Ich empfehle Ihnen dringend in Ihrem eigenen Interesse, die Gepflogenheiten des Gastlandes zu beachten ...«

Endgültige Erkenntnisse habe Professor Hirotawa, schreibt er, erst in den letzten Wochen seines Aufenthaltes gewinnen können, daß es tatsächlich eine neudeutsche Sprache gibt, die in wesentlichen Punkten von der ihm bis dahin geläufigen deutschen Sprache abweicht. Insoweit seien die Kündigung seitens des Hauswirtes und jener Abend in der Bar – wo er »Sekt und Glasi-Glasi« bestellt habe – glückliche Fügungen gewesen. Er sei nämlich zu der erwähnten Dame gezogen, die – nicht von ihm, so lange war er nicht in Deutschland – ein Kind gehabt habe. Die Dame hieß Anita, das Kind – ein Knabe – Thomas. Beide, Mutter und Kind, waren unzweideutig und zweifelsfrei Deutsche, die deutsche Sprache war ihre Muttersprache. Anita war fünfundzwanzig, das Kind eineinhalb Jahre alt, konnte schon laufen, selbsttätig den Fernseher andrehen und die Programme wählen. Beide, Mutter und Kind, sprachen sowohl mit ihm, Professor Hirotawa, als auch miteinander Neudeutsch: »Papppapp, dann heia gehen, morgen mit Mutti atta-atta.« Es sei doch wohl anzunehmen, daß sich Eltern gerade Kindern gegenüber, die die Sprache lernen sollen, besonders korrekter Sprachgewohnheiten befleißigen, meinte Professor Hirotawa. Also habe er mit erhöhter Aufmerksamkeit auf die Gespräche zwischen Anita und ihrem Sohn geachtet, um das korrekte Deutsch zu lernen. Auch den reichen und interessanten Wortschatz der Großmutter habe er mit Gewinn studiert.

Sprachliche Studien bei anderen jungen Damen habe ihm, schreibt der Professor, die irgendwie ausschließliche Grundhaltung Anitas verwehrt. Als Anita durch Zusammentreffen mehrerer unglücklicher Umstände Einblick in andere Sprachstudien bekam, schluchzte sie: »Du Bock, nix mit dieses Luder. Raus hier!« Was so viel heißt wie: »Meine Seele ist voll Kummer, die Person hier ist deiner nicht würdig.«

Daß das Neudeutsch nach und nach auch Amtssprache wird, habe er noch kurz vor seiner Rückreise erfahren, nämlich am Bahnhof. Die Durchsage per Lautsprecher sei ein herrliches Beispiel neudeutscher Sprache gewesen, allerdings für ihn vorerst noch unverständlich (Lautzeichen habe er sich notiert und sei dabei, sie zu entschlüsseln): »Nchtg Nchtg, Meis Mei, Decht-ncht-cht, Kss-Kss-chrr-m'stgn. Bitte zckzcktn.«

»Habe nun, ach! Philosophie,
Juristerei und Medizin,
Und, leider! auch Theologie
Durchaus studiert, mit heißem Bemühn.
Da steh ich nun, ich armer Tor!
Und bin so klug, als wie zuvor!«

Das sind die berühmten ersten Zeilen des Faustmonologs. Wir wissen, daß der japanische Germanist Professor Hirotawa auch der kongeniale Kleist- und Immermann-Übersetzer Yamasuke Hirotawa ist. Nun hat sich Hirotawa an ein neues Übersetzungswerk gemacht. Er übersetzte Goethe, aber nicht ins Japanische, sondern ins Neudeutsche. Sanfte und vorsichtige Retuschen können diese unsterblichen Verse mit neuer Aktualität füllen, selbstverständlich ohne den Gehalt des Gedichtes anzutasten.

»Ich – lernen, viel, viel, Schule,
Kapiert? Köpfchen, Köpfchen.
Doktor – Advokat – Professor.
Sogar Beten – pfui Teufel –
Alles Scheiße.«

Und wie lautet nun jenes kurze Gedicht: ›Über allen Wipfeln ist Ruh...‹?

»Bäume, Wald – pst.
Nix brüllen.
Zwitscher-Zwitscher – auch pst.
Du bißchen warten.
Dann auch Mund halten.«

Die Bengalische Rolle

Daß er auf die »Bengalische Rolle« anfangs sogar noch stolz gewesen war, drückte Dr. Sölcher fast wie ein Fluch. Vielleicht gilt in derlei Zusammenhang – dachte Dr. Sölcher – der alte Spruch immer noch (schon wieder?), daß man die Götter nicht versuchen soll. Welche Götter? (Göttinnen?) Die Kriebelmücke (Simulia columbaczensis fab.), oder, genauer gesagt, die noch nicht lange bekannte Gesprenkelte Kriebelmücke – Simulia columbaczensis maculosa, von der Sölcher insgeheim hoffte, sie würde dereinst als Columbaczensis Sölcheri in die entomologische Literatur eingehen – die Kriebelmücke ist selbst für einen begeisterten Insektenforscher kein einschmeichelndes Tier. Dennoch, als Dr. Sölcher jetzt an sie dachte, überkam ihn fast so etwas wie Zärtlichkeit für die Columbaczensis mit ihrem behaarten, gesprenkelten Hinterleib, eine anheimelnde Geborgenheit überkam ihn, wenn er an die Kriebelmücke dachte und an die gut tausend Tage, die er ihr schon gewidmet hatte. Dann war die »Bengalische Rolle« gekommen. Dr. Sölcher hätte sich nie für fähig gehalten, derlei zu erfinden.

Schuld daran war im Grunde genommen, daß Dr. Sölchers Chef, Professor Lischer, Junggeselle war; ein hervorragender Gelehrter, ein gutmütiger Mensch, ein großzügiger Vorgesetzter, ein vorzüglicher Lehrer, aber ein sozusagen bodenloser Junggeselle. Professor Lischer war ein Kerl wie ein Baum, soff wie ein Loch, und doch hatte ihn nie jemand betrunken gesehen, fraß ganze Gasthäuser leer, ohne daß er auch nur ein Gramm Fett ansetzte, rauchte aus so gewaltigen Pfeifen, daß jeder andere nach vorn umgefallen wäre, wenn er eine solche Pfeife im Mund hätte halten sollen, und verführte jedes weibliche Wesen, das ihm dazu geeignet erschien, allerdings nie eine seiner Studentinnen oder Assistentinnen.

»Extra muros!« predigte er diesbezüglich seinen Schülern, »verführen Sie stets nur die Sekretärin eines anderen, nie die eigene.«

Solche Reden führte Professor Lischer selbstverständlich nicht in seinen Vorlesungen, sondern bei Gelegenheiten wie gestern abends. Das Hauptseminar war um acht Uhr zu Ende gewesen. Um halb neun Uhr saßen die Seminarmitglieder fast alle bei »Mausgall«, einer billigen Wirtschaft gegenüber dem Haupteingang des Zoologischen Instituts. Ab und zu ging auch der Professor mit, so gestern. So gegen zehn hatte sich der gesellige Kreis gebildet, und es traf sich, daß die vier oder fünf Studentinnen und Doktorandinnen auch schon weg waren. Die Herren waren unter sich. Das gesellig nachseminarische Beisammensein artete in einen Fachvortrag des Professors aus, in einen Fachvortrag allerdings, der mit Zoologie in strengem Sinn nichts zu tun hatte. Professor Lischer schilderte mit Aufbietung aller seiner fachbekannt glänzenden Didaktik die Erfahrungen seiner letzten Forschungsreise nach Peru, wo es, nach Lischer, die Mädchen für ein Butterbrot geben soll.

Dr. Klaus Sölcher war auch Junggeselle, aber ein ganz anderer als sein Chef. Die Jahre seiner Promotion hatte Dr. Sölcher ausschließlich der Gesprenkelten Kriebelmücke gewidmet, abgesehen von einiger lästiger Verwaltungsarbeit für das Institut, die er Professor Lischer abnahm, weswegen ihn der Chef schätzte; aber auch sonst mochte Lischer seinen Assistenten gern, denn Dr. Sölcher war pünktlich und fleißig und aufgeschlossen auch über sein Fach hinaus.

Warum hatte er um zehn Uhr nicht auch das »Mausgall« verlassen? Warum war er nicht zu seiner vielleicht künftigen »Sölcheri« zurückgekehrt?

Es blieb an dem Abend nicht dabei, daß allein der Professor von seinen Erfahrungen plauderte. Privatdozent Dr. Jähnke steuerte in gebührendem Abstand einige mäßig neue, schlüpfrige Witze bei, dann hauten ein paar vorlaute Doktoranden auf die Pauke, wobei das Niveau des Gesprächs merklich abglitt. War es, daß sich Dr. Sölcher verpflichtet glaubte, das Niveau wieder zu heben? War es, weil selbst ältere Semester gelegentlich schon Witze darüber zu machen wagten, daß Dr. Sölcher nur mit seinen Kriebelmücken schlief? Dr. Sölcher zog vom

Leder. Vorausgeschickt sei, daß alles samt und sonders erfunden war. Woher Dr. Sölcher die Erfindung nahm? Er hätte es nicht gewußt.

Dr. Sölcher schilderte »den russischen Seefahrer«, »die alte Leibkutsche«, »die lederne Biene«, wie sie in manchen Lustzentren Kopenhagens, und »den grönländischen Kran«, wie er in einem Drei-Sterne-Bordell in Palermo üblich ist. Er beschrieb »die Anbetung der drei Könige«, »das indische Lilienfeld«, den »kleinen«, den »großen« und den »hinkenden Büffeljäger«; er schwärmte von der »Henne am Rhein«, die er in Dublin, und von der »Kegelschnecke«, die er in Beirut kennengelernt hatte; er führte – allerdings sozusagen trocken – die entscheidenden Phasen der »offenen« sowohl als auch der »geschlossenen marokkanischen Erbse« vor, räumte ein, daß er zu »Hero findet den Leander« nicht immer in der Lage sei, daß ihm auch manchmal zur »Erdbestattung zu Pferd« die Kondition fehle, daß er aber ohnedies eher eine Vorliebe für »die Witwe und ihre Tochter« habe. Von den dreizehn Varianten der »Aufsichtsratssitzung im Dunklen« gefalle ihm die vierte (in der Zählung nach J. P. Kemble) am besten, sie sei quasi die klassischste, ähnele im Grunde genommen dem »Siebenbürgischen Faß«, sei aber nicht so aufwendig, sie sei nicht so primitiv wie der »Satanspsalter«, aber klarer in den Linien als »König Pippin mit dem Quastenzeh«, für den er sich allerdings stets dann entscheide, wenn er ein Mädchen noch nicht kenne. Die Krone aber, sagte er, sei ohne Frage – das habe er aber erst in der Zeit seiner Reife gelernt – die »Bengalische Rolle«.

Die Zuhörer Dr. Sölchers, einschließlich Prof. Lischers, waren zunächst erstaunt, dann belustigt und etwas skeptisch, zuletzt aber, überbrodelt von der Lebendigkeit und dem Feuer von Dr. Sölchers Schilderung, fassungslos und voll Bewunderung. Selbst Prof. Lischer ging schon bei »der Witwe und ihrer Tochter« der Atem etwas schneller, und zuletzt bat er, einige Details aus »König Pippin mit dem Quastenzeh« zu wiederholen. Dr. Sölcher wiederfuhr dem Wunsche gern und gab gleich noch »den Gärtner ohne Schaufel«, »die zwei hungrigen Zahnärztinnen« und »den Schuhlöffel« zu.

Dr. Sölchers Erfolg war gigantisch. Man drängte ihn, Näheres über die »Bengalische Rolle« wissen zu lassen.

»Nein«, sagte Dr. Sölcher, »das behalte ich für mich.«

Er zahlte, stand auf, ging und ließ eine sprachlose Tischrunde zurück.

Sein Heimweg war beschwingt. Der Alkohol und der Erfolg auf dem ungewohnten Gebiet trugen ihn, auch noch im Bett, wo ihn seine eigenen Erfindungen wie ein knisternder Wind schaukelten. Seine Träume waren entsprechend. Er hätte nichts Konkretes von seinen Träumen schildern können, aber er hatte, als er immer noch völlig benommen aufwachte, das ferne, aber deutliche Gefühl, in den Wonnen der »Bengalischen Rolle« geschwelgt zu haben.

Es war halb zehn. Normalerweise stand er um sieben auf. Dr. Sölcher tapste zur Tür und holte die Zeitung. Die Zeitung war schlecht gefaltet, ein Stück fiel heraus, Dr. Sölcher bückte sich und las, noch bevor er sich wieder aufrichtete:

*** 51 * 97 * 21 ***
Bengalisches Modell erwartet Sie.
Komme auch ins Haus.

Dr. Sölcher ging zum Telefon und wählte: 51-97-21. Er ließ lange klingeln. Gerade als er schon wieder einhängen wollte, meldete sich ein erschreckter Bariton: »Ja – halloh –?«

»Wer ist da?« fragte Dr. Sölcher.

»Ja? – halloh?« sagte der Bariton.

»Ist dort nicht 51-97-21? Ich dachte, Sie kommen auch ins Haus?«

Der Bariton räusperte sich, hustete und antwortete in tenoralerer Lage: »Wie bitte? Wie spät ist es denn?«

»Entschuldigung«, sagte Dr. Sölcher, »ich glaube, ich habe mich verwählt. Ich wollte das bengalische Modell –«

»Halloh, Süßer«, sagte der Tenor. »Ist es schon nachmittags? Ich habe die Vorhänge zu.«

»Es ist halb zehn«, sagte Dr. Sölcher.

»O Gott«, sagte der Tenor, »abends?«

»Nein, in der Früh.«
»Wie heißt du denn?«
»Äh –«, sagte Dr. Sölcher, »Klaus.«
»Hör einmal zu, Klaus, so früh hat noch keiner angerufen. Gib mir einmal deine Nummer. Ich rufe zurück, damit ich sicher bin, daß es kein Witz ist. Ich heiße Yoelle.« Der Tenor buchstabierte: »Y-O-E-L- nochmal L-E.«
»Und wie ist jetzt deine Nummer?«
Dr. Sölcher nannte sie.
»Häng ein, Klaus.«
Dr. Sölcher legte den Hörer auf. Unmittelbar danach klingelte das Telefon. Dr. Sölcher überlegte einen Augenblick: das war die letzte Gelegenheit, die Sache auf sich beruhen zu lassen, wenn er jetzt nicht abhob. Aber da er seine Telefonnummer gesagt hatte, hatte er das Gefühl, so weit aus der Anonymität herausgetreten zu sein, daß er sich geniert hätte, sich totzustellen. Er hob ab.
»Ja«, sagte er.
»Halloh, Kurt?« sagte der Tenor.
»Klaus«, sagte Dr. Sölcher.
»Auch gut«, sagte Yoelle. »Willst du herkommen oder soll ich zu dir kommen?«
Dr. Sölcher stotterte seine Adresse.
»Bist du schüchtern?« sagte Yoelle.
»Nein«, sagte Dr. Sölcher, »nur: ist Yoelle ein Mädchenname?«
»Was denn sonst«, lachte Yoelle. »In einer halben Stunde bin ich da.«

Aus ist es, dachte Dr. Sölcher, den Hörer in der Hand ... in einer halben Stunde ist sie da. Er ging ins Bad. Im großen Spiegel sah Dr. Sölcher, daß er splitternackt war. Das war ihm bisher entgangen. Offenbar hatte er gestern nacht vergessen, den Schlafanzug anzuziehen. Das war ihm noch nie passiert; vor allem befremdete ihn, daß er seinen nackten Zustand nicht bemerkt hatte. Dr. Sölchers Mutter – eine sogenannte Feine Frau – hatte auf die Entfaltung von Klaus' Schamgefühl in der Erziehung besonderen Wert gelegt. Die Entfaltung gelang. Wenn Dr. Sölcher in die Badewanne stieg und es fiel sein Auge zufällig auf den Spiegel, wandte Dr. Sölcher den Blick ab. Seit seiner Hebamme hatten ihn Außenstehende nicht mehr unbekleidet gesehen. Dr. Sölcher eilte aus dem Badezimmer und hüllte sich in den Morgenmantel. Yoelle würde sich wohl nicht mit einer nur teilweisen Entblößung Dr. Sölchers zufriedengeben. Dr. Sölcher fröstelte. Er zurrte den Gürtel seines Morgenmantels fester ... in einer halben Stunde ... Yoelle würde ihm die Kleider vom Leibe reißen ... Daß »König Pippin mit dem Quastenzeh« eine Erfindung von ihm war – über die er sich jetzt ärgerte –, war ihm klar. Ob es die »Bengalische Rolle« nicht doch gab, dessen war er sich nicht mehr sicher.

Dr. Sölcher ging wieder ins Bad und putzte sich die Zähne. Sicher: er war etwas über dreißig Jahre alt und nicht ohne »Erfahrung«. Einmal hatte er sogar ein halbes Jahr hindurch eine feste Freundin; aber bisher hatte er es immer fertiggebracht, beim Geschlechtsverkehr die Hose und möglichst auch die Strümpfe anzubehalten. Ohne Hosen fühlte sich Dr. Sölcher irgendwie ausgeliefert, schutzlos, in einem unwürdigen Zustand. Die Strümpfe behielt er gern an, weil er die Berührung mit fremden Füßen scheute.

Schnell eilte Dr. Sölcher nach dem Zähneputzen in sein Schlafzimmer und zog sich an. – Nein, dachte er, er würde sich weigern, mehr als das unumgänglich Notwendige zu entblößen, koste es, was es ...

– Was kostet das überhaupt? Dr. Sölcher hörte draußen Schritte. Er fuhr zusammen. Die Schritte gingen vorbei. Er hätte fragen sollen, was diese bengalische Tigerin verlangt. Hundert Mark? Dafür kommt nicht einmal ein Friseur ins Haus. Zweihundert Mark? Mindestens zweihundert Mark. Dr. Sölcher schaute in die Geldtasche: einschließlich allen Kleingeldes hatte er 188,75 DM.

– Wenn man nicht zahlen kann, wartet draußen ein Zuhälter. Oder hat sie selber eine Peitsche dabei? Man hört ja soviel von Peitschen bei derlei Orgien. Womöglich war diese Yoelle ein Riesenweib, zwei Kopf größer als er, bei dieser tiefen Stimme. (Dr. Sölcher war eher klein und rundlich.) Er stellte den Kaffeetopf auf den Herd, schob ihn aber nur nervös von einer Platte auf die andere. Endlich stellte er den Topf wieder in den Schrank.

– Ein Riesenweib mit einer Peitsche, er, Dr. Sölcher, ohne Hose, ohne Strümpfe, und mit zu wenig Geld. Wie spät ist es? Kurz vor zehn. In ein paar Minuten wird sie da sein. Dr. Sölcher dachte mit etwas wie Heimweh an seine Gesprenkelten Kriebelmücken. Nie mehr würde er ... wenn dies gut vorübergehe ... Ob man der Riesin das Geld anbieten kann, damit sie nur wieder geht? Sie wird toben, wo sie offenbar extra so früh aufgestanden ist.

– Und wenn ich sage, ich habe plötzlich Grippe bekommen? Vielleicht hat sie Angst, sich anzustecken ...

Dr. Sölcher erstarrte. Womöglich hat die raffgierige Riesin mit der Lederpeitsche, die einem die Kleider vom Leibe reißt, die Syphilis. Dr. Sölcher riß sein Lieblingskleidungsstück (einen anorakartigen Mantel mit vielen Taschen, Achselklappen und Reißverschlüssen) vom Haken, zog ihn an, setzte seine Baskenmütze auf und rannte aus der Wohnung. Auf der Stiege begegnete er einer Riesin mit feurigen Augen, die eine Peitsche schwang. Wie ein Bündel Nattern sträubte sich ihr Haar. Dr. Sölcher eilte unter ihrem drohend erhobenen Arm hinweg nach unten.

Die Riesin fragte mit markerschütternder Stimme: »Wohnt hier ein Dr. Sölcher?«

Dr. Sölcher tat, als sei er ein Ausländer, würgte ein Murmeln hervor, zuckte mit den Schultern und lief davon.

Als er gerettet in einem Café saß, schrumpfte die Riesin zwar im Rückblick zu einer verschlafenen Mulattin mit toupiertem Haar, einem falschen Leopardenmantel und ohne jede Peitsche, die nicht gewohnt war, Stiegen zu steigen, und deren Raucherlunge bei der Frage, ob hier ein Dr. Sölcher wohne, eher pfiff als dröhnte, aber – so dachte der gerettete Dr. Sölcher – die Socken hätte ich womöglich doch ausziehen müssen. Und langsam kehrte die Gesprenkelte Kriebelmücke wohltuend-heimelig in sein Bewußtsein zurück.

Eine ungewöhnliche Liebesgeschichte

Wie man weiß, liebte es der alte, inzwischen pensionierte Oberstaatsanwalt Dr. F., zu den Streichquartettabenden der Frau Grünmund zu gehen, auch wenn er kein Instrument spielte. Er setzte sich nur still in eine Ecke und hörte zu. Zoe Grünmund, eine zierliche und schlanke Frau, die eigentlich nie schön gewesen war, die aber jetzt, wo sie nicht mehr ganz jung war, einen Anflug von zarter, gläserner Aristokratie bekam, bei dem alles darauf hindeutete, daß Frau Grünmund in absehbarer Zeit eine schöne, silberhaarige alte Dame werden würde, spielte die erste Geige. Die zweite Geige spielte ein etwas vorlauter Datentechniker mit wenig Haaren, der aber sehr geschäftig war und zuverlässig immer selbst die seltensten Noten besorgte. Die Bratsche spielte ein gewichtiger Herr mittleren Alters, der von Frau Grünmund »mein lieber Freund Memoraldi« genannt wurde, von Beruf Chemiker war und meist sehr fröhlich. Den Cellopart hatte seit etwa einem Jahr der Neffe Florian des Herrn Memoraldi übernommen, ein überaus musikalischer junger Mann, fast ein Wunderkind, im Gespräch äußerst bescheiden.

Das Quartett schätzte die Anwesenheit von Oberstaatsanwalt Dr. F. nicht nur, weil er, wie nicht anders zu denken, still und ruhig der Musik zuhörte, sondern auch, weil er – aber nur, wenn er gefragt wurde – recht kluge und vor allem kurze und schlüssige Meinungen zu den Stücken und ihrer Wiedergabe äußerte. Eine größere Rolle – manchmal die Hauptrolle – in der Unterhaltung fiel Dr. F. in der Regel erst dann zu, wenn der musikalische Teil des Abends geendigt und die Hausfrau die kalten Platten und den Wein aufgetragen hatte. Ein Wort, eine Bemerkung, eine Frage genügten, um Oberstaatsanwalt Dr. F.s Schatz an Anekdoten und Erzählungen in Bewegung zu bringen.

An jenem Abend hatte die Hausfrau einen Zeitungsartikel zitiert, der gerade großes Aufsehen erregte, weil eine Prinzessin aus einem der wenigen auf der Welt noch regierenden Fürstenhäuser einen Rauchfangkehrer geheiratet hatte, der zudem seltsamerweise Neger war. ›Eine ungewöhnliche Liebesgeschichte‹ hatten die Boulevardblätter diese eheliche Verbindung genannt. Sogleich setzte sich Oberstaatsanwalt Dr. F. mit einigem Rucken in seinem Sessel in jene Lage zurecht, die seinen Erzähl- und Betrachtungsstrom am schönsten sprudeln ließ, und sagte: »Hm, hm – eine Prinzessin und ein Kaminfeger heiraten. Was soll daran ungewöhnlich sein –«

»Es ist eben wahrscheinlich«, sagte Frau Grünmund, »in jenem Fürstenhaus noch nie vorgekommen. Insofern ungewöhnlich. Zumal der Rauchfangkehrer auch Neger ist.«

»Dies allenfalls«, sagte Oberstaatsanwalt Dr. F., »akzeptiere ich als ungewöhnlich. Es wäre interessant zu erforschen, was in der Seele eines Negers vorgeht, wenn er den Beruf eines Rauchfangkehrers ergreift. Wenn er jedoch ein Prinzessin heiratet – das mag standeswidrig sein (aus *ihrer* Sicht), die halbfürstlich-halbnegrisch-halbrauchfangkehrerischen Kinder aus dieser Ehe mögen nicht thronfolgeberechtigt sein, das Wappen mag befleckt sein, mag sein, die Rauchfangkehrerinnung ist ebenfalls pikiert, weil sie den Neger als Snob betrachtet – das alles ... aber was spielt das heute noch groß für eine Rolle? Gar keine. Ein Mann und eine Frau ... das ist es doch im Kern. Was soll daran ungewöhnlich sein? Wen haben schon alles Prinzessinnen geheiratet zum Leidwesen ihrer Familien? Das ist überhaupt nichts Ungewöhnliches. Ungewöhnliche Liebesgeschichten, *wirklich* ungewöhnliche Liebesgeschichten tragen sich heutzutage überhaupt nicht mehr zu. Da muß man schon weit zurückgehen, sehr weit.«

»Wie weit?« fragte Herr Memoraldi.

»In die Zeit«, sagte Oberstaatsanwalt Dr. F., »in der man über Land ritt, in einen dichten Wald geriet, in dem auf grünen Lichtungen scheue Hindinnen einen Augenblick mit großen Augen den Eindringling betrachten, bevor sie mit einem großen Satz in die tiefschwarzen Schatten zwischen Bäume fliehen, die nie eine menschliche Hand fällen würde. Und dann öffnet sich der Wald gegen eine weite Ebene hin, und auf einem violetten Felsen dort steht ein Schloß mit unendlich hohen, wild bewachsenen Mauern, nur ein einziges Fenster ganz oben ist offen, ein Vorhang verhängt es halb, und der Efeu über dem Tor bildet ein seltsames Ornament.

In so einem Schloß lebte einst eine Prinzessin – wer weiß, vielleicht eine ferne Urgroßtante unserer Prinzessin mit dem Rauchfangkehrer – und schaute aus dem erwähnten Fenster in die Ebene hinaus. Sie, die Prinzessin, hieß Aubeth, und ihr Blick schweifte umflort bis ans Meer, wo einige feine, weiße Wolken knapp über dem Horizont sich wie Striche hinzogen. Im übrigen war der Himmel von einem sanften, klaren Blau wie nur in der legendendurchwirkten Vorzeit und seitdem nicht mehr, allenfalls auf einigen kostbaren Veduten des Canaletto, aber die sind vermutlich geschmeichelt. Schon damals war es eine alte Geschichte. Aubeths Vater, der König Gurgust, Herr über das Schloß auf dem violetten Felsen, über die weite Ebene und die Wälder ringsum, auch über einige Städte und so fort, lag in ererbtem Streit mit dem König der Inseln, die ganz fern draußen am Horizont zu sehen waren, aber nur bei Sonnenaufgang, denn sie lagen im Westen, mit dem König der Inseln Archigall, der einen Sohn namens Giutolin hatte. Eine seltsame Frau, Prinz Giutolins Amme, die ihn aber später auch die Kunst des Zitherspielens lehrte, wie sie ihn auch in Kenntnissen der lateinischen und griechischen Sprache unterwies, zeigte ihm eines Tages heimlich ein Bild der Prinzessin Aubeth, in das – man muß schon sagen: in *das*, nicht in die, denn er kannte ja nur das Bild – sich der Prinz unverzüglich verliebte. Die alte Amme wollte und wollte, so sehr Prinz Giutolin auch drängte, nicht verraten, wen das Bild darstellte. Der Prinz geriet abwechselnd in Schwermut und in Zorn, und in einem Anfall von besonders wilder Raserei stürzte er sich auf die Amme und würgte sie, daß ihr die Augäpfel hervorsprangen – Domestiken waren damals solcherart Behandlung gewohnt, das hätte die gute Alte noch nicht veranlaßt, ihr Geheimnis preiszugeben, aber der Prinz drohte, alles seinem Vater, dem König der Inseln Archigall zu erzählen, und da erschrak die Amme und gestand, daß die schöne Jungfrau auf dem Bild die Prinzessin Aubeth, die Tochter des Erzfeindes seines Vaters sei.

Der Prinz Giutolin bestieg daraufhin unverzüglich ein Pferd, nahm Abschied von seinem betrübten Vater – dem er sagte, er ziehe nach ritterlichem Brauch in die Welt, um irgendwo, sofern er noch einen fände, sie waren schon zu der Zeit seltener geworden, einen Drachen zu erlegen oder sonst edle Gefahren zu bestehen –, ritt zum Meer, lud sein Pferd und sich auf ein Schiff, ruderte mit kräftigem Arm über die Meerenge, ritt vor das Schloß des Todfeindes seines Hauses und gab sich als fahrender Zitherspieler aus, worauf er eingeladen wurde, einen Abend lang im Kaminzimmer seine Kunst zum besten zu geben. Sei es, daß nicht oft Zitherspieler auf das Schloß des Königs Gurgust kamen und somit der Maßstab fehlte, sei es, daß Prinz Giutolin wirklich schön und süß die Zither schlug: der Beifall war gewaltig. Auch die Damen – züchtig hinter Schleiern auf der Empore – klatschten Beifall.

Prinz Giutolin, der wie alle Prinzen damals Augen wie ein Luchs hatte, spähte aber während seines Spiels aus den Augenwinkeln ständig zur Damenempore hinauf, die sich, getragen von einer spitzbögigen Arkadenreihe und geschmückt mit einem goldfarbenen Teppich, seitlich des Thrones hinzog, und sein Blick durchdrang alle Schleier, und er erkannte in der dritten Dame von links in der ersten Reihe die Prinzessin Aubeth und stellte fest, daß sie noch schöner war als auf dem Bild, und er seufzte tief. Die Zuhörer meinten, es gehöre zu dem Lied, das der Prinz grad zu den Klängen seiner Zither sang.

Aber auch die Prinzessin Aubeth wandte keinen Blick von dem fahrenden Zitherspieler. Das alte Lied. Es kam, wie es kommen mußte. Sie verliebte sich in den jungen Mann. Auch das Lied, das Prinz Giutolin sang, war ein altes Lied. Es lautete –«

»Bis jetzt«, sagte Frau Grünmund, »ist das alles andere als eine ungewöhnliche Liebesgeschichte. Im Gegenteil.«

»Warten Sie ab«, sagte Oberstaatsanwalt Dr. F. »Wo war ich stehengeblieben?«

»Das Lied lautete: ...«, sagte Herr Memoraldi.

»Der Wortlaut des Liedes«, sagte Oberstaatsanwalt Dr. F., »ist wohl nicht von Bedeutung für den Gang der Geschichte, denn der vorgebliche Zitherspieler, der sich übrigens ›Tolingiu‹ nannte, hätte jedes beliebige Lied spielen mögen, Prinzessin Aubeth hätte sich so oder so in ihn verliebt. Die Prinzessinnen damals verliebten sich nicht in Kaminfeger oder dergleichen, sie verliebten sich nur in Prinzen, allenfalls in Grafen oder Ritter, und die Prinzen verliebten sich ausschließlich in Prinzessinnen – von einigen dramatischen Ausnahmen, die die Regel bestätigen, abgesehen. Warum war das so? Ich habe oft darüber nachgedacht. Ein stärker als in späteren Zeiten ausgeprägtes Standesbewußtsein dürfte die geringere Rolle dabei gespielt haben. Wahrscheinlich war es so, daß Schönheit, Geist und Tugend damals noch den Ständen entsprechend verteilt waren. Ein Prinz war eben schöner, geistvoller und tapferer als ein Kohlenbrenner, eine Prinzessin zierlicher, schlanker und holder als eine Torwärterstochter. Erst später vermischte sich das. Froschäugige Prinzen, wie auf den Bildern Goyas dargestellt, oder mopsköpfige wie der Herzog von Windsor waren erst der Neuzeit vorbehalten.«

»Wie, sagten Sie, nannte sich der Prinz?« fragte Frau Grünmund.

»*Tolingiu.*«

»Na ja –«, sagte Frau Grünmund, »ein sehr schleißiges Pseudonym.«

»Sagen Sie das nicht«, entgegnete Oberstaatsanwalt Dr. F. »In jenen steingrauen Zeiten war man nicht so gewieft. Denken Sie daran, wie lange der irische Hof gebraucht hat, um dahinterzukommen, daß Tantris in Wirklichkeit Tristan ist.

Jedenfalls also verliebte sich die Prinzessin Aubeth in den fahrenden Zitherspieler, und verstohlen warf sie, nachdem der angebliche Musiker seinen Vortrag geendet hatte – sowas ging zu jenen langsamlebigen Zeiten nicht unter sechs, acht Stunden ab – und kurz bevor sich die Herren zu einer Partie Bridge zurückzogen, dem Prinzen eine Rose zu, die vorher an ihrem Busen gesteckt war. Das veranlaßte den Prinzen nach der Bridge-Partie – die auch ihre drei, vier Stunden dauerte – mittels einer Leiter, die er sich beim Hilfskastellan auslieh, vom Wallgraben aus in das Kemenatenfenster der Prinzessin einzusteigen, das heißt: dies zu versuchen. Der alte König Gurgust kannte nämlich seine Pappenheimer und hatte die entsprechenden alten Sagen gelesen, und vielleicht hatte er es in seiner Jugend auch nicht anders gemacht. Obwohl er während des musikalischen Vortrages gut und gern seine fünfzehn Trinkhörner Met gezwitschert hatte und während des Bridge-Spieles weitere sieben oder acht, wälzte er sich doch, da ihm etwas schwante, aus dem Bett, nahm eine Fackel, wickelte sich in einen Gobelin, der die Schlacht bei Issus darstellte, und ging nachschauen. ›Aha!‹ schrie er, ›habe ich mir's doch gedacht!‹ Er trommelte die Burgwache zusammen. Der angebliche Sänger und Zitherspieler wurde durch kräftiges Rütteln an der Leiter gezwungen, herunterzusteigen. Unstandesgemäße Prügel bezog er zwar nicht, denn er schlug den schlichten Musikermantel zurück und enthüllte eine silberne Rüstung, die im Mondlicht blitzte, zog sein gewaltiges Schwert und hieb einige Burgknechte in der Mitte auseinander, worauf die anderen den Weg zur Flucht freigaben. Prinz Giutolin sprang auf sein Pferd und sprengte – einen Schwur: nichts im Himmel und auf Erden könne verhindern, daß er Prinzessin Aubeth erobern werde ausstoßend – in die Nacht davon.

Da Prinz Giutolin so unvorsichtig war, dem Hilfskastellan fürs Überlassen der Leiter ein Trinkgeld in der Währung des Königreichs der Westlichen Inseln zu geben, war das ohnedies schwache Pseudonym, wie Sie, gnädige Frau, so richtig bemerkten, rasch gelüftet, und König Gurgust sagte: ›Von dieser Sippschaft da drüben war ja nichts anderes zu erwarten.‹

Aber was half diese Einsicht? Nichts. Prinzessin Aubeth welkte, wie man so sagt, dahin. Sie aß nichts mehr, ihre Wangen fielen ein, sie lachte nicht mehr, ihre Augen wurden trüb. König Gurgust und seine Gemahlin, die Königin Antonia, berieten, was zu tun sei, und sie kamen auf ein damals nicht ganz abwegiges Mittel, nämlich auf die Anwendung eines Zaubertrankes.

Ja – das ist auch so eine Sache. Das vorige Jahrhundert, das unselige neunzehnte, das den bisher lächerlichsten Aberglauben, nämlich den Marxismus, hervorgebracht hat, sich im übrigen aber so schrecklich vernünftig und aufgeklärt gebärdete, hat alles, was die alten Legenden und Sagen (einschließlich der Bibel) berichteten, als zwar vielleicht hübsch, aber doch absurd und unglaubwürdig hingestellt. Erst unserem anbrechenden Wassermann-Zeitalter war es vorbehalten, in den Ruf ›Die Bibel hat doch recht!‹ auszubrechen. Nach und nach entdeckte man – oder glaubte es wenigstens –, daß in den alten Geschichten mehr historische Wahrheit steckt, als Schulweisheit sich träumen läßt. Man muß also, da in so vielen alten Geschichten von Zaubertränken die Rede ist, davon ausgehen, daß es solche Tränke tatsächlich gegeben hat. Warum gibt es sie heute nicht mehr? Ganz einfach: weil die Hexen ausgerottet worden sind. Jahrhundertelang hat die Kirche und auch die weltliche Obrigkeit alle Hexen und Zauberer verbrannt, und es sind keine mehr übriggeblieben. Die Rezepte der Liebestränke sind untergegangen. Das ist ohne weiteres einleuchtend.

Aber damals hat es noch Hexen gegeben, auch im Reich des Königs Gurgust war eine ansässig, und gegen einen unverschämten Preis – der König schimpfte, daß er dafür drei Schlachtschiffe ausrüsten hätte können – braute die Hexe, die Cuppax hieß, so einen Trank. Er schillerte leicht grünlich und roch nach Katzendreck. Auch bei Liebestränken war es so, daß sie desto sicherer wirkten, je scheußlicher sie schmeckten. ›Sie müssen bedenken, Majestät‹, sagte die Hexe Cuppax, ›daß die Prinzessin nicht nur verliebt gemacht werden soll, daß darüber hinaus eine schon vorhandene Liebe unwirksam gemacht werden muß.‹ Es war vorgesehen, daß sich Prinzessin Aubeth in den verwitweten Erzkämmerer und Ersten Großwürdenträger des Reiches, einen gewissen Herzog Sigiswulf, verlieben solle.

Die Hochzeit wurde vorbereitet, Erb- und Heiratsverträge wurden geschlossen, Mitgift und Morgengabe wurden ausgehandelt. Notare und Kabinettssekretäre schlichen mit sorgenzerfurchten Stirnen über die Treppen des Schlosses. Königin Antonia ließ sich ein Brautmutterkleid entwerfen und brütete eine und eine halbe Woche über der Gästeliste und der Sitzordnung. Als nach einigen Monaten die päpstliche Dispens vom Ehehindernis der zu nahen Verwandtschaft eintraf – der Herzog und der Bräutigam war ein Vetter der Mutter von König Gurgust –, war aber alles geregelt. Nur die Braut, Prinzessin

Aubeth, hatte den Liebestrank noch nicht getrunken. Sie wußte von ihrer bevorstehenden Liebesheirat noch nichts. Die ganzen Vorbereitungen waren unbemerkt an ihrem umflorten Blick vorbeigegangen, den sie aus dem halb verhangenen Turmzimmer in regnerische Ferne richtete. Das Wetter war ziemlich mies in letzter Zeit.

›Jetzt wird es höchste Zeit‹, sagte Königin Antonia am Tag vor der Hochzeit.

›Allerdings‹, sagte der König.

›Daß du solche Sachen auch immer bis zum letzten Augenblick hinausschiebst. Morgen ist die Hochzeit. Die Fanfarenbläser üben schon. Und das Kind ist in den Bräutigam noch nicht verliebt. Tu doch was.‹

›Wieso denn immer ich?‹ fragte der König. ›Du bist doch die Mutter!‹

›Aha. Wenn es Schwierigkeiten gibt, ist sie *mein* Kind. So haben wir's gern. Nein, nein: diesmal wirst du dich gefälligst aufraffen.‹

›Aber das ist doch eher eine Sache – eine Sache ... wie soll ich sagen ... eine delikate Sache unter Damen –‹

›Nichts da. Das ist in erster Linie eine Staatsangelegenheit. Und du bist der König.‹

Sie müssen sich«, sagte Oberstaatsanwalt Dr. F., »diese Unterhaltung natürlich in einem eleganten, rohseidigen Altfranzösisch vorstellen. Mit leichten keltischen Einsprengseln.

Der König rümpfte die Nase, nahm den Flacon mit dem Liebestrank zur Hand, entfernte den Stöpsel und roch an der Öffnung. Er rümpfte nochmals die Nase. ›Scheußlich‹, sagte er dann. ›Ich kann verstehen, daß kein Mensch dieses Zeug freiwillig trinkt.‹

›Ja, was sollen wir dann machen?‹ flennte die Königin. ›Sollen wir vielleicht die Hochzeit absagen? Und was denken die Leute dann? Und was mache ich mit meinem Brautmutterkleid? Soll ich das vielleicht bei meiner Beerdigung tragen?‹

›Ist schon gut. Beruhige dich –‹, sagte König Gurgust. ›Was hat denn die Hexe gesagt, wie man dem Kind das Gesöff beibringen soll?‹

›Rede nicht so despektierlich‹, zischte die Königin, ›wer weiß, wie weit die Hexe hört.‹ Die Königin schneuzte sich. ›Die Hexe hat gesagt: sie liefert nur den Liebestrank. Alles andere ist unsere Sache.‹

›Sehr fein‹, sagte der König, ›für das viele Geld!‹ Er roch wieder am Fläschchen. ›Am besten wäre es, wenn es einen Zaubertrank gäbe, der macht, daß sie gern das Gesöff trinkt.‹

›Du redest meschugge‹, sagte die Königin, ›und für diesen Zaubertrank braucht man wieder einen Zaubertrank und für den wieder ... und so fort –‹

›Ist ja schon gut‹, sagte der König. ›Ich habe ja nur gemeint.‹

Da kam den ratlosen Eltern ein zunächst ungünstig scheinender, dann sich als günstig herausstellender, letzten Endes aber – Sie sehen«, sagte Oberstaatsanwalt Dr. F., »daß es sich sehr wohl um eine ungewöhnliche Liebesgeschichte handelt – letzten Endes aber fataler Zufall zu Hilfe. Prinzessin Aubeth hatte nämlich jetzt doch die immer hektischer werdenden Hochzeitsvorbereitungen wahrgenommen.

›Was ist das für ein Lärm?‹ fragte sie leise ihre Zofe. Es war nicht ihre eigentliche, in die Sache eingeweihte Hauptzofe – die war bei der Anprobe ihres Festkleides –, sondern eine junge Hilfszofe, die die Hauptzofe nur grad für eine halbe Stunde vertreten sollte.

›Das sind die Fanfarenbläser, königliche Hoheit.‹

›Was für Fanfarenbläser?‹

›Die Fanfarenbläser, die für die Hochzeit üben.‹

›Für welche Hochzeit?‹

Die Zofe kicherte. ›Für welche Hochzeit – für die morgige Hochzeit natürlich.‹

›Wer heiratet morgen?‹

›*Sie* und der Herzog Sigiswulf ...‹

Da sprang die Prinzessin auf und rannte zu ihren Eltern, die eben, wie geschildert, über das Problem nachdachten, wie der Tochter der Liebestrank beigebracht werden könnte.

›Nie! Nie!‹ schrie Prinzessin Aubeth, zerriß ihr Kleid und raufte sich die Haare. ›Lieber sterbe ich.‹

Manchmal reagierte König Gurgust geistesgegenwärtig. ›Tu das Gift weg –‹, zischte er seiner Frau zu, aber so, daß Prinzessin Aubeth es hören konnte. Sofort entriß Prinzessin Aubeth ihrer Mutter den Flacon und eilte aufheulend hinaus.

›So macht man das‹, sagte der König großartig und setzte sich wieder an seine Patience.

Lesen Sie, verehrte Freunde«, fragte Oberstaatsanwalt Dr. F., »jemals die kleinen Zettel, die den Medikamenten beiliegen? Nein. Eben. Kaum jemand liest sie, obwohl drauf steht: ›unbedingt lesen!‹ Aber da man das ›unbedingt lesen!‹ schon nicht liest, was soll das da dann viel helfen? Weder König Gurgust noch Königin Antonia hatten den Zettel gelesen, den die Hexe dem Zaubertrank beigegeben hatte, obwohl auch da – mit krakeliger Schrift allerdings – ›unbedingt lesen!‹ drüber stand. Auf dem Zettel hatte die Hexe geschrieben, daß der Liebestrank seine stärkste Wirkung entfalte, wenn er morgens auf nüchternen Magen einen Tag vor Vollmond genommen werde, daß man ihn mit Selterswasser, auch mit Tee oder Kaffee, keinesfalls aber mit alkoholischen Getränken strecken dürfe. Contraindicationen bestünden bei akuter Gelbsucht und Herzrhythmusstörungen. Falls nach der Anwendung kurzzeitig Blähungen aufträten, so sei dies ungefährlich. Schwangeren ab dem 3. Monat dürfte der Trank nicht verabreicht werden. Vor allem aber stand auf dem Zettel: der Patient verliebe sich in dasjenige lebendige Wesen, das er innerhalb der ersten Viertelstunde nach der Einnahme zunächst zu Gesicht bekäme.

Das war der Papagei Dolbran.

Der Skandal war nicht zu vermeiden. Herzog Sigiswulf reiste verärgert auf seine Güter im Süden ab und schickte eine Rechnung über die Ausgaben, die er für die nicht stattgefundene Hochzeit gehabt hatte.

Die Notare und Kabinettssekretäre hatten alle Hände voll zu tun, um die Verträge, deren Tinte kaum trocken war, durchzustreichen. Die Königin heulte und wrang Taschentücher. Der König warf die Patiencekarten zu Boden. Die Patience ging nicht auf. ›Das auch noch‹, murmelte er. Die Nachricht drang wie ein Lauffeuer durch die Lande, auch bis zu König Archigall, der einen Lachanfall bekam, was wiederum wie ein Lauffeuer zu

König Gurgust zurückeilte, der daraufhin mit den Zähnen knirschte. Die Hochzeitsvorbereitungen hatten aber so viel gekostet, daß vorerst kein Geld für einen Krieg da war.

Prinzessin Aubeth wand sich unter leichten Blähungen vor dem Käfig des Papageis Dolbran, in dessen Gegenwart sie das vermeintliche Gift genommen hatte. Sie nahm den Vogel, einen großen, bösen Ara, der nichts außer ›Dolbran schöön‹ krächzen konnte, aus dem Käfig und herzte ihn. Der Papagei biß die Prinzessin in die Nase, die davon vor Lust ohnmächtig wurde.

Es blieb nichts anderes übrig, als die Prinzessin mit dem Papagei zu verheiraten. Die Kinder, die aus den Eiern schlüpften, die die Prinzessin später legte, hatten Federn und Krallen. Sonst war die Ehe nicht unglücklicher als viele fürstliche Verbindungen, die aus Staatsräson geschlossen wurden. Bei den Enkeln überwog schon das menschliche Aussehen, da ja kein weiterer Papagei in die Familie einheiratete. Im Lauf der Generationen verlor sich das Erbgut. Nur noch selten kam ein Prinz oder eine Prinzessin mit bunten Flügeln statt Armen zur Welt. Solche Atavismen wurden in der Regel, damit sie sich nicht fortsetzten, dem geistlichen Stand geweiht. Der letzte war der bekannte rot-blau-gefiederte Erzabt Guimar von St. Odile. Dann hatte sich die Sache genetisch ausgemendelt.«

»Eine in der Tat ungewöhnliche Liebesgeschichte«, sagte Frau Grünmund. »Es würde mich jetzt nur noch interessieren: was wurde aus dem verliebten Prinzen?«

»Der heiratete vielleicht ein Meerschweinweibchen«, sagte Herr Memoraldi ruhig und biß in eine dick mit Gänseleberpastete bestrichene Semmel.

»So einfach sind die Geschichten nicht, mein lieber Herr Memoraldi«, sagte der Oberstaatsanwalt Dr. F.

»Doch«, sagte Herr Memoraldi, nachdem er geschluckt hatte, »es war nur so, daß, anders als bei den Nachkommen der Prinzessin Aubeth, beim Königshaus Archigall sich nicht die Menschlichkeit, sondern die Meerschweinität die Oberhand ermendelte. Nach fünfzehn Generationen gab es in dem Stammbaum nur noch Meerschweinchen.«

»Woher wollen Sie das wissen?« fragte Frau Grünmund. Oberstaatsanwalt Dr. F. lachte.

»Jedes Meerschweinchens Verbrechen sühnet reine Meerschweinigkeit«, sagte Herr Memoraldi und nahm das nächste Stück Pastete.